Karl-Michael Stöppler (Hg.)

Tatorte Hessen

Mörderische Texte
des hessischen Syndikats

SOCIETÄTSVERLAG

Schutzumschlaggestaltung: Oliver Schmitt, Mainz
Satz: Societäts-Verlag; Sven Rutz
Druck und Verarbeitung: Bercker Graphischer Betrieb, Kevelaer
Printed in Germany 2004

ISBN: 3-7973-0906-6

Meiner schärfsten und wichtigsten Kritikerin Birgit Simon
gewidmet in Liebe

INHALTSVERZEICHNIS

VORWORT

Bei der manchmal einsetzenden Berg-und-Tal-Fahrt im Verlagswesen und in der Bücherwelt wird leider auch die Belletristik teilweise von dem anstrengenden Schlingerkurs betroffen und partiell in Mitleidenschaft gezogen. Doch erfreulicherweise hat die Kriminalliteratur im Laufe der jüngsten Vergangenheit einen beeindruckenden Gegenkurs gesteuert und auch im deutschsprachigen Raum verstärkt Liebhaberinnen und Liebhaber gewonnen.

Nicht mehr nur die amerikanischen, englischen oder französischen Geschichten stehen hoch im Kurs der Leserschaft, mittlerweile werden auch kürzere oder längere Texte, die von deutschen Tatorten erzählen, gerne und interessiert in Augenschein genommen.

Mit dieser Anthologie halten Sie nun ein Stück Literatur der besonderen Art in Händen. Erstmals nämlich lüften Verfasserinnen und Verfasser von belletristischen Texten der kriminalliterarischen Vereinigung „Das Syndikat" mit hessischem(!) Wohnsitz den Schleier – und präsentieren in dieser Sammlung mit Kriminalgeschichten Delikte in und aus Hessen, geografisch gesehen Deutschlands Mitte.

Eine spannende Premiere, die anregen, aufregen und verführen soll. Zum Lesen natürlich. Aber auch zum Diskutieren und zum Nachdenken selbstverständlich. An dieser Stelle danke ich als Initiator, Herausgeber und Lektor dieser Anthologie ganz herzlich dem Societäts-Verlag für das Interesse an dem Projekt und die profunde Zusammenarbeit.

Auch wenn die geographische Zuordnung stimmt und es sich bei den genannten Städten und Gemeinden tatsächlich um realistisch vorhandene Kommunen des Bundeslandes Hessen handelt, sind die Texte keine drögen Fakten-Friedhöfe, sondern ganz im Gegenteil schriftstellerische Beschreibungen des menschlichen Alltags, die den Blick auf unsere Umwelt und ihren spannenden Facetten schärfen sollen.

Klar, wenn man an Tatorte denkt, tatsächliche oder fiktive, fallen einem meist die Metropolen zuerst ein. Dann stehen bundesweit Hamburg oder Köln, Berlin oder München im Mittelpunkt. Auf das Bundesland Hessen bezogen denkt man selbstverständlich zuerst an Frankfurt, die Großstadt mit ihren schillernden Facetten.

Doch auch auf dem so genannten flachen Lande, dort, wo sich Fuchs und Hase gute Nacht sagen, gehören Mord und Totschlag zum literarischen Alltag. Mit dieser Sammlung von zwölf spannenden Geschichten möchten wir Ihnen deshalb ein kriminelles Kaleidoskop präsentieren, in dem besonders auch die kleineren Städte und Gemeinden Hauptrollen spielen. Regionalliteratur hat heute, mehr denn je, ihre Berechtigung. Mit dieser Anthologie möchten wir den Beweis dafür liefern.

Auch auf Andalusien, den Kongo, Ohio und den Rheingau, auf Chicago, Marseille, Moskau und Zürich fällt manches Schlaglicht – doch im Vordergrund stehen hessische Tatorte. Sie werden in diesen Erzählungen Städte und Orte kennenlernen wie Bad Homburg vor der Höhe und den Stadtteil Ober-Erlenbach, Bad Vilbel, Butzbach, Dillenburg, Dreieich und seine Stadteile Buchschlag, Götzenhain, Offenthal und Sprendlingen sowie Frankfurt, Lollar, Friedberg, Fronhausen, Gießen, Groß-Umstadt, Hungen, Lich, Marburg, Münzenberg, Neu-Isenburg, Offenbach, Weimar und seine Ortsteile Niederweimar und Niederwalgern. Auch nach Wetzlar, Wiesbaden und Wölfersheim werden Sie geführt.

Wir verbinden damit die Hoffnung, Ihre Leselust für Kriminalliteratur aus hessischen Landen sowie von hessischen Autorinnen und Autoren zu wecken. Und da ja noch nicht aller Tage Abend ist, kann's holterdiepolter passieren, dass versierte Schriftsteller mit Ambitionen in Bälde wieder auf die Pirsch gehen, um der hessischen Region in erzählerischer-Mission weitere Tatorte und spannende Krimigeschichten zu entlocken.

Gießen/Frankfurt, Oktober 2004

Karl-Michael Stöppler

NACH ZWÖLF JAHREN

Von Cornelia Christina Anken

„Sie werden doch jetzt nicht etwa gehen wollen?“ Der Buchhändler zeichnete sich als dunkle Silhouette vor dem erleuchteten Schaufenster ab. Hinter ihm tobte seit wenigen Minuten ein unerwarteter Schneesturm. „Bleiben Sie doch. Sie können sich setzen und lesen, so viel Sie wollen. Wozu sind Bücher schließlich da?“

Ich tat, wie mir geheißen und machte es mir an dem runden Tisch neben der Treppe zur Empore bequem. Er konnte nicht wissen, wie gelegen mir der plötzliche Wetterumschwung kam.

Während ich mich Rankes „Weißer Göttin“ zuwandte, hörte ich über mir den Mann leise zwischen den Regalen fuhrwerken. Die heimelige Atmosphäre hatte einiges für sich und es dauerte nicht lange, bis mich die Göttin davontrug.

Es mochte eine halbe Stunde vergangen sein, in der ich hin und wieder zum Fester schaute, nur um zufrieden weiter zu blättern, als von der Empore ein heftiges Poltern erklang.

Inmitten verstreuter Bücher lag der Buchhändler auf dem Rücken, in seiner Trittleiter verfangen. Nur halb bei Bewusstsein stöhnte er, als ich ihn zu befreien suchte. Sein Bein fühlte sich merkwürdig an, und als ich schließlich die Leiter beiseite geräumt hatte, zeigte sein Fuß in die falsche Richtung.

Während ich würgte, kam der Mann langsam wieder zu sich.

„Nicht so schlimm!“ Seine Stimme zitterte. „Das haben wir gleich – muss nur mal hoch kommen.“

Ich half ihm auf die Beine. Auf das rechte Bein. Das Linke hielt er in der Hand. Hüpfend gelangte er an meiner Seite die Treppe hinab und verschwand in einem Raum hinter der Kasse. Wasserrauschen und leises Fluchen waren zu hören.

„Alle Körperteile wieder am Platz!“, kommentierte er seine Rückkehr.

„Soll ich nicht doch einen Arzt rufen?", erbot ich mich.

„Für ein Holzbein?" Er täuschte mich nicht, der Schreck war ihm anzuhören. Sein Griff an den Hinterkopf ließ mich die dort wachsende Beule erahnen. „Aber danke, dass Sie hier waren."

„Ich konnte nicht viel tun", erwiderte ich.

„Das kommt auf den Standpunkt an." Feierlich stand er auf und reichte mir die Hand: „Eichhorn, Gustav."

Auch ich stellte mich vor.

„Und, wie stehen Sie zu Büchern?", fragte er.

„Ich rieche sie nicht nur gern," gab ich zur Antwort und freundete mich sofort mit seinem rauen Lachen an, „bisweilen verschlinge ich sie sogar!"

„Mhm, was wäre der Mensch ohne sie!" Eichhorns Blick schweifte zwischen den Regalen. „Mir hat ein Buch das Leben gerettet."

„Wie das?"

„Haben Sie den Artikel draußen im Schaufenster gesehen? Helene, meine Frau, besteht darauf, ihn noch immer dort auszustellen."

„'Nach zwölf Jahren – Ex-Polizist löst Mordfall?' Ja, er hat mich neugierig gemacht. Er scheint allerdings sehr alt zu sein, man kann leider nur noch die Schlagzeile lesen." Ich erwähnte nicht, dass mich fürderhand dieser Artikel in den Laden gelockt hatte. Zumindest dankte ich dem Zufall, der mir nach dem Schneesturm nun schon zum zweiten Mal zuspielte.

Eichhorn deutete auf den weiter zunehmenden Schneesturm: „Zeit und Lust zu hören, was es damit auf sich hat?"

Etwas Verlockenderes hätte man mir nicht in Aussicht stellen können. „Sicher!"

Der Buchhändler zog das Rollo an der Ladentür herunter und verschwand erneut in dem Raum hinter der Kasse. Bald darauf erfüllte frischer Kaffeeduft die Luft. Eichhorn kehrte mit gefüllten Tassen und einem Teller mit Schinkenbroten zurück, den er mir zuschob.

Zu guter Letzt legte er zwei Bücher in die Mitte des Tisches – mit dem Rücken nach oben, wie man Karten austeilt. Die fleckigen Umschläge mit den Eselsohren verrieten, dass man sie oft gelesen hatte. Nur mit Mühe konnte ich den Namen des Autors darauf erkennen: Harald M. Kaspar. Eichhorn trank bedächtig aus seiner Tasse und zeigte mir dann das erste Cover: „Zehn ungeklärte Verbrechen". „Wenn ich es nicht zufällig entdeckt hätte..."

Ich lehnte mich zurück und ließ mich von Eichhorns Stimme in die Vergangenheit führen.

„Vor vielen Jahren war ich Polizist. Nicht hier in Frankfurt, oben auf einer der Inseln. Es gab nächtliche Ruhestörungen, Diebstähle, nur ein einziges Tötungsdelikt in vielen Jahren. Ich stellte Strafzettel aus, doch im Traum... da stellte ich die großen Verbrecher.

Abends nach Schichtwechsel kam dann der Anruf: Mein Vater lag im Haus seines Schweizer Freundes im Sterben. Am nächsten Morgen reichte ich Urlaub ein und lieh mir ein Auto, um geradewegs hinzufahren: die Nacht durch, den Tag... immer weiter. Hauptsache, ich würde noch rechtzeitig ankommen.

Die Nächte zuvor waren kalt gewesen, die Tage strahlend. Die Bäume verfärbten sich und die Sonne warf jenen besonderen Glanz vollkommener Reife auf das Land. Ich empfand nichts dabei und hielt nur, um schnell einen Kaffee zu trinken oder zu pinkeln.

Nur hatte ich viel zu lange nicht geschlafen, nichts gegessen und war vor allem das eintönige Fahren auf der Autobahn nicht gewöhnt. Kurz vor Frankfurt hätte ich dann beinahe einen Unfall gebaut. Ich war der Straße nicht mehr gewachsen, brauchte eine Pause und etwas zu essen.

Also nahm ich die nächste Ausfahrt und tauschte die Autobahn gegen eine einsame Landstraße in der Wetterau. Irgendwo mochte es dort einen Gasthof geben, in dem ich eine kurze Rast einlegen konnte.

In langer Kurve folgte ich einer bewaldeten Hügelkette. Das Land war sanft und die schwere Erde der abgeernteten Felder glänzte feucht in der Sonne. Dann passierte ich die Mündung eines Wirtschaftsweges. Er war durch ein Schild gesperrt: Privat, kein Zugang – und verlor sich zwischen den Bäumen. Zwei, drei Kilometer weiter, kurz vor Oberdorfelden, fand ich einen Gasthof. Heute steht dort eine Neubausiedlung und nichts erinnert mehr an das Gebäude, das damals rechts des Straßenrandes lag.

Damals jedoch lud die Bonifatius-Quelle durchaus zu einer Rast ein und ich sehe noch immer alles ganz klar vor mir:

Ein alter Baumstumpf mit einer Bank darum steht vor dem doppelstöckigen Gebäude. Die Sonnenstrahlen werden vom goldenen Adler des Brauereischilds reflektiert. Türen und Fenster haben gelbe Butzenscheiben.

Ich trete ein. Im Ohr trage ich den Nachhall des Fahrgeräusches, im Herzen noch den Schreck des Beinahe-Unfalles, und in der Nase nun den abgestandenen Wirtshausgeruch aus der Gaststube. Die Gaststube ist leer, kein Gast, keine Bedienung. Aus der Küche dringt kein Laut. Ich gehe zurück zum Eingang, wo eine Eichentheke als Rezeption für die Zimmer dient. Ein Gästebuch liegt aus. Aufgeschlagen. Die Tür ins Zimmer hinter der Rezeption ist angelehnt, ein unsichtbares Radio spielt leise Schlager. Links der Tür hängt eine Uhr. Meine ist stehen geblieben. Ein Geschenk meines Vaters. Ich richte sie und ziehe sie auf.

Irgendwo, wohl auf der Rückseite des Gebäudes, fällt eine Tür ins Schloss. Ich hüstele, um auf mich aufmerksam zu machen, nur ist wohl gerade jemand gegangen. Ich schaue mich um. Mein Interesse ist das eines gewöhnlichen Wartenden. Ich bin nicht auf Streife. Der Wartende betrachtet Familienfotos an der Wand: Eine dunkelhaarige Frau mit dicker Brille, ein Mädchen auf dem Arm. Ein Mann am See mit einem dicken Karpfen an der Angel. Das vergilbte Bild eines älteren Paares vor dem Gasthof. Sie lachen unsicher in die Kamera.

Ich gehe einige Schritte auf und ab. Im gelblichen Licht neben der Tür steht ein massiver Tisch mit grüner Decke, Strohblumen und einer handwarmen Kaffeetasse. Ich erfühle die Temperatur ganz ohne Hintergedanken. Auf dem Boden neben dem einzigen Stuhl liegt die Lokalzeitung, wie gerade heruntergefallen. Ich setze mich und blättere unentschlossen darin herum. Ein unbestimmtes Gefühl sagt mir, dass ich nicht alleine bin.

Ich kehre nach draußen in die scharfe Luft zurück, um Anzeichen von Leben zu suchen, die auf ein baldiges Mittagessen schließen lassen. Hinter dem Haus steht ein alter Benz. Aber zu sehen ist auch hier niemand.

Vom Wirtschaftsweg weit hinter dem Haus her erklingt ein Motorengeräusch, aber der Wagen entfernt sich. Fast eine halbe Stunde ist nun schon vergangen. Ich bin müde, möchte ein Essen, möchte nicht gleich weiterfahren. Nur darum warte ich noch ein wenig.

Ein Lieferwagen kommt vorbei, wahrscheinlich ist es der Wagen, den ich schon vom Wirtschaftsweg her gehört hatte. Das erste Auto seit langem, das auf der Hauptstraße vorbeikommt. Es trägt das runde Emblem einer Wäscherei. Es fährt ausgesprochen langsam; ich bilde mir ein, der Fahrer mustert mich.

Ich gehe noch einmal zurück in die Wirtsstube, rufe. Keine Antwort. Mit der Zeitung, die ich noch immer in der Hand halte, erschlage ich eine späte Stubenfliege auf der grünen Decke. Dann steige ich wieder ins Auto und fahre weiter.

So war es damals. Alles, was danach auf meiner Fahrt passierte, habe ich über den Anblick meines Vaters auf dem Sterbebett vergessen. Drei Tage später war er tot. So tot wie die Fliege auf der Zeitung, die auf meinem Beifahrersitz liegen geblieben war."

Ich nickte gedankenversunken. Eichhorns Worte hatten vor meinen Augen die Bonifatius-Quelle noch einmal erstehen lassen. Nun trank er einen großen Schluck Kaffee.

An meinem Gaumen haftete der Geschmack von Schinken, doch erinnerte ich mich nicht, von den Broten gegessen zu haben. Ich wischte mir den Mund mit einer Serviette ab und als ich sie niederlegte, fuhr Eichhorn fort.

„Es ist ja nun einmal so: Ist man jung, stellt man sich seine Zukunft vor, man hofft und plant – und eine Sekunde reicht, um alles zu ändern. Kaum ein Jahr später erwachte ich nach einem Unfall im Krankenhaus. Ich hatte nur noch ein Bein und wortwörtlich auf einen Schlag gab es nichts mehr, wofür es sich zu leben lohnte. Bis ich in der Reha-Klinik meine jetzige Frau kennen lernte, eine Buchhändlerin aus langer Familientradition. Mit meiner Prothese führte ich Helene wenig später vor den Altar. Dafür führte sie mich hierher nach Frankfurt und in diese Buchhandlung.

Die ersten anderthalb Jahre verbrachte ich die meiste Zeit hier unten und führte lesend das Leben Anderer, weil mir mein eigenes nicht genügte.

Dann, eines Tages kam eine Kundin in den Laden und machte mir lautstark Vorwürfe: 'Schämen Sie sich, junger Mann, das ist doch keine Bibliothek. Kaufen sollen Sie was. Die Buchhändlerin muss doch auch von etwas leben!'

Da nahm ich so viele Bücher auf den Arm, wie ich tragen konnte, und ließ meine schmunzelnde Helene den Betrag in die Kasse tippen. Sie nannte mir eine recht hohe Summe. ‚Kann ich das abarbeiten?', fragte ich und sah die alte Dame kopfschüttelnd davoneilen.

Von da an half ich Helene jeden Tag ein wenig mehr – und sie vertraute mir mehr und mehr von ihrer Arbeit an. So war ich auch allein im Laden, als jenes besondere Buch eintraf: ‚Zehn ungeklärte Verbrechen'. Neugierig begann ich, darin zu lesen; immerhin hatte ich eine kurze Vergangenheit als Polizist hinter mir.

Es war die dritte Geschichte, die schlagartig alles zurückbrachte: Ein kleiner Gasthof in der Wetterau, Bierreklame über der Tür mit den Butzenscheiben, ein Baumstumpf inmitten einer runden Bank, leise Schlagermusik. Eine Tasse Kaffee beim Zeitungslesen. Eine Tasse Kaffee, die niemals zu Ende getrunken wurde..., denn im ersten Stock wird eine hübsche Frau mit dicker Brille erstochen. Die Wirtin. Sie verblutet, während ihre kleine Tochter dabei zusieht."

Mein entsetzter Ausruf ließ Eichhorn zufrieden nicken: „Was habe ich beim Lesen dieser Seiten empfunden? Unbeschreiblich! Zwölf Jahre lang hatte ich nicht mehr an die Bonifatius-Quelle zurückgedacht, und das, obwohl ich nun, Zufall hin oder her, gar nicht mehr so weit entfernt lebte.

Eigentlich war es ja nur zu verständlich, dass ich niemals zurückgedacht hatte, denn an jenem Herbsttag hatte ich die Szenerie betrachtet, wie man auf einen weiten See hinausblickt, ohne sich eine Vorstellung vom Leben unter seiner Oberfläche zu machen.

Kaspars Geschichte jedoch ließ mich jäh dorthin zurückkehren und brachte mich von einem Moment auf den anderen wieder auf den Weg zu meinem sterbenden Vater, ungehalten darüber, dass niemand kam und mir ein Essen brachte. Doch nun, mit Kaspars Buch in den Händen, machte ich mir schwere Vorwürfe. Hätte ich als Polizist nicht mehr Gespür für das Geschehen im Verborgenen beweisen müssen?

In einer sehr merkwürdigen Geistesverfassung zog ich das Rollo herunter und machte mir eine Kanne Kaffee. Dann holte ich mir Papier und notierte alles, woran ich mich noch erinnerte. Jedes Detail jener dreiviertel Stunde in der Bonifatius-Quelle hatte sich meinem Gedächtnis eingebrannt und nahm vor mir schriftlich Form an. Und alles fügte sich perfekt in die Szene des Verbrechens.

Also ging ich wie besessen auch noch einmal Kaspars Geschichte durch und schrieb alle Fakten heraus, die ich ihr zusätzlich zu meiner Erinnerung entnehmen konnte.

Nach neun vollen Seiten fühlte ich mich zum Zerreißen gespannt: Es fehlte nur Zweierlei: Der Mörder – und ich, der ahnungslose Zeuge...

Ich musste unbedingt diesen Autor sprechen. Also rief ich bei Bergmanns, seinem Verlag, an. Die Sekretärin reagierte unwirsch. Es stellte sich heraus, dass Kaspar den Verlag gewechselt hatte, nachdem dieses Buch zum Überraschungserfolg geworden war.

Während ich versuchte, etwas mehr aus ihr herauszubekommen, unterbrach sie das Gespräch und aus heiterem Himmel donnerte eine Stimme durch die Leitung: ‚Bergmann! Sie wollen was über Kaspar wissen. Ein kalter Hund ist er!'

Ich schnappte nach Luft. Offensichtlich hatte ich den geprellten Verleger persönlich am Apparat.

‚Es mag merkwürdig klingen', bat ich, ‚aber könnten Sie mir noch etwas mehr über ihn sagen.'

‚Reicht das nicht?', brummte Bergmann. Es knackte in der Leitung; wider Erwarten hatte er nicht aufgelegt, sondern das Gespräch auf sein Büro umgestellt. Ich sah Bergmann als korpulenten Weißhaarigen vor mir, der über einem mächtigen Schreibtisch thront.

‚Was wollen Sie wissen?' Er sprach nun ruhiger, trotzdem klang seine Stimme nach gut abgehangenem Zorn.

‚Alles, was es über ihn zu sagen gibt.'

Bergmann schnaubte. ‚Er hat Sie auch geprellt, was?'

‚Nicht direkt', begann ich. ‚Ich bin Polizist im –.'

Er erstickte den Rest meiner Erklärung im Keim: ‚Polizei, aha! Ich sage gerne, was das für einer ist, der berühmte Harald M. Kaspar.'

Ich hörte, wie Bergmann in seinen Sessel plumpste. Zumindest in seinem Leibesumfang hatte ich mich wohl nicht getäuscht.

‚Kaspar sandte mir ständig unverlangt Manuskripte zu. Ich schickte alle postwendend zurück und erwartete, dass er mir eines Tages auflauert, um mir deswegen Vorhaltungen zu machen.'

‚Kam er?'

‚Nein. Sein Dilemma war, dass er außerordentlich begabt war. Sein Stil war gut, schaffte Atmosphäre und Spannung. Aber seine Ideen waren haarsträubend, viel zu kompliziert. Er konnte seinen Stoff nicht bändigen. Als Polizist geben Sie mir doch recht: Die meisten Verbrechen sind recht simpel?'

Ich stimmte zu. ‚Worüber schrieb er denn?'

‚Schund von Gangstern und Mafiabräuten.'

‚Nicht gerade das, wofür er jetzt bekannt ist?'

‚Nein. Zu seinem Genre hat er durch mich gefunden. Eines Tages lud ich ihn ein und schlug ihm vor, für mich zu schreiben. Allerdings unter der Bedingung, dass er sein journalistisches

Talent nicht länger an Fiktionen vergeudet, sondern sich auf wahre Verbrechen spezialisiert. Damals ein Wachstumsmarkt, den niemand bei uns bediente.'

‚Seine Reaktion?'

‚Beleidigt. Autoren sind empfindlich wie Keimlinge. Haben sie sich erst einmal einen Namen gemacht, sind sie nicht weniger sensibel, aber dafür nehmen sie einen dann mit ihren Forderungen in den Würgegriff wie Efeu.'

‚Trotzdem hat er den Vorschlag angenommen.'

‚Ich musste ihm nur gehörig den Mund wässrig machen. Ich schilderte ihm einige Mordfälle, die sich aufgrund ihres Medienechos besonders zur literarischen Verarbeitung eigneten. Letztlich lief alles auf eine möglichst reißerische Nacherzählung hinaus.'

‚Nicht gerade nobel!'

‚Aber mit lockenden Vorteilen: Er konnte das Erfinden der Geschichten dem Leben überlassen, Erfahrung mit dem Schreiben sammeln und dabei seinen Stil perfektionieren.'

‚Der richtige Köder', mutmaßte ich. ‚Erinnern Sie sich noch an die betreffenden Fälle?'

‚Nach zwölf Jahren – Mann, das Papier ist bereits erfunden! Hab noch das Protokoll der Besprechung.' Der Hörer fiel schwer auf den Schreibtisch. Nach einigen undefinierbaren Geräuschen schnaubte Bergmann: ‚Ein Nuttenmörder in Frankfurt; kaltblütiges Kerlchen, hat sie in Mülltonnen entsorgt. Verschwundene Zwillinge bei Dettmold. Hat 'ne Menge Staub aufgewirbelt. Der Vater war Provinzbonze. Schließlich ein Doppelmord. Ein älteres Ehepaar. War wohl als Raub geplant und ist eskaliert. Ziemlich unappetitlich das Ganze.'

‚Davon kommt aber doch nichts in seinem Buch vor – ich hätte erwartet, dass er Ihren Anregungen folgt!'

‚Könnte man meinen. Er wollte auch ursprünglich mit den Recherchen zu dem Doppelmord beginnen, weil er dafür nicht so weit hätte reisen müssen. Kaspar hauste, arm wie 'ne Kirchenmaus, irgendwo bei Mainz. Immerhin hat er dann wenigstens meine Anweisungen beherzigt: gewissenhafte Recherche, komprimierte Fakten, dramatische Aufbereitung.‘

‚Ich habe die ‚zehn ungeklärten Verbrechen‘ gelesen. Er schreibt ungeheuer fesselnd.‘

‚Wenn er sich kurz fasst. Er hat mit Zeitungsartikeln begonnen, was mich auch zu meinem Vorschlag inspiriert hat. Zunächst reute es mich auch nicht.‘ Bergmann atmete schwer aus. ‚Obwohl es beinahe zwei Jahre dauerte, bis ich wieder von ihm hörte. Ich erhielt die zehn Stories, als ich ihn schon fast vergessen hatte. Ich war stolz auf ihn, und mir gratulierte ich zu meinem guten Riecher.‘

Ich kannte ja das Ende vom Lied: ‚Zum Dank ist er zur Konkurrenz abgewandert?‘

‚So war es. Schon mit dem nächsten Manuskript – wieder ein Bestseller. Kaspar ist gerissen und so undankbar wie hartnäckig. Außerdem bekommt er den Hals nicht voll genug.‘

‚Sie müssen ihn hassen.‘

Bergmann resümierte eher nüchtern: ‚Ach, so läuft eben das Geschäft. Und wenn ich ehrlich bin, konnte ich den Kerl nie leiden. Ein zorniger junger Mann, größenwahnsinnig und besessen von seiner Karriere. Und er besaß keinerlei Form von Humor, die ich schätze.‘

‚Haben Sie vielen Dank für Ihre Hilfe.‘

‚Treten Sie Kaspar in den Arsch, wenn Sie können. Dann bin ich Ihnen dankbar.‘

Wissen Sie, Bergmann hat mich neugierig gemacht und voreingenommen. Ersteres ist gut für Ermittlungen, Letzteres eher hinderlich. Trotzdem wollte ich ihn unbedingt persönlich sprechen. Immerhin konnte Kaspar über Informationen verfügen, die er nicht für sein Buch verwendet hat.

Helene half mir dabei, Kaspars Verlag ausfindig zu machen; ihre Art, meine Nachforschungen gut zu heißen. Man versprach, meine Bitte um Rückruf weiter zu leiten. Allerdings stellte ich mich auf langes Warten ein. Während meine Gedanken beständig um die eine Frage kreisten: War der Mord inzwischen aufgeklärt?

Ich hoffte nicht. Der Zufall schien mich nur aus einem Grund noch einmal mit der Vergangenheit zu konfrontieren: Man gab mir eine zweite Chance. Die Chance, das Verbrechen aufzuklären, das ich nicht verhindert hatte.

Schon eine Woche später rief Kaspar an. Ich stand an der Kasse und meldete mich mit 'Buchhandlung Gickel, Eichhorn, guten Tag'.

Aufgekratzt nahm Kaspar mein Lob für die Geschichte um die Bonifatius-Quelle auf.

'Erstaunlich, dass Sie gerade diese erwähnen', plauderte er los. 'Es ist die dritte Geschichte im Buch, tatsächlich aber die erste, die ich schrieb. Danach hat mich kein anderer Fall wieder so beeindruckt – und er markierte den Wendepunkt in meiner Laufbahn.

'Wurde er jemals aufgeklärt?'

'Keine Ahnung. Nach dem Schreiben lege ich sozusagen alles zu den Akten. Damit haftet meiner Arbeit wohl der Ruch der Gewissenlosigkeit und Sensationsgier an.'

'Die Sensationsgier betrifft eher die Leser, oder?', stellte ich fest.

'Nach meinem Erfolg zu urteilen, ist sie auch sehr ausgeprägt. Dabei war mein erster Verleger nur schwer von diesem Projekt zu überzeugen.'

Meinetwegen durfte Kaspar seinen Mythos pflegen. 'Kaum zu glauben! Ein hartes Geschäft, oder?'

'In der Tat. Es verlangt Ellbogen und unliebsame Methoden – die mir schließlich den großen Durchbruch eintrugen. Ich kam buchstäblich von ganz unten, habe mich als Nachtwächter, Lieferwagenfahrer und Autowäscher durchgeschlagen, aber ich habe nie auch nur eine Sekunde an meinem Erfolg gezweifelt.'

Was er mehr über die Schwierigkeiten von Nachwuchsautoren zu erzählen hatte, interessierte mich nicht weiter. Ich lenkte ihn auf mein eigentliches Ansinnen zurück. 'Woher kommen eigentlich Ihre Informationen? Zum Beispiel bei der Bonifatius-Quelle – wie erhält man die Fakten, um das Ganze so spannend aufzuziehen?'

‚Wenn ich das verrate, bekomme ich keine Tipps mehr', erklärte er jovial und ließ keinen Zweifel daran, dass seine Auskunftsfreude hiermit ihre Grenze gefunden hatte: ‚Nun: Sie möchten sicher eine Lesung mit mir veranstalten? Dann kontaktieren Sie bitte meinen Agenten. Übrigens', fügte er spontan an, nachdem er mir die Nummer gegeben hatte, ‚wenn Ihnen die ‚zehn ungeklärten Verbrechen' gefallen haben, werden Sie von meiner Monografie über diesen Fall begeistert sein! Ich lasse Ihnen ein signiertes Exemplar zugehen.'

Das Buch traf tatsächlich einige Tage später ein." Eichhorn hielt das Buch hoch, so dass ich den Titel lesen konnte: „Der Bonifatius-Mord".

Ich schlug es auf. Auf der zweiten Seite stand mit ausladender Handschrift eine Empfehlung an die Buchhandlung Gickel.

„Es war die dritte Auflage", erklärte Eichhorn. „Ich las es mit der gleichen Aufmerksamkeit wie die Geschichte, doch es hatte keine besondere Wirkung mehr auf mich. Wahrscheinlich, weil es keine neuen Informationen bot, sondern die alten nur weiter aufblies.

Anstelle von Kaspars Agenten suchte ich mir einen eigenen: Einen Freund auf meinem früheren Polizeirevier. Er fand für mich heraus, wer damals den Mordfall bei der Polizei bearbeitet hatte: Ronald Boback.

Es kostete mich einiges an Überwindung, Boback wegen des alten Falls anzurufen. Als gewissenhafter Beamter konnte er eine gewisse Zurückhaltung auch nach seiner Pensionierung nicht ablegen. Letztlich hatte er aber gegen einen Besuch von mir nichts einzuwenden und empfing mich sehr freundlich in seinem Bad Vilbeler Reihenhaus.

‚Wären Sie damals vorbei gekommen, als ich auf mein Essen wartete – man hätte vielleicht mich unter Mordanklage gestellt.'
‚Zumindest wären Sie kurzfristig in der Zelle gelandet.'

‚Aber jetzt bin ich nicht mehr verdächtig?'

‚Nun, Sie ziehen Ihre Erkundigungen ein. Ich meine, wie's scheint, sind Sie sauber.'

Eine Weile unterhielten wir uns über unsere unterschiedlich langen Karrieren bei der Polizei; schließlich aber kamen wir zum eigentlich Thema meines Besuches.

‚Ist 'ne lange Zeit vergangen seit dem Mord an Johanna. Ich kenne ihren Vater, sind im gleichen Angelverein.' Boback spielte mit den Fransen der Tischdecke. ‚Bin nie richtig drüber weg gekommen, dass es ausgerechnet in diesem Fall nie zu einer Verhaftung kam. Gleich nach Ihrem Anruf bin ich rüber ins Revier und hab die alten Akten noch mal durchgesehen: So viel Papier, so viele Hinweise, kein Täter.'

‚Dann helfen Sie mir?'

‚Ja. Schaden kann's nicht, wenn wir beiden Ausgedienten noch mal gemeinsam einsteigen. Was mich damals mehr erschütterte als der Mord – und es ist traurig, dass man so abstumpft – war das Kind. Pauline hat alles mit angesehen. Sie war damals fünf Jahre. Hat monatelang die Sprache verloren, danach lange Zeit gestottert.'

‚Oft sind die nächsten Angehörigen die Täter.'

‚Ja. Nach einem flüchtigen Augenschein wäre Peter Köhler auch meine erste Wahl gewesen', stimmte Boback mir zu. ‚Es gab alle Anzeichen einer häuslichen Auseinandersetzung. Die Kampfspuren verliefen vom Zimmer hinter der Rezeption, die Treppe hinauf in die Küche und schließlich bis ins Schlafzimmer. Dort wurde Johanna Köhler dann mit einem Messer angegriffen. Der Schnitt ging tief durch den Hals. Das war pure Wut. Aber am interessantesten war die vorgetäuschte Vergewaltigung; der Rock war hochgeschoben, der Schlüpfer zerrissen. So etwas machen Ehemänner häufig, um den Verdacht auf einen Fremden zu lenken.'

‚Aber ihr Mann hatte ein Alibi?'

‚Ja. Man hatte Peter am Vortag den Blinddarm entfernt. Er lag im Krankenhaus.'

‚Was ist aus ihm geworden?'

‚Er ist lange nicht drüber weg gekommen. Peter hat schon seine Eltern durch einen Mord verloren. Wenn Pauline nicht gewesen wäre... Er ist mit ihr zu Verwandten nach Kanada übergesiedelt.'

‚Was ist mit der Tatwaffe?'

‚Ein Küchenmesser aus ihrem eigenen Haushalt. Wir haben es hinter dem Haus gefunden. Blutverschmiert. Keine Fingerabdrücke. Es klebte ein Haar daran, das nicht aus dem Haushalt der Köhlers stammte, aber damals...'

‚...war es noch nicht weit her mit DNA-Analysen!'

‚Genau. Aber wir hatten ohnehin bald keinen Verdächtigen mehr, mit dem wir es hätten vergleichen können. Die Übernachtungsgäste und die Besucher der Gaststätte konnten wir bald alle vom Verdacht ausschließen. Übrigens hätten Sie an jenem Tag kein Essen dort bekommen. Mittwochs war Ruhetag.'

Und Pauline? Hat sie später jemals über das Verbrechen gesprochen?'

‚Nein. Wir haben damals einiges versucht, natürlich haben wir auch einen Kinderpsychologen zu Rate gezogen. Letztlich wollten wir ihrer ohnehin erschütterten Seele nicht noch mehr zumuten und haben den Versuch aufgegeben, noch etwas von ihr zu erfahren.'

Boback stand auf und strich sich mit den Fingern das schüttere Haar zurück. ‚Ich weiß', sagte er, ‚viel kann ich Ihnen nicht anbieten. Und ehrlich gesagt, ich hätte Ihre Bitte um Informationen schlichtweg abgelehnt, wenn Sie damals nicht auch Polizeibeamter gewesen wären. Man soll die Hoffnung zwar nie aufgeben, aber trotzdem bin ich der Überzeugung, nach zwölf Jahren finden wir den Täter nicht mehr.'

Nun, ich war noch nicht gewillt, das so einfach zu akzeptieren und ließ mir die Adresse von Johanna Köhlers Vater geben. Mit Ron Boback verabredete ich mich für den nächsten Nachmittag auf seinem ehemaligen Revier, um trotzdem noch einmal die Akten anzusehen.

Georg Ostanek, Johannas Vater, war ein emeritierter Mathematikprofessor. Ich hatte ihn von Boback aus angerufen, ohne am Telefon mehr zu sagen, als dass ich als ehemaliger Polizist ungelösten Fällen nachginge. Er zögerte lange, bevor er einem Besuch von mir zustimmte, und noch länger dauerte es, um ihn zu überzeugen, dass ich nicht aus Sensationsgier an alten Wunden rührte.

Ich fuhr direkt von Bad Vilbel rüber zu ihm nach Butzbach. Als ich ihm dann persönlich in seiner altmodischen Küche gegenüber saß, legte Ostanek seinen Argwohn erstaunlich schnell ab. Ich hatte den Eindruck, dass Boback ihn nach meiner Abfahrt noch einmal angerufen hatte, aber wissen konnte ich es nicht.

Im Flur tickte eine schwere Standuhr, während Ostanek Bohnen schnitt und dabei begann, mir von Johanna zu erzählen: ‚Sie war das jüngste von unseren drei Mädels. Ein Stubenhocker mit nur wenigen Freunden. Während sie Archäologie studierte, fanden meine Frau und ich uns langsam damit ab, dass sie, anders als unsere beiden Älteren, vielleicht niemals heiraten würde. Johanna jedoch schien still abzuwarten, bis der Richtige in ihr Leben treten würde. Und eines Tages kam Peter Köhler und war der Richtige.

Aber wir hätten uns ja auch nie vorstellen können, dass Johanna einmal einen Gasthof mit Wirtschaft führen würde. Aber auch da belehrte sie uns eines Besseren. Nach der Hochzeit mit Peter ging sie die Sache so selbstverständlich an, als wäre es ihr vorbestimmt gewesen. Schließlich wurde Pauline geboren und ihr gemeinsames Glück war perfekt.

Wir haben sie manchmal da draußen besucht. Johanna hatte alles im Griff, kümmerte sich um die Gäste, die Wirtschaft, machte die Zimmer und besorgte die Buchhaltung. Ich habe sie gefragt, ob sie sich dort draußen nicht einsam fühle oder sich fürchte. Sie hat mich ausgelacht.‘

Ostanek räusperte sich. Dann stellte er die Frage, die ich von niemandem mehr fürchtete als von ihm: ‚Wozu?‘

‚Weil ich Gerechtigkeit will.‘

‚Gerechtigkeit‘, schnaubte er.

Und ich war erleichtert, dass er nicht weiter in mich drang. Wie hätte ich ihm erklären sollen, dass ich den Tod seiner Tochter vielleicht hätte verhindern können?

‚Gerechtigkeit', wiederholte er, 'wer immer meine Tochter getötet hat, er wird vor den ewigen Richter treten müssen und seine gerechte Strafe empfangen. Auf irdische Gerechtigkeit zu warten ist sinnlos. Die Zeit hat längst alle Spuren vernichtet.' Seine Hände arbeiteten mechanisch, schnitten Bohnenenden ab, warfen sie auf eine alte Zeitung und die geschnittenen Bohnen in eine Plastikschüssel.

Wir schwiegen einen Moment, in dem das Sechsuhrschlagen der schweren Standuhr im Flur zu hören war. Jeder Schlag schien seine Worte zu bekräftigen.

Es war nicht die Zeit falscher Versprechungen. Andererseits fühlte ich mich verpflichtet, meine vagen Hoffnungen zu formulieren – auch für mich. Doch welche Worte konnte ein ehemaliger Polizist und Buchhändler finden, um eine Brücke in die Welt eines Mathematikers zu schlagen?

'Vielleicht ist es wie mit der Suche nach Primzahlen...', tastete ich mich an einem Gedanken entlang. ‚Am Anfang liegen sie noch dicht beieinander. Genau wie Spuren und Zeugen eines Mordes. Dann werden die Lücken größer und die Wahrscheinlichkeit, bald unter den gewöhnlichen Zahlen auf eine Weitere zu stoßen, nimmt ab. Aber man gibt nicht auf und sucht weiter und nach dem richtigen Abstand wird eine weitere Primzahl kommen. Es ist einfach gewiss. Genauso gewiss existieren weitere Spuren, nur liegen sie nun noch weiter auseinander.'

Ostanek nickte. Erst einmal sehr bedächtig. Dann heftiger. 'Ich verstehe. Es gibt keine Garantie, aber eine Chance.' Er warf das Messer hin. Ich wusste, dass er seit zwölf Jahren kein Messer zur Hand nehmen konnte, ohne an seine Tochter zu denken.

Schließlich brachte Ostanek mich zur Tür. ‚Finden Sie diese Zahl', sagte er zum Abschied.

Am nächsten Tag traf ich mich mit Boback im Polizeirevier. Wenn er neugierig auf mein Gespräch mit Ostanek war, zeigte er es nicht.

Es gab nur einen Raum, in dem ich ungestört die Mordakten durchgehen konnte, eine Ausnüchterungszelle. Dort las ich Seite für Seite durch, während Boback sich nebenan leise mit seinen ehemaligen Kollegen unterhielt. Die Akten, die Zelle... es war eine beklemmende Atmosphäre, in der ich Seite um Seite durchging: In der Nacht vor dem Mord waren drei Zimmer vergeben gewesen: An einen Handlungsreisenden, an ein älteres Ehepaar und an einen Arzt, der am Vortag eine Reifenpanne gehabt hatte. Sie alle waren früh am Tag des Mordes abgereist und hatten lückenlose Alibis.

Es war Seife geliefert worden an jenem Vormittag und gegen zwei hatte Johanna mit dem Krankenhaus telefoniert. Ich schaute die Protokolle der Zeugenvernehmungen durch und machte mir auch hierzu Notizen. Am Ende behielt Boback Recht, alle Hinweise führten ins Nichts.

Schließlich standen wir vor dem Revier, zwei ehemalige Polizeibeamte. ‚Kennen Sie eigentlich die Kurzgeschichte über den Mord?', fragte ich Boback.

‚Von diesem Kaspar, ja? Ich hege keine Sympathie für Menschen, die Geschäfte mit dem Verbrechen machen. Aber natürlich: Ich habe sie gelesen. Kaspar hat allen möglichen Leuten aufgelauert, um sie auszuquetschen, nicht nur meinen Jungs, auch denen vom Bestattungsunternehmen und den Gerichtsmedizinern. Sogar die Familie hat er monatelang belästigt. Lassen Sie von sich hören, falls Ihnen noch etwas einfällt', bat Boback mich zum Abschied.

Ich versprach es, aber inzwischen schwand auch meine Zuversicht.

Helene sah mir die Enttäuschung an, als ich zurückkehrte. ‚Du hast nichts erreicht?', fragte sie.

Ich schüttelte den Kopf und ging erschöpft nach oben. Mit dem Primzahlvergleich hatte ich mir beinahe selbst weis gemacht, dass ich den richtigen Hinweis finden würde. Nun stand ich mit leeren Händen da.

‚Geh alles noch einmal von Anfang an durch', schlug Helene vor, als sie abends vom Laden hoch kam. ‚Wenn du dann noch immer nichts findest, darfst du dir keine Vorwürfe machen. Niemand erwartet die Lösung von Dir.'

Niemand außer mir, dachte ich und lag die ganze Nacht neben ihr wach und grübelte. Schließlich aber hatte sie Recht und ich nichts zu verlieren. Deshalb machte ich am nächsten Morgen einfach, was sie gesagt hatte. Und dann, ganz langsam, tauchte ein Bild vor mir auf, in das sich alles fügte.

Ich rief noch einmal bei Boback an.

'Und, sind Sie auf etwas gestoßen?', fragte er.

'Noch nicht spruchreif', wich ich aus und erkundigte mich, ob sich Johanna selbst um das Waschen der Wäsche gekümmert hatte.

'Ich denke schon,' sagte er, ‚sie hatte zwei riesige Waschmaschinen und eine Mangel in einem kleinen Wirtschaftsgebäude hinter dem Haus.'

'Mhm, den Anbau habe ich gesehen. Könnten Sie mir trotzdem den Gefallen tun und nachsehen, ob es Rechnungen von einer Wäscherei gibt?'

'Sie wollen mir wirklich nichts verraten?'

'Nein. Nicht bevor ich sicher bin. Aber wenn Sie schon einmal dabei sind, schauen Sie doch auch einmal nach, ob eines der Zeugenprotokolle von einem Wäschereifahrer stammt. Und die Nummern der Wäschereien im Umkreis hätte ich auch gerne.'

'Klingt nach einem klassischen Ermittlungsrausch. Also mach ich das wohl besser. Geht aber nicht von jetzt auf gleich.'

'Vielen Dank!'

'Nichts zu danken. Aber, Eichhorn, vergessen Sie nicht, Sie dürfen nicht eigenmächtig handeln.'

'Nein, sobald ich sicher bin, werde ich Meldung machen. Wie ein ganz normaler, braver Bürger.'

'Das höre ich gern.'

Boback meldete sich noch am selben Abend. Er gab mir die Telefonnummern der Wäschereien durch, auch wenn Johanna die Wäsche stets selbst besorgt hatte. Ein entsprechendes Protokoll einer Zeugenaussage von einem Fahrer gab es nicht.

Der Rest war Fleißarbeit. Ich umkringelte in einer Karte alle wichtigen Schauplätze des Falles und rief nacheinander die

Wäschereien an. Ein letztes Mal spielte ich alles noch einmal im Geiste minutiös durch, dann wählte ich Bobacks Nummer, um ihn zu bitten, durch seine ehemaligen Kollegen einen Haftbefehl ausstellen zu lassen.

Ich war mir über das Motiv noch nicht hundertprozentig sicher, aber den Täter kannte ich nun, und während Boback ihnen alles erklärte, spürte ich, wie seine anfängliche Skepsis der gleichen Euphorie wich, die auch ich empfand.

Eichhorn lehnte sich weit in seinem Stuhl zurück und faltete die Hände hinter dem Kopf.

„Für wen?", fragte ich gebannt, „für wen wurde der Haftbefehl ausgestellt?"

Eichhorn zeigte auf das Schneetreiben vor dem Schaufenster. „Zeit und Lust, es selbst herauszufinden?"

Ich zeigte auf das Schneetreiben vor dem Fenster. „Habe ich denn eine Chance?"

„Sicher!" In seiner Stimme lag höllisches Vergnügen. Darauf hatte er wohl die ganze Zeit über abgezielt. Er schob mir die „Zwölf ungeklärten Verbrechen" zu, von denen zumindest eines inzwischen wohl seine Lösung gefunden hatte. Ich musste grinsen und fragte, ob er schon andere vor das gleiche Rätsel gestellt hatte.

„Einige!"

„Haben es alle herausbekommen?"

„Nicht alle, aber alle hatten die nötigen Fakten und für kurze Zeit das Gefühl, dem Verbrecher selbst auf der Spur zu sein!"

Während Eichhorn wieder Bücher einsortieren ging, las ich die Geschichte und überlegte fieberhaft. Ich nahm mir frischen Kaffee und ging im Laden auf und ab.

„Ich komme nicht drauf", kapitulierte ich nach einer Weile, in der ich in das Schneetreiben vor dem Geschäft gestarrt hatte. „Ich weiß, es muss mit dem Wäschereiwagen zu tun haben. Der Fahrer, er muss der Täter sein, denn Johanna Köhler kümmerte sich selbst um die Wäsche des Gasthofes. Doch das ist noch nicht alles, oder?"

„Sie haben zwar richtig kombiniert“, tadelte mich Eichhorn, „aber sind den Weg nicht bis zum Ende gegangen.“

„Aber natürlich“, wies ich seinen Vorwurf empört zurück. „Ich bin in Gedanken Ihre Erzählung durchgegangen und habe sie mit Kaspars Geschichte abgeglichen. Ich finde keine Differenz. Es passt alles haargenau zusammen, angefangen von der ersten Seite, wo Johanna beim Kaffee sitzt und die Zeitung ...“ Als ich das Wort Zeitung laut aussprach, fielen mit einem Mal alle Teile an ihren Platz: Nur Eichhorn und der Mörder konnten von der Zeitung wissen, denn Eichhorn hatte sie zerstreut mitgenommen, als er zu seinem Vater weitergefahren war.

„Kaspar?“, stieß ich hervor. „Der Schriftsteller!“

Eichhorn grinste über das ganze faltige Gesicht. „Ja, die Zeitung war der erste Hinweis auf ihn. So naheliegend und vielleicht deshalb so leicht zu übersehen.“

„Aber warum? Er hatte doch kein Motiv, oder?“, fragte ich.

„Natürlich stellte sich mir die gleiche Frage“, erklärte Eichhorn. „Was hatte Kaspar mit Johanna Köhler zu tun? Dann wurde mir klar: Mit ihr selbst nichts, aber mit ihren Schwiegereltern.“

„Mit ihren Schwiegereltern?“

„Ja, erinnern Sie sich? Hier kommt Bobacks Information ins Spiel, dass er Peter bemitleidete, weil dieser schon seine Eltern durch einen Mord verloren hat. Kaspar wollte bei Peter für den Mord an dessen Eltern recherchieren. Es war der Doppelmord, von dem er durch Bergmann gehört hatte, der Raub, der eskaliert war.“

„Aber Peter war im Krankenhaus!“

„Genau – und überlegen Sie weiter. Was weiß man über Kaspar, das nicht in seinen Büchern steht?“

Der zweite Geistesblitz überkam mich: „Er war Auslieferer – er muss für die Wäscherei gearbeitet haben. Sie haben damals Kaspar vorüberfahren sehen!“

„Genau. Da er keinen eigenen Wagen hatte, hat er den der Wäscherei benutzt, um zum Gasthof raus zu fahren.“

Ich ging die ganze Sache langsam durch: „Er fährt hin und trifft statt auf Peter auf Johanna, die am Tisch im Gasthof sitzt, Kaffee trinkt und Zeitung liest. Er stellt ihr Fragen, sie will nicht antworten. Es kommt zum Streit, weil er zu aufdringlich ist. Die Zeitung fällt herunter. Vielleicht beginnt auch Pauline zu weinen. Auf jeden Fall will Johanna Kaspar loswerden. Aber Kaspar ist ehrgeizig, denn es ist seine ganz große Chance. Also lässt er nicht locker und verfolgt sie durchs Haus. Es kommt zum Handgemenge. Kaspar greift in der Küche nach einem Messer und bedroht sie. Im Affekt schneidet er ihr die Kehle durch. Als sie tot vor ihm liegt, benimmt er sich wie jemand aus einem Kriminalroman: Kühl verwischt er seine Spuren und legt neue aus. Aber zuvor fährt er das Auto vom Parkplatz und außer Sichtweite. Kaspar versteckt es oben auf dem Wirtschaftsweg. Dann geht er durch den Wald den Hang hinab zurück, arrangiert die Vergewaltigung und verschwindet endgültig. Die Tür – Sie haben sie noch hinter ihm zuschlagen hören!"

„Und ich wette, der Schweinehund hat gehofft, dass man mich hops nimmt. Aber nach seiner Festnahme gab er alles zu. Schließlich überführte ihn auch die nun möglich gewordene DNA-Analyse seines Haares. Da war es auch zwecklos, zu leugnen."

„Er konnte ja nicht damit rechnen, dass Sie ein Polizeibeamter sind!"

„Der langsamste Polizist der Welt."

„Der gewiefteste! Und das alles wegen einer Zeitung!"

Eichhorn und ich stießen auf den Erfolg, den alten und den neuen, mit unseren Kaffeetassen an, während der Schneesturm vor dem Fenster noch einmal neuen Anlauf nahm.

Ich nahm meinen Mantel. Nachdem ich erfahren hatte, was ich wollte, konnte der Schnee mich nicht mehr aufhalten. Während Eichhorn nach einem letzten Gruß den Laden hinter mir abschloss, ging ich im Geiste noch einmal alles durch.

Selbstverständlich veränderte ich schon auf meinem Weg durch den kalten Winterabend einiges. Und dann stand alles ganz klar vor mir: Ein einsames Motel irgendwo in Vermont, ein Cop, auf dem Weg zu seiner sterbenden Mutter. Er hält an, um sich ein Zimmer für die Nacht zu nehmen und wartet vergeblich. Was er nicht weiß: In einem Raum über ihm liegt die schöne, junge Motel-Besitzerin in ihrem Blut, während ihr kleiner Sohn ihr beim Sterben zusieht. Man verhaftet und verurteilt den Cop für dieses Verbrechen, das er nicht begangen hat. Nur durch einen Zufall erlangt er die Freiheit wieder. Und dann, zwanzig Jahre später, wird der vom Leben verbitterte Ex-Cop durch eine Geschichte in einem Buch noch einmal mit dem Nachmittag in jenem Motel konfrontiert. Und er lässt sich die Chance nicht entgehen, den Verbrecher zu überführen und zu stellen. Natürlich auf eigene Faust und ohne den langen Arm des Gesetzes zu bemühen.

Soweit die künstlerische Freiheit; man muss dem Leser ja einiges an Spannung bieten. Das Lesen muss Spaß machen. Wie hatte Eichhorn gefragt? Wozu sind Bücher schließlich da?

ENDSTATION MORD

Von Dieter Bromund

Ein kalter Schnaps und ein Guinness tun gut. Er sah auf die Uhr. Noch zwölf Minuten, noch genau zwölf Minuten. An der Theke bleiben, keine Unruhe verbreiten.

Endstation in Buchschlag: was tun? Einen Mord aufklären? Bitte sehr!

Es wäre der dritte an einem Buchschlager. Der erste hing mit dem Bau der Startbahn West zusammen, der letzten Startbahn, die je gebaut werden sollte. Wie hieß der Kommissar damals? Richtig, Rupert Dorian, Kripo Offenbach, Mordkommission. Mittlerweile planten sie wieder eine Startbahn, die Zusagen von damals galten nicht mehr. Neue Regierung, neue Versprechen. Mittlerweile war Dorian bestimmt Hauptkommissar geworden. Auf Beförderungen konnte man sich eben mehr verlassen als auf Zusagen von Politikern.

Der zweite Mord an einem Buchschlager passierte in Frankfurt. Der Immobilienmakler Maanens wurde von einem Russen erschossen, der's auf ein Zarenbild abgesehen hatte. In Frankfurt ermittelte die Frankfurter Kripo. Also nicht Dorian.

Und nun der dritte Tote aus Buchschlag?

Das übliche Gedränge in der Galerie Priss in Neu-Isenburg am Sonntagnachmittag, oberstes Stockwerk, der Fahrstuhl war schon sehr willkommen.

Barbara Beisinghoff aus Buchschlag stellte aus, Großformatiges. Die Räume hätten doppelt so hoch sein können. Die Liste der Eingeladenen war lang: 112 Personen. Ins Gästebuch eingetragen hatten sich 62.

Den toten Woog entdeckt hatte ein Karl Mauter aus Götzenhain, als er die Toilette aufsuchen wollte. Woog lag da wie einer, der sich übergeben hatte. Mauter wollte ihn hoch heben, entdeckte Blut auf Woogs Jackett, legte ihn sanft auf die Seite, drängelte sich zum Hausherrn durch. Der rief den

Notarzt, und der nach seinem Eintreffen die Polizei. Als Hauptkommissar Dorian erschien, waren noch 40 Gäste anwesend. Der Hausherr hatte gebeten zu warten. Er war bleich, als er erklärte, was vorgefallen war.

Dorian kratzte sich das Kinn. „Ich muss mit jedem einzelnen von Ihnen reden und die Adressen notieren. Es tut mir Leid, wenn Sie zu spät zum Abendessen kommen. Wer kannte Herrn Woog? Er ist erstochen worden."

Der Lärm hier ist eigentlich unerträglich. Wenn sie schon einen alten Bahnhof zur Kneipe umfunktionieren, sollten sie wenigstens dafür sorgen, dass der Lärm sich nicht an Decke, Wänden und Fußboden bricht. Mit dem Älterwerden störte der Lärm ihn zunehmend. Wenn ein Zug vorbeirollte, klirrten Gläser. Die Gespräche wurden lauter. Draußen auf einem Plakat hielt sich jemand die Ohren zu: Nein zum Flughafenausbau. Ja zum Nachtflugverbot.

Ab wann hat der Mensch Recht auf Ruhe? Und auf wieviel? Wer misst sie ihm zu?

Er sah auf die Uhr. 22 Minuten nach 21 Uhr. Noch acht Minuten warten.

Julius Woog, 47, geschieden, ohne Kinder. Vertriebschef eines Textilunternehmens in Sprendlingen. Was er kaufte, kam per Frachtflugzeug aus Fernost. Besaß ein Haus in Buchschlag. Hatte jede Ausstellung der Galerie Priss besucht und – wie die Bücher zeigten – in sechs Jahren zwölf Grafiken gekauft. Und immer bar bezahlt.

Seine vierte Rippe war gestreift, die Hauptkammer seines Herzens getroffen worden. Sofortiger Tod, viel Blut. Der Täter war ein Besucher der Vernissage gewesen. War er eingeladen worden, war er noch unter den 40 Anwesenden, als Hauptkommissar Dorian mit seiner Mannschaft eintraf? 62 Leute überprüfen, vielleicht sogar 112. Wie viel Chuzpe hat ein Täter, der im Gedränge einer Ausstellung hinterrücks einen Mann ersticht?

Tequila war angesagt. Wie jung die Mädchen waren, die den mexikanischen Schnaps tranken. Die jungen Männer hielten sich an Bier, viele an Mineralwasser – die Fahrer? Zwölf Autos standen draußen. Seit Jahren war die Endstation in Buchschlag ein beliebter Treffpunkt. Junge Leute, die in Buchschlag groß geworden waren und zu den Feiertagen am Jahresende nach Hause kamen, trafen sich, wenn die Alten ins Bett gingen, am Heiligen Abend in der Endstation. Weißt du noch... und ein bisschen angeben.

Er sah auf die Uhr. Der Schnaps tat gut. Noch sechs Minuten.

Barbara Beisinghoff kannte Julius Woog nicht. Doch sie meinte, sich an sein Gesicht zu erinnern. Er plädierte auf einem Plakat mit vielen anderen Köpfen für den Ausbau des Frankfurter Flughafens. Dorian notierte etwas. Die Künstlerin war die letzte, mit der der Hauptkommissar sprach. Die Galeristin bot Kaffee an.

„Wie kommen Sie zu so guten Arbeiten?", fragte Dorian die Künstlerin, „wo fangen Sie an?" „Irgendwo", sagte sie, „ich fange irgendwo an, und dann entsteht ein Bild." Dir bleibt auch nichts anderes übrig, überlegte Dorian. Wo anfangen, wer hätte ein Motiv?

Der einzige Besucher, der Julius Woog kannte, war ein Pfarrer im Ruhestand aus Offenthal, ein 87-jähriger schmaler Mann mit einem lahmen rechten Arm. Kein Tätertyp. Die Galeristin, der Julius Woog natürlich bekannt war, hatte gerade den Redner angekündigt, der Barbara Beisinghoffs neue Arbeiten vorstellen und interpretieren wollte. Die Rede lief noch ab, war auch als Vorblatt für eine Mappe erwerbbar. 16 Käufer fanden sich. War der Täter einer von ihnen? Hatte er der Rede noch gelauscht, als sein Opfer in der Toilette innerlich verblutete?

Hinten an der Theke stand „Belo" in seiner Lederjacke mit den unmenschlich breiten Schultern, freier Fotograf für örtliche Zeitungen, der überall aufkreuzte. Der zu ahnen schien, was vorfallen würde. Oder der den Polizeifunk abhörte? Er hatte

Hauptkommissar Dorian beim Verlassen der Galerie unten auf der Straße in Neu-Isenburg abgelichtet. Und mit der Galeristin und ihrem Mann gesprochen. Und sich dann vom Chef ins Gewissen oder ins Honorar reden lassen. Denn ein Foto von Dorian erschien nicht, wohl aber ein Bericht. Mit besonnener Überschrift: „Die Kripo vor einer Riesenaufgabe." „Wer erstach Julius Woog? Das weiß ich natürlich auch nicht", sagte am Tag, als der Text erschien, ein gewisser Thorsten dem Kommissar am Telefon. „Aber ich möchte Sie sprechen, falls Sie interessiert, was ich gesehen habe."

Er trank seinen zweiten kalten Schnaps. Der Schaum von seinem Guinness war zusammengefallen. Es hätte ein bisschen wärmer sein können, wie in den Kneipen Irlands. Drüben in der Ecke aß ein langhaariger junger Mann Tacos mit Chili con Carne. Ein blondes Mädchen ihm gegenüber leerte ihr Colaglas durch einen Strohhalm. Der junge Mann könnte der Thorsten gewesen sein, der im Polizeipräsidium in Offenbach angerufen hatte und vorbeigekommen war. Manchmal helfen eben Zeitungsberichte. Er rieb sich die Nase.

Eine Autojagd. Flieht so ein Täter? „Wie auch immer, mit mir kann man das nicht machen", sagte Thorsten. „Biegt aus der Gartenstraße mit quietschenden Reifen in die Hugenottenallee ein und rast bei Dunkelgelb über die Carl-Ulrich-Straße und die Schienen, hupend, Vorfahrten schneidend, zwei Kinder rennen davon." So nicht, so bestimmt nicht. Thorsten fuhr hinterher, wütend, aber cool. Der BMW vor ihm drehte weiter auf. Eine OF-Nummer, schwarzes Fahrzeug, hochgestylt, altes Fünfermodell. Volle Pulle auf die Frankfurter Straße Richtung Sprendlingen. Was heißt denn 50 im roten Kreis? Bei Gelb über die Ampel am Kaufhaus Wal-Mart und dann weiter, volle Pulle Richtung Sprendlingen. Als die zweite Ampel Rot zeigte, stieg Thorsten in die Eisen, der andere fuhr durch. „Ich habe ihn verloren", sagte Thorsten, „aber er kam aus der Gartenstraße in Neu-Isenburg, an der die Galerie liegt. Um 17.47 Uhr raste er über die Schienen, ich habe ja eine Uhr neben dem Tacho. Vielleicht reden Sie mal mit dem Mann. Hier ist seine Autonummer, Herr Kommissar."

Was für ein Gedränge an der Theke. Seine Anwesenheit hob das Durchschnittsalter der Besucher der Endstation sicher um volle drei Jahre. Aber man übersah ihn großzügig. Hier im Schatten fiel er nicht auf. Was hereinströmte, setzte Imponiergehabe auf oder lief, die Arme ausbreitend, auf Anwesende zu, verteilte Wangenküsschen. Man sah und wurde gesehen, Fossilien wie er ausgenommen.

Ein guter Platz, wärmender Schnaps, das Bier hatte jetzt die richtige Temperatur. Noch drei Minuten.

Aus dem Protokoll.
Vernehmung des BMW-Fahrers.
Waren Sie am Sonntag, dem 4. März, in der Galerie Priss in Neu-Isenburg?
Ja.
Wann kamen Sie?
Zur angegebenen Zeit, um 17 Uhr.
Was taten Sie?
Begrüßte die Galeristin. Sah mich um.
Kannten Sie Julius Woog?
Ja.
Woher?
Vom Plakat. Er ist für den weiteren Ausbau des Frankfurter Flughafens.
Und Sie sind dagegen?
Ja.
Haben Sie Julius Woog angesprochen?
Nein.
Er Sie?
Nein.

Was taten Sie dann?
Sah mir die Arbeiten von Barbara Beisinghoff an. Wunderbar. Und dann sah ich die Plastik von Kurt Segewisch. Das Ding in der Ecke auf der Vitrine.
Wann verließen Sie die Galerie?
Um Viertel vor sechs.
Warum so früh und so eilig?
Ich hatte eine Verabredung am Bahnhof in Buchschlag. Mit einer Frau.
Name, Adresse?
Anneliese Steingrüber, Breitseeweg 12, Buchschlag.
Haben Sie Herrn Woog getötet?
Schweigen.

Er zahlte, rundete auf. Das Mädchen an der Theke war dankbar für das Trinkgeld. Es regnete immer noch. Scheißkalter Nieselregen, der sich in Schnee verwandeln wollte und dies mit eingestreuten Flocken ankündigte. Vom Plakat drüben war nur noch das Nein zum Ausbau lesbar. Er knöpfte seine Pelzjacke zu, schlug den Kragen hoch, setzte die Mütze auf. Die Stille hier draußen war eine Erlösung. Eine Erlösung, in die mit leisem Bremsen die S-Bahn aus Frankfurt einlief. Es war soweit.

Anneliese Steingrüber. 22. 1,70 groß. Eine Traumfrau. Woog kennt sie, der BMW-Fahrer kennt sie. Der drängelt, er oder ich. Entscheide dich, Anneliese, Woog oder ich! Anneliese sagt nein. Dich oder Woog? Nein, nein, ich denk nicht dran. Spinner. Oder so ähnlich. Vielleicht auch was zur Einstellung zum Flughafenausbau. Woog dafür, der BMW-Fahrer dagegen? Nachdenken und dann – vielleicht – richtig was draus machen.

Die armlange Eisenplastik auf der Vitrine in der Galerie Priss, „Don Quijote“, eine Arbeit von Kurt Segewisch, trug zu Beginn der Vernissage noch eine Lanze. Stahl, spitz, 40 Zentimeter lang. Sie trug diese Lanze nicht mehr um zwanzig vor sechs. Um Viertel vor sechs starb Julius Woog an einem Stich ins Herz. Der junge BMW-Fahrer verließ die Galerie um 17.45 Uhr.

Wie cool muss man sein, um den Nebenbuhler wegen eines attraktiven Mädchens auf einer Vernissage mit der stählernen Lanze aus einer Eisenplastik zu töten? Oder wegen seiner Werbung für den Flughafen. Wie auch immer. Von hinten – mit voller Kraft ins Herz des Opfers stoßend. Und dann macht man solchen Scheiß beim Autofahren...

Anneliese kam ihm im Tunnel unter dem Bahnsteig entgegen. Er küsste sie und nahm ihr den kleinen Koffer ab.

Schön, dass du mich abholst. Hast du lange gewartet? Was hast du getan?

Ich hab in der Endstation zwei Biere und zwei Schnäpse getrunken. Und beim Warten an dich gedacht. Und mir einen neuen Krimi ausgemalt, den Umriss.

Und?

Der spielt in Neu-Isenburg. Wieder mal wird ein Buchschlager ermordet. Und Hauptkommissar Dorian ermittelt wieder. Zwei Männer verlieben sich in dich...

KRISTALLKLAR

Von Klaus-Joachim Frahm

Die Vögel machten einen ohrenbetäubenden Lärm. Wie jeden Morgen. Edgar schloss das stabile Eisentor auf. Er ging über die Wiese zum Kiosk. An dessen Seitenwand lehnte der Kescher, mit dem Edgar immer das Treibgut aus dem Schwimmbereich des Sees fischte, bevor er das Waldschwimmbad für das Publikum öffnete. Er schulterte den langen Bambusstab und ging zum Wasser. Das Zwitschern der Vögel und das Schnattern der Enten begleiteten ihn. Still lag der See in der Morgensonne. Kein Lüftchen kräuselte die Oberfläche. In seiner Mitte trieb etwas. Unförmig und schwarz. Dieses Etwas musste heraus. Um es mit dem Kescher zu erreichen, war es zu weit weg und eindeutig auch zu groß.

Seufzend ging Edgar wieder zum Kiosk, stellte den Kescher weg und ging dann zu dem Kunststoffkahn. Der lag auf der Wiese und war an einen Baum gekettet. Nicht, dass jemand den Kahn hätte klauen können oder wollen. Aber die Jugendlichen hatten ihn des öfteren ins Wasser geschleppt und Schiffe versenken gespielt. So hatte Edgar sich schließlich gezwungen gesehen, ihn anzuketten. Natürlich hatte er den Schlüssel nicht in der Tasche. Der war im Kiosk. An einem sicheren Ort. Wenn ihm der nur einfiele. Schwimmen würde er nicht, das war klar. Lieber das Ding schwimmen lassen, wo es war.

Er schloss den Kiosk auf und suchte in den Schubladen. Nichts. Er schaute auf den Regalen nach. Wieder nichts. Er kratzte sich am Kopf. Auch nichts. Dann beschloss er im Werkzeugraum nach dem Bolzenschneider zu suchen. Der war nicht an seinem Platz, obwohl Edgar sich sicher war, ihn am Tag zuvor dort wieder abgelegt zu haben, nachdem er das Problem mit dem verloren gegangenen Fahrradschlüssel gelöst hatte.

Überhaupt, ob das mit dem Fahrrad wirklich seine Richtigkeit hatte? Klar, glaubwürdig hatte der Junge schon gewirkt.

Aber ein so teures Fahrrad. Abends hatte dann einer sein Rad vermisst. Ein Arzt aus dem Kreiskrankenhaus. Der konnte sich so ein Fahrrad leisten. Und natürlich auch den Verlust.

Neben der Tür hing ein Schlüssel am Haken. Genau genommen zwei. Zwei gleiche. Die beiden Schlüssel, die zu dem Vorhängeschloss am Kahn gehörten. Edgar öffnete das Vorhängeschloss und löste die Kette. Er zog den Kahn zum Wasser und schob ihn über die Betonkante. Ein leichtes Klatschen und der Kahn schaukelte auf dem Wasser. Wo waren die Ruder? Er kratzte sich am Kopf. Sicher im Werkzeugraum. Pfeifend ging Edgar zurück zum Kiosk. Die Ruder lehnten im Werkzeugraum an der Wand.

Inzwischen war leichter Wind aufgekommen. Wieder beim Kahn, stellte Edgar fest, dass er das Halteseil nicht befestigt hatte. Der Kahn trieb jetzt ungefähr da, wo das schwarze Ding vorhin noch getrieben hatte. Das Ding war inzwischen am gegenüberliegenden Ufer angekommen und dümpelte dort in der Morgensonne.

Edgar legte die Ruder ins Gras und ging langsam um den See. Ein paar Schritte weit musste er dann wohl doch in das Wasser. Ausgerechnet hier, wo der Schilfgürtel begann. Wo es verboten war, den Uferbereich zu betreten. Edgar setzte normalerweise das Verbot durch. Den ganzen Tag über vertrieb er die Jugendlichen von hier. Jetzt übertrat er selbst das Verbot. Dienstlich, sozusagen. Er watete entschlossen durch den Schlamm, packte das schwarze Stoffbündel und erschrak.

Das Bündel war ein Jackett und darin steckte ein Mensch.

„Sie wollten also Treibgut von der Seeoberfläche entfernen."

„Ja, Herr Kommissar, das mach ich jeden Morgen zuerst. Sie glauben ja gar nicht, was da morgens so alles 'rumtreibt." Edgar war ziemlich aufgeregt. Schließlich fand er nicht jeden Tag eine Wasserleiche.

Eine knappe Stunde nach Edgars Anruf war Kommissar Reiter mit einer ganzen Horde von Spurensicherern, Gerichtsmedizinern, Assistenten, Abschreckungsbeamten und so weiter die alte Landstraße entlang gefahren gekommen. Zum Glück noch vor der regulären Öffnungszeit. Edgar hatte sich die ganze Zeit über gefragt, ob er die Badegäste einlassen durfte, oder nicht. Jetzt hatten die Abschreckungsbeamten das Problem gelöst. Sie ließen niemanden ins Schwimmbad, der nicht mit der Untersuchung des Leichenfundes betraut war. Die Morgenschwimmer standen außerhalb des Zaunes und versuchten einen Blick auf die Leiche zu erhaschen.

„Herr Kommissar, in der Tasche des Toten haben wir eine Brieftasche gefunden." Ein dünner, beflissen aussehender Mann hielt Reiter eine schweinslederne, aufgeweichte Brieftasche hin. Reiter nahm sie, klappte sie auf und zog mit spitzen Fingern eine Visitenkarte heraus. 'Randolf Fleckenstein, Braumeister, Untergasse 5, Groß-Umstadt' stand darauf.

„Kennen Sie den Mann?", fragte er Edgar.

„Wer, ich, äh, ich glaub, der war gestern auf der Party", sagte der.

„Eine Party?", fragte Reiter verwundert, „hier im Waldschwimmbad?"

„Ja, gestern war Freiluftkino und Eröffnungsparty der Saison. Natürlich nur für geladene Gäste. Die Licher Brauerei hatte geladen, wegen Sponsoring und so."

„Was für ein Sponsoring?"

„Na, wir haben doch hier das Kino Traumstern. Und das knappst so am Existenzminimum 'rum. Und die Brauerei sponsort das. Gestern war dann ein Fest mit einer Sondervorführung. Lauter Brauereibesitzer und Mitarbeiter aus ganz Hessen, schließlich ist unsere Brauerei eine der Größten in Deutschland."

„Wie, die gehört Ihnen, und da sammeln Sie selbst das Treibgut aus dem See?" In dem Moment, als Reiter das sagte, war ihm klar, dass er sich unbeliebt machte. Er hatte sich noch immer nicht daran gewöhnt, dass die Bürger von Lich die Brauerei als persönliches Eigentum ansahen. Auch wenn sie nicht mehr als vielleicht einen Kasten Bier davon besaßen.

Edgar lachte freudlos. Schlechte Scherze, über die man lachen musste, kannte er von seinem Chef.

Am Nachmittag saßen die letzten Gäste des vergangenen Abends, die sich noch in Lich aufhielten, auf den Kirmesbänken vor dem Kiosk. Alle wirkten noch ein bisschen zerknautscht. Reiter hatte sie alle in den Hotels und Pensionen der Stadt aufgetrieben und so waren sie vollzählig zu einem Ortstermin erschienen. Auch die Bedienungen waren anwesend, bedienten aber niemanden. Wer etwas trinken wollte, musste sich selbst am Kiosk anstellen. Darin stand Edgar und verkaufte vorwiegend Mineralwasser. Reiter wartete, bis alle versorgt waren und begann dann die Befragung.

„Guten Tag, meine Damen und Herren. Es hat sich ja inzwischen wohl herum gesprochen, dass einer der Ihren gestern hier, äh, wie soll ich sagen, äh, auf tragische Weise ums Leben gekommen ist."

„Einer der Unseren, dass ich nicht lache", knurrte ein beleibter Herr in Bermudashorts und einem T-Shirt, auf dem ein dicker Mann abgebildet war, der ein Bierglas auf seinem Bauch abgestellt hatte. Über dem Dicken auf dem Hemd des Dicken stand 'Drink more beer'.

„Haben Sie etwas mitzuteilen?", fragte Reiter und sah den Mann so streng er konnte an.

„Der Fleckenstein war doch ein Arschloch, wollte Kläranlagen bauen, sagte, wär dasselbe, ginge um Gärung, Hefen und Bakterien, gäb aber mehr Kohle."

„Wie meinen Sie das? War er kein Brauereibesitzer?"

„Besitzer! Der! War er mal, hat seine Klitsche verscheuert und macht in Kläranlagen. Ich hab mein Bier früher von ihm bezogen." Der Dicke war vor Erregung aufgestanden und trank schon das dritte Mal aus einer leeren Bierflasche.

„Und wer sind Sie, wenn ich fragen darf, ein Bierhändler?" Reiter war näher zu dem Mann getreten.

„Nun ja, Herr Wachtmeister, sehen Sie, das ist so. Ich hab ein Label und ein paar Kneipen, vor allem Diskotheken unter Vertrag." Der Dicke war an den Kiosk getreten und hatte per Handzeichen noch ein Bier geordert.

„Kommissar, wenn ich bitten darf", sagte Reiter. „Wie meinen Sie das, ein Label? Erklären Sie mir das mal genauer, Herr..."

„Teufel, mein Name, also, das funktioniert so. Ich hab ein paar Verträge mit Kneipen geschlossen und kauf mein Bier bei irgendeiner Brauerei, kleb mein Label, Teufels Bräu drauf und kassier, verstehen Sie?"

„Ah ja, ich verstehe zwar nicht, aber darauf kommen wir später. Was wissen Sie über Herrn Fleckenstein?", fragte Reiter.

„Tja, Fleckenstein, der Arsch. Ich wollte mein 'Teufels Kristallklar' von ihm. Ein Weizen, wenn Sie versteh'n, was ich meine. Er hat ja seinen Laden verscheuert. Mein Bier braut jetzt eine Brauerei in Wetzlar, aber die kriegen kein anständiges Weizen hin. Und Fleckenstein baut jetzt Kläranlagen."

„'Teufels Kristallklar', was meinen Sie damit?", unterbrach Reiter.

„Na, ein neues Label am Markt installieren. Im Moment ist Weizen angesagt. Ich hab 'nen Vertrag mit ihm, den jetzt die Wetzlarer erfüllen müssten, aber die können das doch nicht."

„Moment mal", mischte sich ein smarter junger Mann, der keinen Bierbauch hatte, ein, „Fleckenstein wollte Ihnen ein Weizen brauen, in welcher Brauerei?"

„Nee, wollte er nicht, das hab' ich doch gerade gesagt." Teufel wandte sich dem Störenfried zu, Reiter ebenfalls.

„Aber, wenn Sie ihn fragen, dann hat er doch schon mal..., oder zumindest die Bereitschaft erklärt..., also, was ist, Herr Teufel?" Der smarte junge Mann war rot angelaufen.

„Na gut, wenn Sie's wissen wollen, Münchner..."

„Für Sie immer noch Herr Münchner, Herr Teufel."

„Also gut, Herr Münchner, Fleckenstein hat mir ein ausgezeichnetes Ice-beer gemacht, als das angesagt war. Lief wie die Sau. Jetzt ist Weizen in und er hat ein super Rezept gehabt, da hab ich ihn gefragt..."

„Aha, gefragt! Also wollte er doch wieder brauen." Münchner schrie beinahe.

„Meine Herren, ich bin nicht vom Fach, ich kenne mich nur mit Morden aus. Sie müssen mir das schon erklären." Reiter hatte sich mit dem Mut des Verzweifelten in die sich anbahnende Auseinandersetzung geworfen.

Teufel wandte sich Reiter zu: „Also, das ist so, Fleckenstein hatte eine Brauerei. Bei der haben Münchner, ein paar andere und ich Bier bezogen. Vor ein paar Monaten hat Fleckenstein seine Brauerei verkauft und ich krieg mein Bier jetzt aus Wetzlar."

„Sie müssten eigentlich bei mir kaufen", warf Münchner ein.

„Was heißt, bei Ihnen, Fleckenstein hat meinen Vertrag doch an die Wetzlarer verkauft."

„Und das war Betrug. Ich hab seine Brauerei mit allen Rechten und Verträgen gekauft."

„Also mich geht das nichts an, Herr Münchner, verkaufen Sie doch Ihr 'Münchner Kronenbräu'. Und Fleckenstein kann Ihnen auch nicht mehr helfen, so tot, wie der aussieht." Teufel drehte sich wieder zum Kommissar.

„Moment mal, 'Münchner Kronenbräu', hat das gar nichts mit München zu tun? Das ist nach Ihnen benannt?", kombinierte Reiter mit dem Scharfsinn des Profi-Ermittlers.

„Allerdings", knurrte Münchner, „benannt nach meinem Urgroßvater, der war nämlich ein Genie. Als es dann in München keinen König mehr gab, dachte mein Großvater, er müsse irgendwas mit Republik in den Namen bringen, vielleicht Münchner Rätebräu, aber Irrtum. Wir leben von unserem guten Namen und dem bayrischen König, den lieben die Leute, vor allem die Biertrinker."

„Und wo ist Ihre Brauerei, doch nicht in München?"

„Nein, also, die Brauerei war in Butzbach", führte Münchner weiter aus. „Mein Vater hat sie verkauft und nur den Namen behalten. Wir haben dann unser Bier bei Fleckenstein bezogen."

„Genau wie der Herr Teufel, soso." Einen Moment lang überlegte Reiter, ob es vielleicht nur eine einzige Brauerei auf der

Welt gab und alle Marken... aber das war natürlich Unsinn, sagte er sich.

„Ja, und jetzt hab ich Fleckenstein seine Firma abgekauft. Und dann stellt sich heraus, dass der seine Brauverträge an eine andere Brauerei verscherbelt hat. Ich sitz auf einer Brauerei ohne Abnehmer." Münchner spuckte fast vor Wut. „Und einen Braumeister, der ein paar vernünftige Rezepte hat, finde ich auch nicht."

„Dann hätten Sie also ein Motiv, Herr Münchner." Reiter machte sich eine Notiz in sein kleines schwarzes Buch.

„Was hatten Sie denn für eine Beziehung zu Fleckenstein, Herr Melker?" Reiter hatte seinen bisherigen Gesprächspartnern den Rücken zugewandt und den Besitzer einer kleinen Brauerei in Altenstadt angesprochen, der ihm bereits vormittags vorgestellt worden war.

„Ach, eigentlich keine, ich habe ein paar Rezepte von ihm, das ist alles." Melker war ein graumelierter Herr in den Fünfzigern, der in seinem teuren Maßanzug etwas fehl am Platze wirkte, im Licher Waldschwimmbad.

„Können Sie sich vorstellen, wer sich veranlasst sah, Herrn Fleckenstein, sagen wir mal, aus dem Weg zu räumen?", fragte Reiter.

„Na ja, besonders sympathisch war er ja wirklich nicht", sagte Melker, „aber gleich umbringen, ich weiß nicht."

„Anders herum gefragt", bohrte Reiter nach, „gab es einen Streit, auf Ihrer Party gestern?"

„Streit", Melker lachte, „Wie sagt man so schön? Eine Krähe hackt der anderen kein Auge aus, aber natürlich streiten sich die Kollegen ständig, um jeden Mist. Wir sind ja schließlich auch Konkurrenten."

„Und mit wem hat Fleckenstein gestritten?"

„Naja, zuerst natürlich mit Münchner", sagte Melker. „Wegen der Brauerei und den Verträgen. Dann mit seiner Ex-Frau, wegen ihrem Anteil..."

„Ex-Frau, ist die auch hier?"

„Ja, Moment, da drüben steht sie." Melker zeigte zu einer gepflegten Dame, die gerade bei Edgar ein weiteres Mineralwasser erstand. „Die heißt jetzt Schmücker. Fleckenstein hat ihr nur ihren Anteil an der Brauerei ausgezahlt. Aus den Verträgen und dem ganzen anderen Kram keinen Pfennig, soviel ich weiß."

„Wo war denn Fleckenstein, als Sie gegangen sind?", fragte Reiter, „oder hatte er schon vor Ihnen die Party verlassen?"

„Also ich bin so gegen drei Uhr früh weg", sinnierte Melker, „Fleckenstein stand da gerade am Wasser, ich glaube mit Teufel. War eine angeregte Unterhaltung, wenn man das so sagen darf."

„Und wo waren Münchner und Frau Schmücker zu der Zeit?"

„Hm, Münchner saß an einem der Tische, hat sein Wässerchen geschnieselt, trinkt nämlich kein Bier, der Gute", sagte Melker, „der war, glaube ich, als Einziger nüchtern. Und die Schmücker, die stand da bei dem Kahn, ja, wo ist denn der? Gestern war an dem Baum da noch so ein Plastikkahn angekettet."

„Der treibt auf dem See, den hat der Bademeister heute früh zu Wasser gelassen, um Fleckenstein damit zu bergen", sagte Reiter.

„Und wer war sonst noch da, als Sie gingen?"

„Nur der Bademeister und die Vier. Ach nein, Schnitzler war auch noch da, fällt mir ein. Alle anderen waren längst weg, nach dem Film wurde es langweilig für die meisten. Eigentlich war schon der Film langweilig, wenn ich mir's recht überlege."

„Schnitzler?", fragte Reiter.

„Ja, das ist der Kahlköpfige dort hinten", sagte Melker.

Reiter wandte sich Frau Schmücker zu, die inzwischen mit ihrem Mineralwasser an einem der Tische saß.

„Frau Schmücker, guten Tag, mein Name ist Reiter, ich ermittle im Todesfall Fleckenstein, wie Sie vielleicht bereits gemerkt haben. Sie sind also die ehemalige Ehefrau von dem Opfer, ähm, mein Beileid, zuerst einmal."

„Das können Sie sich schenken, ich hab mich nicht aus lauter Sympathie scheiden lassen", zischte Frau Schmücker.

„Na gut, also", räusperte sich Reiter, „Sie haben sich mit Ihrem Mann gestern abend gestritten. Worum ging es dabei?"

„Ex-Mann, und ich habe mich nicht nur gestern mit ihm gestritten, sondern schon seit unserer Hochzeitsnacht", antwortete Frau Schmücker.

„Aha, aber gestern Abend offenbar auch, worum ging es bei Ihrem Streit?"

„Na, um Geld, worum streitet man sich sonst?", sagte Frau Schmücker, „er hat mich bei der Vermögensaufteilung total über den Tisch gezogen."

„Also hatten Sie eindeutig ein Motiv", stellte Reiter hoffnungsvoll fest.

„Ein Motiv hatten alle, die gestern auf der Party waren", konterte Frau Schmücker. „Fleckenstein hatte sie doch alle über's Ohr gehauen. Münchner mit der ausgeräuberten Brauerei, Schnitzler, der seine Brauerei jetzt verkaufen muss..."

„Moment, wieso muss Schnitzler verkaufen?"

„Der hat von meinem Mann die Lieferverträge gekauft. Mit Teufel und Münchner und so weiter. Und die sind doch so voller mieser Klauseln, dass er damit in die Pleite reitet. Und dann kommt auch noch Teufel mit seiner Option auf das Weizen..."

„Wieso, was ist mit der Option?"

„Mein Ex-Mann hat mit Teufel ausgehandelt, dass der ein paar tausend Hektoliter Kristallweizen kauft, nach Fleckensteins Geheimrezeptur gebraut. Jetzt, wo die Brauerei verscherbelt ist, soll Teufel auf einmal das Weizen von Schnitzler nehmen, und das trinkt doch kein Mensch."

„Also", Reiter schrieb eifrig in seinem schwarzen Büchlein. „Wenn ich das richtig sehe, hatten Teufel, Münchner, Schnitzler und Sie ein vorzügliches Motiv, Fleckenstein zu ermorden."

„Wenn Sie so wollen, aber da gibt es doch noch einige mehr, kann ich Ihnen versichern."

Am frühen Abend hatte sich Reiter einen hinreichenden Überblick über das komplizierte Beziehungsgewirr unter den

Beteiligten verschafft. Alle hatten ausgezeichnete Motive, Randolf Fleckenstein ins Jenseits zu befördern.

Fleckenstein hatte seine Brauerei an Münchner, die Verträge an Schnitzler verkauft. Wenn Schnitzler so ein schlechtes Weizenbier braute, warum kaufte Teufel dann nicht bei Münchner, der hatte ja schließlich Fleckensteins Brauerei. Reiter musste der Sache auf den Grund gehen, es gab sicher irgendetwas, das er übersehen hatte.

Zeugen und Verdächtige waren wieder gegangen. Die Spurensucher hatten ihre Sachen gepackt und zogen wieder ab. Der Leichnam war bereits abtransportiert worden. Reiter bat Edgar, sich für weitere Fragen zur Verfügung zu halten und verließ ebenfalls das Waldschwimmbad.

Edgar beschloss, aus Pietätsgründen das Waldschwimmbad heute geschlossen zu lassen. Er ging wie jeden Abend und jeden Morgen zu Fuß die alte Landstraße entlang nach Lich. Als er am Kino Traumstern vorbei kam, überlegte er kurz, ob er noch einkehren sollte, vielleicht auf ein Bier. Der Biergarten war zwar nicht schön, aber einladend. Er beschloss dann aber doch, erst einmal nach Hause zu gehen. Er fühlte sich noch vom gestrigen Tag etwas angeschlagen. Seine Einzimmerwohnung in der Nähe des Schlosses war zwar klein und unaufgeräumt, aber nach dem langen Tag mit den vielen Polizisten und Mördern wollte er sich erst einmal ein wenig auf seine Matratze legen.

Reiter hatte sich entschlossen, im Parkhotel einen Kaffee zu trinken und seine Notizen durchzugehen. Als er das Haus gegenüber des Licher Schlossparks betrat, stand Frau Schmücker an der Rezeption und hatte ihren Koffer in der Hand.

„Frau Schmücker, wie war das mit der Brauerei?“, fragte Reiter, „hat Ihr Ex-Mann seine Rezepturen zusammen mit der Brauerei verkauft?“

„Seine Rezepturen?“, überlegte Frau Schmücker, „das weiß ich nicht, aber, wie ich ihn kenne, hat er die bestimmt extra verscherbelt.“

„Aha, und wissen Sie auch an wen?“

„Keine Ahnung, aber eigentlich kommt nur einer in Frage, Melker. Und jetzt entschuldigen Sie mich bitte, ich muss los."

Frau Schmücker verließ Lich und den Kommissar. Der stand ein wenig ratlos im Flur. Dann wandte er sich an die Empfangsdame.

„Sagen Sie, wohnt Herr Teufel auch hier?"

„Ja, er ist in seinem Zimmer."

„Welche Zimmernummer?"

„Die vier", antwortete die Frau, „ich melde Sie an, Herr ..."

„Reiter, Kriminalpolizei", sagte Reiter.

„Oh, Polizei im Haus, das haben wir aber gar nicht gern", sagte die Empfangsdame, während sie eine kurze Nummer wählte. „Herr Teufel, hier ist ein Herr Reiter von der Polizei für Sie." – „Ja, ich schicke ihn hinauf."

„Gehen Sie hier die Treppe hinauf und dann links", sagte die Frau zu Reiter. „Die zweite Tür rechts."

Reiter ging hinauf.

„Herr Teufel, jetzt müssen Sie mir noch einmal etwas erklären. Wenn Münchner die Brauerei gekauft hat und Schnitzler die Lieferverträge, was ja schon ganz schön kompliziert ist, was wollten Sie noch von Fleckenstein, gestern Abend?"

„Na ja, seine Rezepte hat ja keiner von den beiden", sagte Teufel, „und da er seine Kenntnisse ja nicht mit verkauft hat, hab ich mit ihm darüber verhandelt, mir ein neues Kristallweizen zu komponieren."

Reiter war auf den kleinen Balkon getreten, der zu Teufels Zimmer gehörte.

„Hier hat man ja einen wunderschönen Ausblick auf das Schloss und den Park", sagte er.

„Ja, aber leider auch auf die Pension Kübler, da drüben", murrte Teufel, „und da links auf diesen Brauereimoloch, der uns Kleinen die Luft zum Atmen nimmt."

„Dass Sie die Brauerei nicht mögen, verstehe ich ja", sagte Reiter, „aber was ist gegen die Pension Kübler einzuwenden?"

„Da ist der Melker abgestiegen, der alte Geizknochen, schaut mir direkt ins Zimmer", knurrte Teufel.

„Zu dem muss ich auch noch einmal", sagte Reiter. „Halten Sie sich zu meiner Verfügung, ich glaube, ich muss mich beeilen."

„Sie, Herr Kommissar?" Melker hatte sich nicht wirklich überrascht gezeigt, als Reiter vor seiner Zimmertür stand. „Ich habe ja nun wirklich keinen Grund, den armen Fleckenstein ins Jenseits zu befördern."

„Ich glaube schon, Herr Melker", sagte Reiter. „Sie sind der Einzige, der in Frage kommt, denn schließlich haben Sie Fleckensteins Rezepte und wollten verhindern, dass er für Teufel ein neues Weizenbier erfindet. Und da konnten Sie nur sicher sein, wenn Fleckenstein tot war. Die anderen hatten zwar Motive, aber sie hatten einen realen Gegenwert für ihr Geld bekommen. Ihre Rezepte hingegen sind erst sicher, wenn Fleckenstein sie nicht mehr in leicht abgewandelter Form unter die Leute bringen kann. Das ist Ihnen gestern klar geworden, als Sie Teufel und Fleckenstein im Gespräch beobachteten."

„So ein Unsinn, ich habe die Rezepte und verdiene damit Geld. Dass mich der Fleckenstein auf's Kreuz gelegt hat, damit muss ich leben, und nicht nur ich, auch die anderen."

„Sie haben Fleckenstein allein am See stehen sehen, in der Nacht", kombinierte Reiter. „Alle anderen waren schon außer Sicht und da haben Sie die Gelegenheit genutzt. Kommen Sie, Melker. Sie sind verhaftet."

„Sie werden schon sehen, was Sie davon haben, Sie verhinderter Sherlock Holmes", sagte Melker, „Sie liegen vollkommen falsch."

Die Vögel machten einen ohrenbetäubenden Lärm. Wie jeden Morgen. Edgar schloss das schwere Eisentor auf. Er ging zum Schuppen neben dem Kiosk und schloss auf. Beim Griff nach dem Rechen fiel sein Blick auf den Haken, an dem der Bolzenschneider hängen sollte. Der war immer noch nicht da. Edgar nahm den Rechen und ging zur Liegewiese. Bonbonpapiere, Zigarettenkippen, Getränkedosen, es war täglich ein Ärgernis, was auf der Liegewiese liegen blieb. Handtücher und Portemonnaies waren da noch das Harmloseste. Auf seiner Runde durch das Waldschwimmbad kam Edgar an das Gebüsch neben dem Eingang. Irgendetwas Rotes lag tief unter dem Busch. Der Bolzenschneider. Edgar bückte sich und zog mit dem Rechen das Werkzeug heran. Erschrocken fuhr er zurück.

Der Schneidkopf war mit einer schwarzen undefinierbaren Masse verschmiert, an der Haare klebten. Edgar dachte nach. Eine schwache Erinnerung tauchte aus seinem Unbewussten auf. An dem Abend der Party hatte er eine Menge Pfläumchen und Bier verputzt. Gegen Ende hatte er nur noch in der Ecke gesessen und gewartet, dass die letzten Gäste endlich gingen. Und dann hatte der Fleckenstein mit dem Teufel am See gestanden. Die beiden hatten sich gestritten, dann war Teufel gegangen. Auch die anderen hatten sich endlich erhoben. Melker, Schmücker, Schnitzler und Münchner, alle hatten sich auf den Heimweg gemacht. Fleckenstein war noch stehen geblieben. Als die anderen schon zum Tor hinaus waren, hatte er plötzlich von der Betonmauer in den See gepinkelt. Mitten in den Badebereich. Edgar hatte zum nächstbesten Gegenstand gegriffen. Das war der Bolzenschneider. Dann war er zu dem Dicken gelaufen. Mit einem kräftigen Hieb hatte Edgar Fleckenstein auf den Hinterkopf getroffen. Einen Moment lang war er noch stehen geblieben. Dann war er mit einem lauten Platschen in den See gefallen. An den Rest der Nacht konnte sich Edgar nicht mehr erinnern. Wahrscheinlich war er nach Hause gegangen. Er überlegte, ob er Reiter anrufen sollte.

Vor dem Tor standen die kreischenden Kinder, wie jeden Morgen. Sie warteten, dass Edgar endlich das Tor öffnete. Er nahm den Bolzenschneider und brachte ihn zurück in den Schuppen. Dann schloss er auf, wie jeden Morgen.

BUFFY

Von Jürgen Groß

1.

Buffy lag auf dem staubigen Weg der Grünanlage, die die Frankfurter Innenstadt als Grüngürtel umgibt. Er schlief. Ab und zu furzte er. Vielleicht lag es an der schwer verdaulichen und verseuchten Nahrung. Er hatte kurz vorher eine Taube zerrissen und aufgefressen. Gelegentlich war ein zufriedenes Schnaufen zu hören. Er war ein kleiner Jack-Russel-Terrier. Er hörte nur mir aufs Wort und war bei der geringsten Störung sofort hellwach. Meine 90-jährige Vermieterin Ursula hatte ihn mir anvertraut. Ich half ihr beim Einkauf, hielt ihr Haus und ihre Wohnung mit dem kleinen Garten sauber. Ich wohnte in einem umgebauten Schuppen auf dem Hinterhof ihres Grundstückes. Nicht mal sie kannte meinen richtigen Namen. Ich war weder polizeilich gemeldet, noch irgendwo bei einer Versicherung und schon gar nicht beim Arbeitsamt oder beim Sozialamt bekannt. Die Bullen hatten keine Infos über mich. Fingerabdrücke oder genetische Spuren hatte ich nie hinterlassen. Ich war nix und niemand. Vier Menschen nannten mich Zork. Ein Bullenfreund, ein Rechtsanwalt, ein Dönerbuden-Besitzer und ein alter Spanier in Andalusien.

Verwandte hatte ich keine. Ich war ein Waisenkind. Mit 19 ging ich zur Fremdenlegion und wurde in der Nähe von Marseille für den Kampf gegen die Neger im Kongo fit gemacht. Es war ein einziges Abschlachten gewesen.

Ich hatte das brutale und blitzschnelle Töten gelernt, auch ohne Waffen. Ich bevorzugte die Garotte, die Itaker nannten die Würgeschlinge so. Außerdem die kurzläufige Lupara, die abgesägte Schrotflinte, aber hauptsächlich das Messer. Wenn es nicht anders ging, benutzte ich auch Pistolen. Ich war ein Außenseiter.

Nach vier Jahren hatte ich die Schnauze voll. Völlig nutzlose Kleinkriege. Mir wurde klar, dass ich nur für die Herren des organisierten Verbrechens in den Kampf gezogen war. Deren Machtansprüche und ihre Gier nach Geld und Anerkennung sichern musste. Klar, wir waren damals stolz drauf. Meinen Legionärsausweis konnte ich verbrennen und wusste schon sehr früh, mich zu tarnen. Wir flüchteten zu zweit. Südafrika, Schiff nach Gibraltar, dann Spanien. Für drei Jahre untergetaucht in den Obstplantagen in Andalusien. Danach wechselte ich meinen Wohnsitz nach Deutschland. In Spanien war ich nur in den Wintermonaten. Ein alter Spanier hatte in den Bergen von Andalusien oberhalb von Malaga einige Felder mit Orangen und Oliven. Dort war ich auch anonym. Ich verdiente meine Kohle, um in Südspanien zu überwintern und für meinen Lebensunterhalt hier im Sumpf einer Großstadt. Viel brauchte ich nicht. Warum gerade Frankfurt? Ich wusste es nicht. Ich war zum Gerechtigkeitsfanatiker geworden. Vielleicht lag es an meiner Heimerziehung und an einer Mutter, die ich aber nie gesehen hatte.

Der kleine Mann musste bluten für die Mächtigen in dieser Gesellschaft. Was bedeuteten Rechte? Gerade die Rechte für den kleinen Mann?

2.

Ich trank das Bierglas in einem Zug leer. Ich roch wie Buffy und hatte meine Misthaufenklamotten an. Penner beachtete man hier in den Abend- und Nachtstunden nicht. Ich hatte, wenn ich im Einsatz war, ein anonymes Mobiltelefon. Jemand zahlte dafür. Weshalb das so war, darüber machte ich mir nicht einen Augenblick lang Gedanken. Ein Bulle hatte es im Briefkasten abgelegt. Vor Jahren schon. Ich wartete immer eine halbe Stunde, bis ich den Briefkasten leerte. Man konnte ja nie wissen, ob irgendein abgefuckter Wichser etwas spitz bekommen hatte. Plötzlich stand mir Possmann-Willi gegenüber. Ein Penner von der Zeil. Er sah schlecht aus. Der Suff hatte ihn platt gemacht. Er blutete aus dem Mund, würgte rotweißen Schleim hoch und kotzte ihn aus. Buffy schreckte hoch und wollte zum Biss ansetzen. Er war von mir auf das

Zerquetschen von Hoden trainiert worden und hörte mir aufs Wort. Ein Blick reichte und Buffy setzte sich wieder hin. Er knurrte aber wachsam und schaute abwechselnd auf Willi, dann auf mich. Ich gab Willi eine Pulle ab. Er stand zwar mehr auf Apfelwein als auf Bier, aber er schüttete den Gerstensaft in seine schleimige Kehle. Das Sprechen viel ihm schwer. Er reichte mir seine blutenden Finger. Ich legte ihm einen Fünfer in die Hand. Er verschwand in der Dunkelheit. Zehn Minuten später wollte ich den Briefkasten leeren, aber eine Straßennutte stand plötzlich neben mir. Billig, aufgetakelt. Knallenge Hüftjeans, so dass man die Haare über ihrer Muschi sehen konnte. Billiges Kaufhausparfüm, unterstes Regal. Ihre Titten schlapperten in Höhe des Bauchnabels unter dem durchsichtigen Oberteil. Ich wusste keinen Reim drauf, wieso sie sich an einen vermeintlichen Penner ran machte. Zumindest war ich als solcher angezogen. Sie war ziemlich fertig. Ihr Alter schätzte ich zwischen 25 und 45.

„Alter, lutschen, lecken und blasen im Sonderangebot. Was iss?"

Buffy lag in Lauerstellung und knurrte. Die Nutte war irritiert.

„Macht nix, kannst ihn streicheln."

„Alter, ich will dem Hund keinen blasen, sondern dir."

„Hätte ja auch komisch ausgesehen."

„Brauch Kohle, wie wär's? Hab noch einen gestreckten Schuss."

Sie war voll auf Dope. Setzte sich neben mich. Sie legte ihr Besteck zurecht. Minuten später setzte sie sich den Schuss in die rechte Armbeuge. Überall blaue Flecken von den letzten brutalen Einstichen. Sekunden später japste sie nach Luft.

„Scheißdreck, das Zeug. Unendlich gestreckt mit anderem Dreck", röchelte sie.

Buffy schaute hoch. Ich ließ ihr eine Flasche Bier da und ging um die Ecke zu dem Briefkasten. Niemand war da. Buffy humpelte neben mir her. Nach einem Zusammenstoß mit einem Auto fehlte ihm das rechte Vorderbein. Trotzdem war er sehr schnell. An Giftigkeit kaum zu überbieten. Mit Frauen hatte er jedoch Schwierigkeiten. Da war er etwas irritiert, wenn er ihnen zwischen die Beine ging.

In der Seitenstraße langte ich unter den Mülleimer. Eine Nachricht war unten festgeklebt. Eine Mobilfunk-Nummer und als Kennwort Zork. Sie war immer sauber. Mein Bullenfreund hatte das Telefon irgendwo her. Bullenfreund? Sie nannten ihn auf der Straße nur ‚Tiger'.

Hauptkommissar beim Sondereinsatzkommando. Kenner des organisierten Verbrechens. Er war schon 30 Jahre auf der Straße. Im Dreck.

Eine Spielkarte. Ein Ass. Dringlichkeitsstufe eins. Bube und Dame hatten Zeit.

Als ich mich aufrichtete, kam ein Bullen-Auto langsam angefahren. Die Bullen taten den Pennern nix. Alle Penner rochen schlecht. Nach Suff und altem Schweiß. Einige waren am verfaulen. Alte, offene Wunden. Bullen mochten den Verwesungsgeruch nicht. In der Gastronomie und beim Metzger sagte man dazu ‚Gut abgehangen'. Das sagten auch die Bullen. Das Bullen-Auto hielt neben mir. Die Scheibe der Fahrerseite ging herunter. Er machte seinen ersten Fehler. Er blieb im Wagen sitzen. Keine Eigensicherung. Wenn ihm ein gesuchter Schwerverbrecher gegenüberstand, könnte er sein Leben verlieren. Er war zu faul, um auszusteigen. Dann schob er die Hand raus und klopfte auf das Dach. Zweiter Fehler. Wenn ich es auf den Bullen abgesehen hätte, wäre er jetzt mausetot. Ich hätte ihm seinen Hals aufschlitzen können. Bei meiner Schnelligkeit reichte es für den Zweiten auch noch.

„Hey Junge, komm mal näher". Ich trat an die grüne Minna.

„Wer bist du, ich kenne dich nicht?"

„Na ja, ich bin auf Durchreise zu meinem Bruder nach Hamburg und bin hier kurz hängen geblieben, weil mir die Kohle ausgegangen ist. Morgen schickt mir mein Bruder was. Dann geht's ab aus dieser Scheiß-Stadt."

Bullen dachten so ähnlich. Kaum einer von denen wohnte in der Stadt. Zu versifft. Drogen, Dealer, Waffenhandel, Prostitution, Mädchenhandel und Kinderficker. Kurz, organisiertes Verbrechen pur. In dieser Scheiße wühlte auch ich herum. Für Kohle natürlich. Wenn nix mehr half, war ich für Kunden mit Kohle der letzte Ausweg. Letzte Instanz, um zu ihrem Recht zu kommen.

„Haste 'ne Flebbe dabei?“

„Nee, wurde mir in München geklaut.“

„Okay Alter, pass auf, wir wollen dich hier nicht mehr sehen.“

„Okay, okay Jungs, ich hau ab. Hier gibt es nix ordentliches zu fressen und zu saufen.“

„Okay, bis dann“.

Ich schlich mit Buffy in gebeugter Haltung davon. Die Bierflasche warf ich in den nächsten Papierkorb. Na ja, das bisschen Pennertarnung war aufgeflogen. Ich musste aufpassen, wenn auch die Chance, mich wieder zu erkennen fast gegen Null tendierte. Aber fast Null war nicht gleich ganz Null. Deswegen flogen die Pennerklamotten und die Perücke und der verfilzte Hut in den nächsten Müllcontainer. Es konnte sein, dass ich mich am nächsten Tag selber wieder traf, wenn ein anderer Penner nachts den Container durchsucht hatte.

3.

Um das Risiko, wiedererkannt zu werden, zu minimieren, fuhr ich meist mit öffentlichen Verkehrsmitteln. Soweit es möglich war, mied ich auch Taxis. Ein Auto war in der Garage von Ursula gebunkert. Unauffällige Schüssel. TÜV neu. Regelmäßig gewartet und immer startbereit. Von Tiger natürlich. Ich benutzte ihn selten. Er war registriert und versichert. Der Kfz-Schein steckte über der rechten Sonnenblende. Falschname. Er diente auch als Ausweisersatz, wenn es wirklich mal mit den Bullen bei einem Unfall oder einer Straßenkontrolle eng wurde. Ich kannte die Daten auswendig. Der Name des Besitzers war nicht im Polizeisystem registriert.

Ich arbeitete unter dem Namen ‚Zork‘ auch für einen Rechtsanwalt in der Frankfurter Innenstadt. Von ihm hatte ich das Auto. Bulle und Rechtsanwalt kannten sich sehr gut. Beide hatten meine Mobilfunk-Nummer. Otto S. hieß der Rechtsanwalt. Wenn es darum ging, von den organisierten Verbrechern Kohle abzuzocken, war ich dran. Wenn die Strolche von gekauften Zeugen mit einem Freispruch davon kamen, war ich auch dabei. Überall, wo es eng wurde. Geheimgesellschaften hatten damit nix zu tun. Es war einfach eine Wertberichtigung, wie man an der Börse so sagt. Dem „kleinen Mann“ zu seinem Recht zu verhelfen, konnte man es auch nennen. Robin Hood hätte sich im Grab umgedreht. Ich kämpfte mit den heutigen Mitteln für Kohle. Gegen Gier, Hass und Verblendung. Gegen das organisierte Verbrechen und alle seine Erscheinungsformen. Die Kohle floss reichlich. Irgendwann wollte ich endgültig aussteigen. Manchmal hatte ich mich schon gefragt, ob dieses Handeln draußen etwas mit meiner Vergangenheit zu tun hatte. Musste ich so meine üble Vergangenheit aufarbeiten? Gut, ich war kein Schwerverbrecher. Damals dachte ich, kämpfst für was Gutes. Scheiße war's. Ich hielt damals meinen Körper für die Reichen dieser Welt hin, um deren Macht und Einfluss zu sichern.

Die Straßenbahn hielt an. Ich stieg aus. Es war ein gutbürgerliches Stadtviertel.

Das Haus von Ursula war nur wenige Gehminuten entfernt. Sie hatte noch Licht. Ein Zeichen dafür, dass ich noch einmal bei ihr vorbei schauen sollte. Ich klingelte. Sie erschien am Fenster.

Sekunden später öffnete sich die Tür mit einem Summton. Sie war nicht groß. Sie sah nicht aus wie eine Neunzigjährige, eher Siebzig oder noch darunter. Vor dem Krieg war sie Balletttänzerin in Berlin gewesen. Danach hatte sie sechs Kindern das Leben geschenkt. Die noch verblieben waren, lebten in Israel. Hier hatte sie niemanden mehr. Nach Israel wollte sie nicht. In den Fünfzigern war sie bis zur Rente Tanzlehrerin in Frankfurt gewesen. Sie streichelte mir über die rechte Wange.

„Schön, mein Jungchen, dass du noch mal klingelst. Hier hab ich so blöde Briefe vom Straßenverkehrsamt und von der Müllabfuhr. Das regt mich auf. Kannst du mal nachsehen, was das is?"

„Mach ich, Ursula. Morgen früh erledige ich das."

Sie holte eine Flasche Wein hervor. ‚Cabernet Sauvigon', trocken. Kein Dreck.

Sie hielt meine rechte Hand und schloss die Augen. Im Hintergrund hörte ich Schwanensee.

Sie zitterte leicht. Tränen liefen ihre Wangen runter. Sie brauchte das. Sie suchte förmlich Körperkontakt. Es tat ihr gut.

„Mein Jungchen, schön, dass es dich gibt."

Nach dem zweiten Glas war sie freundlich lächelnd auf ihrer Schlafcouch eingeschlafen. Ich deckte sie zu und ließ die Tür leise ins Schloss fallen.

In meinem Schuppen, der wie ein großes Einzimmerappartement über zwei Stockwerke ausgebaut war, fand ich ein Abendgericht vor. Sie nannte es immer so.

Eine Karte mit einigen freundlichen Worten und einem Kurzgedicht, stand neben einem in Alufolie verpackten Teller mit Spaghetti und Nudelsoße. Ich aß.

Ich duschte kurz und legte mich im Obergeschoss ins Bett.

Ich kannte sie nunmehr drei Jahre. Ein Erbgeier hatte ihr das Leben schwer gemacht und wollte an ihre Kohle. Vor allem aber ans große Haus, das gut und gerne eine Million wert war. Otto S., der Rechtsanwalt, hatte mir den Auftrag erteilt, endlich für Ruhe zu sorgen. Ich brauchte deshalb nicht nach Israel zu fliegen. Ihr Enkelkind war auch Rechtsanwalt in Frankfurt.

Der hatte ihr immer wieder ominöse Vertreter und sogar Diebe und Schläger ins Haus geschickt. Die Strolche wurden dafür bezahlt. Sie machten es für Kohle. Genauso wie ich.

Drei Tage brauchte ich, um ihn an den Eiern zu kriegen. Er betrog seine Frau mit einer Edelnutte in einem Nobelhotel. Ich knackte mit meiner Spezialkarte das elektronische Schloss des Hotelzimmers. Er ließ sich gerade einen blasen, als ich ans Bett trat. Die nackte Nutte streckte mir ihr strammes Hinterteil entgegen und hatte was drin stecken. Sah aus wie ein großer wackelnder Dildo. Er unterbrach sein Stöhnen und blickte zwischen meinem Gesicht und der mit einem Schalldämpfer versehenen 9 mm hin und her.

Ich platzierte jeweils zwei gezielte Schüsse mit Dumdum-Highspeedgeschossen links und rechts neben seinem Kopf vorbei in die Kopfkissen. Die Nutte hatte es nicht mitbekommen und lutschte weiter an seinem Schwanz herum. Federn flogen durch die Luft. Im Juni war es wie Weihnachten. Es schneite. Keine Schneeflocken, nur Federn.

„Ursula ist eine alte, liebe und gute Frau. Tust du die noch einmal belästigen, trifft dich ein Geschoss mitten in die Birne. Irgendwo in Deutschland, wo immer du bist."

„Also sprech mir nach: 'Ursula ist eine gute, alte Frau und ich werde sie nie mehr belästigen".

Er röchelte nach Luft und konnte nicht richtig atmen. Die Nutte hatte seinen bereits erschlafften Schniedel immer noch im Mund und schaute in meine Richtung.

Abgehackt kam es ihm aus seinem Mund. „Ursula..."

Den Rest konnte ich nicht verstehen.

„Also, noch mal".

Zwei Geschosse schlugen in die antiken Nachtschränkchen ein. Holzfetzen jaulten durch die Gegend.

„Bitte, bitte tun Sie mir nichts. Also Tante Ursula ist eine gute Frau. Ich werde sie nie mehr belästigen".

Mit den restlichen Geschossen zerfetzte ich das Bett und verschwand. Weihnachten im Juni. Ich musste lachen. Die Gaumenpolster verschwanden in einem Gully. Die Perücke, der Schnurrbart und die lange Jacke verschwanden drei Straßenzüge weiter in einem Container. Die Schusswaffe flog 500 Meter entfernt vom Eisernen Steg in den Main. Das Teuerste für so einen Auftrag waren die Kanonen. Bis zu 5000 Euro kosteten sie auf dem Schwarzmarkt. Damit hatte ich keine Mühe. Tiger oder Otto. S. verschafften sie mir. Meine Kohle bekam ich einen Tag später. Sie wurde in einem unscheinbaren Päckchen in „Öztürks Kebab-Service" gebunkert.

4.
Öztürk war ein unscheinbarer Kümmeltürke. Er stellte nie Fragen. Ich war für ihn wie ein Schutzengel. Mit seinen 155 Zentimetern war er eigentlich viel zu klein, um hinter einem Imbisstresen zu stehen. Er war so breit wie hoch. Er hatte sich einen zweiten Arsch in die Seite gefressen. Tiger hatte ihn an den Eiern. Wie auch immer, Öztürk brauchte nicht mehr an die türkische Mafia Schutzgelder zu zahlen. Er wurde mit der feinsten Elektronik geschützt. Wer auch immer seine Dreckbude betrat, kam ins Visier der Kameras und Mikrofone. Bulle und Türke schauten sich nach einer Woche die Bänder an. Öztürk, der mit dem ‚Original Kebab', war ein V-Mann. Er nannte auch Namen und Aufenthaltsorte der Typen, die ins Visier der Kameras kamen. Niemand, außer Tiger, Öztürk und mir wussten das. Der Kebab war nicht die normale Schmiere. Er bestand nur aus richtigem Lammfleisch. Nicht aus billigem Rinderhack, wo Haut und Knochen, Bulleneier und Schwanz mit verarbeitet wurden.

5.
Jeden Morgen kroch ich um 5 Uhr aus dem Bett, zog meine Trainingsklamotten an und lief einmal um den Block. Eine halbe Stunde. Danach machte ich Streck- und Dehnübungen mit Liegestützen und Situps. Zehn Minuten bearbeitete ich brutal meinen Boxsack und machte Karateübungen und Thai-Chi. Danach folgte eine halbstündige äußerst konzentrierte Meditation. Mein Frühstück bestand aus hochwertigen Müsliriegeln mit warmer Milch.

Nach dem Duschen schaute ich gegen 7 Uhr bei Ursula vorbei. Sie bat mich, sie am Abend zu einem Supermarkt in der Nähe zu begleiten. Ich sagte zu.

100 Meter weiter löste ich einen „FFV"-Fahrschein und fuhr bis zur Hauptwache.

DU INNIG ROT BIS AN DEN TOD

Von Vera Kaltwasser

Wenn ich geahnt hätte, worauf das hinauslaufen würde – ja was dann? Wann war der magische Zeitpunkt, an dem ein Umkehren noch möglich gewesen wäre? Ein Brecher kracht gegen den Strand und löst das Geräusch aus, das ich gestern Nacht bei meiner Ankunft nicht habe einordnen können, ein helles Ineinander von kullernden Tönen, die entstehen, wenn die vielen Kieselsteine ins Meer zurückrollen. Die Sonne brennt wohltuend. Von meinem Liegestuhl aus genieße ich den Blick aufs Meer, aus dem sich am Horizont der Teide majestätisch erhebt. Die Kieselmusik pulsiert in mir. Noch nie habe ich mich so lebendig gefühlt. Ist dies die herbeigesehnte Intensität eines Lebens ohne moralische Begrenzungen?

Samstag – nun musste er es endlich anpacken. Vor drei Wochen war er in diese Wohnung im Nordend umgezogen, vier Zimmer auf zwei Etagen, riesige Penthouse-Terrasse mit Blick auf die Frankfurter Skyline. In die Dachschräge hatte er sich vom Schreiner Bücherregale einpassen lassen. Die Leiter – ein Schmuckstück – rollbar. Welches System sollte er für die Bücheranordnung wählen – chronologisch, thematisch, alphabetisch? Der Regen peitschte gegen die raumhohen Balkontüren. Wahllos griff er sich eine Kiste. Am Schluss war das Einpacken in der alten Wohnung so chaotisch gewesen, immer wieder unterbrochen durch die Heulorgien von Irene, so dass er keinen Nerv mehr gehabt hatte, die Kartons ordentlich zu beschriften. Tja, dies war dann also wohl die Romantik-Kiste. Ein Gedichtband der Günderrode lag obenauf.

Sie hatte um 1800 in einem Frankfurter Stift für adelige Fräulein gelebt. Christa Wolf hatte zum ersten Mal vor einigen Jahrzehnten die Gedichte der Karoline von Günderrode veröffentlicht.

Es hat ein Kuss mir Leben eingehaucht, Gestillet meines Busens tiefstes Schmachten..., eines seiner Lieblingsgedichte mit dem Titel „Der Schatten eines Traums".

Er blätterte in dem gleichnamigen Band von Christa Wolf:

„Karoline war lebens- nicht todessüchtig. Sie geht aus dem Nicht-Leben, nicht aus dem Leben. Der Einsatz, mit dem sie gespielt hatte, war sie selbst."

Karoline hatte sich aus unerfüllter Liebe zu einem älteren Professor bei Winkel am Rhein mit einem Dolch, den sie immer bei sich trug, getötet.

Zu einem Streichquartett von Schubert begann er, das Romantik-Regal einzuräumen. Die Günderrode könnte er eigentlich mal wieder im Unterricht besprechen. Irgendwie war es doch ein Wink, dass er gerade diese Kiste zuerst geöffnet hatte. Ja genau, das wäre was! Ein Projekt für seine 13er im Leistungskurs Deutsch. Die Wochen vor dem schriftlichen Abitur waren eh so eine Zwischenzeit. Die Günderrode und ihre Freundin Bettine Brentano – das wäre doch ein tolles Projekt!

Ausflug nach Winkel an den Rhein, Besuch des Brentano-Hauses – das würde sicherlich gut ankommen.

Das Einräumen der Bücher machte ihm mit der Zeit sogar Spaß – er sortierte, stellte um, las hier und da etwas nach. Als es dunkel wurde, hatte er fast die ganze Bücherwand eingeteilt – ein System gefunden. Als Georg um halb acht anrief und ihn in die Weinstube einlud, sagte er sofort zu. Nach getaner Arbeit ein Gläschen Riesling und einen Zwiebelkuchen.

Wenn ich die Günderrode nicht ausgewählt hätte, dann wäre alles nicht geschehen. Oder wenn mein Vorschlag nicht so gut angekommen wäre, an jenem Montag nach dem ersten Wochenende, das ich so richtig rundum in der neuen Wohnung genossen hatte: Nach dem Samstagabend mit Georg hatte ich am Sonntag lange geschlafen und dann tatsächlich alle Bücher eingeräumt, die Kisten in den Keller geschleppt und zum ersten Mal von meiner Wohnung Besitz ergriffen. Alles war meins.

Mein Sofa, mein Tisch, meine Stühle. Mein Leben ohne Irene. Ein Neuanfang.

Die 13er waren gleich angetan von dem Projekt, vor allem, weil Marco plötzlich die Idee in die Runde warf, man könnte ja einen Film drehen. Szenen aus dem Leben der Günderrode – an den Originalschauplätzen. Cool fanden sie alle, dass die Günderrode immer einen Dolch mit sich herumtrug. Na ja, er hatte so seine Zweifel, was die didaktische Relevanz so einer Arbeit anging, aber schließlich wurde ja überall die Medienkompetenz beschworen. Präsentationen mit Powerpoint, ein bisschen Videoclip, ein bisschen Literatur, ein bisschen Geschichte – why not. Bei so einem Projekt würde die Hälfte der Schüler abtauchen, die anderen machen lassen. Er musste halt alles gut planen, passende Texte zusammenstellen.

Er liebte die todessehnsüchtigen Gedichte der Günderrode, ihre kompromisslose Art, das Leben zu betrachten. Wenn es ihm gelingen würde, die Texte auch nur für einige mit Leben zu füllen, wenn er Begeisterung für die Sprache wecken könnte – dann wäre doch schon etwas gewonnen.

In der Pause zwischen der Doppelstunde kam Marco auf ihn zu.

„Find ich echt gut, Ihren Vorschlag. Ich hab eine neue Digitalkamera, kann ich zur Verfügung stellen, ich kann auch schneiden und so."

Im Hintergrund feixten ein paar. „Pass auf, dass du nicht auf deiner Schleimspur ausrutschst."

Wenn auch Marcos Motive für sein plötzliches Engagement durchsichtig waren, so begrüßte er es doch, dass dieses dickliche Riesenbaby mal auftaute. Der stand so auf der Kippe, war nicht klar, ob er das Abi schaffen würde. Wie jemand, der so wenig Gespür für Sprache hatte, überhaupt Deutsch-Leistung wählen konnte.

„Überall sonst bin ich noch schlechter", hatte Marco freimütig gesagt.

„Naaa? Geheimnisse?“

Den Kuss platzierte sie passgenau in seine Halsbeuge. Sie umarmte ihn von hinten und grapschte nach dem Blatt, das er gerade wie ertappt umgedreht hatte.

„Es hat ein Kuss mir Leben eingehaucht.
Gestillet meines Busens tiefstes Schmachten,
Komm, Dunkelheit! mich traulich zu umnachten,
Dass neue Wonne meine Lippe saugt!“

Mit theatralischer Geste rezitierte sie die Verse – nicht ohne beim Stichwort „Busen“ selbigen mit einer lasziven Bewegung in Szene zu setzen.

„Ein Gedicht unserer verehrten Günderrode! Und was haben wird da auf der Rückseite? Wenn ich geahnt hätte...“

Er umarmte sie stürmisch, entwand ihr das Blatt.

„Ich gebe mich geschlagen, auch wenn ich zu gern wüsste, was gewesen wäre, wenn du geahnt hättest....wenn du, wenn du...“

Schnell drückte er den Anflug von Ärger weg, den er angesichts von Julias parodistischer Verballhornung seines Lieblingsgedichtes verspürte.

„Sei nicht sauer, mein Süßer:
Komm Dunkelheit! mich traulich zu umnachten,
Dass neue Wonne meine Lippe saugt.
In Träumen war solch Leben eingetaucht,
Drum leb ich, ewig Träume zu betrachten,
Kann aller andern Freuden Glanz verachten –
Weil nur die Nacht so süßen Balsam haucht.“

Sie hatte also tatsächlich das Gedicht auswendig gelernt. Wie sie diese Verse eben gesprochen hatte!

„Mann, ich hab so einen Hunger, ich hol uns Brötchen. Deckst du uns draußen? Es ist schon gaaanz warm... Und dann schauen wir uns an, wie unser Dreh geworden ist..., oder aber wir...“

Sie schmiegte sich an ihn, schob seine Hand unter das Männerhemd, das er ihr als Schlafanzug gegeben hatte. Verrückt! Wie war er nur in so eine Situation geraten?

Er musste sich regelrecht zusammenreißen.

„O.K. – bis später, ich nehm dein Fahrrad." Sie schlüpfte in ihre Jeans, drehte sich züchtig um, als sie sein Hemd gegen ihr T-Shirt wechselte, über die Schulter hauchte sie ihm Luftküsse zu.

„Willst du noch was außer Brötchen?"

„Wenn sie die 'FAZ' haben – und noch irgendeinen Fruchtsaft!" Er hatte einen ganz schönen Brand von gestern abend, aber kein Kopfweh – auf den Johannisberger Riesling war Verlass.

Für Ende März war es superwarm. Was, wenn sich jemand überlegte, was mit diesem Mädchen sei, das da nun schon am zweiten Wochenende aus seinem Haus kam? Die Dorfidylle konnte echt fiese Seiten haben – soziale Kontrolle auf allen Ebenen. Weg damit – weg mit solchen Grübeleien. So was wie mit Julia – das hatte er noch nie erlebt. Dass sie zufällig seine Schülerin war, dafür konnte er nichts. Noch nie im Leben hatte er sich so intensiv lebendig gefühlt. Er drehte die Anlage auf und tänzelte zwischen Küche und Terrasse hin und her. Zum Glück konnte man die Terrasse nicht einsehen, es sein denn, man kletterte einen steilen Berghang hoch und überwand eine Rosenhecke. Zum Teufel mit den Bedenken! Er fühlte einfach, dass die Sache mit Julia genau richtig war. Fügung sozusagen.

Mit ihr konnte er Gespräche führen! Wie sie sich in die Günderrode einfühlte. Wie interessiert sie war an deren Schicksal. Wie genial sie diese Texte rezitierte und wie sie mit ihm...

Das war nicht die Hauptsache, aber es war eine Magie zwischen ihnen auch auf der körperlichen Ebene – da spielte das Alter keine Rolle, das musste Seelenverwandtschaft sein.

Schließlich war er kein lüsterner Alter – er sah doch noch super aus für seine vierzig Jahre, kein Gramm Fett, durchtrainiert dank Georgs Ehrgeiz beim Mountain-Bike fahren. Eigentlich wollte Georg mit ihm heute eine Tour machen, sogar mit ins Ferienhaus kommen, um von hier aus sich „ein wenig einzuradeln" – wie Georg seine Gewalttouren zu bezeichnen pflegt. Er hatte ihn nur schwer abwimmeln können: „Korrekturen und so". Ob Georg für seine amour fou Verständnis haben würde? Immerhin hatte er ihm schon lange geraten, sich von Irene zu trennen.

Er spulte die Videokamera zurück und hockte sich vor den Fernseher, um das Übertragungskabel einzustöpseln. Eigentlich hatten sie gestern Abend den Film noch anschauen wollen, aber schon während des Abendessens knisterte es gewaltig und sie waren unverzüglich im Bett gelandet.

„Du bist gemein!" Mit einem Ruck umarmte sie ihn von hinten, so dass er umfiel.

„Wir wollten doch zusammen schauen! Spul noch mal ganz bis zum Anfang!"

Totale: Blick auf die Weinberge, dann auf den Rhein,

Schwenk zu Julia, Halbtotale –

Das königsblaue, bodenlange Samtkleid betonte ihre Figur. Sie schaute gedankenverloren auf den Fluss, dann Nah-Aufnahme. Man sah, dass sie einen Brief in der Hand hatte.

„Klasse! Ich seh doch aus wie die Reinkarnation von Karoline. Echt geil, da soll der Marco dann den Text des Abschiedsbriefes unterlegen. Den liest du doch? Herr Oberstudienrat Dr. Kremer alias Altertumsforscher Creuzer."

„Mensch Julia, was denken da die anderen, ich hab mich eh schon viel zu viel hier eingemischt. Wir müssen vorsichtig sein."

„O.K., aber der Marco kann das nicht lesen, vielleicht der Martin! Schau mal, das sieht doch echt klasse aus, wie ich jetzt da den Weg runter renne – jetzt kommt doch gleich die Stelle, wo ich mir den Dolch anschaue, ist schon ein bissl kitschig – oder?"

Stimmt, das musste man irgendwie richtig zusammenschneiden, wie sie da den Dolch aus ihrem Dekolletee zog, das sah eher komisch aus... Den Dolch hatte er mal in Italien gekauft – auf so einem Trödelmarkt, war echt scharf das Ding.

„Sag mal, ahnt der Marco, dass da was ist zwischen uns?"
„Quatsch. Ich hab ihm Vorwürfe gemacht, dass er uns letztes Wochenende hat allein an den Rhein fahren lassen und dass es mit dir so stinklangweilig gewesen sei. Dass wir jetzt hier sind, das weiß er nicht. Reg dich ab! Lass uns jetzt die Stelle anschauen, wo ich mich entleibe!"
„Mann, da kommt ja gar nichts mehr!"
Tatsächlich! Wie konnte das passieren? Die ganze schöne Selbstmordszene am Rheinufer war nicht drauf. Wie konnte er nur so blöd sein, was hatte er falsch gemacht?
„Mann, jetzt können wir alles noch mal machen. Du bist ja ein echter Könner, mein kleiner vertrottelter Oberstudienrat! Lass uns frühstücken."

❖

„Das werde ich nicht tun! Was glaubst du eigentlich? Hast du mir deshalb die heißblütige Geliebte vorgespielt? Julia – das kann doch nicht dein Ernst sein!"
Fast hätte er den Lastwagen übersehen, der vor ihm ausscherte.
„Pass doch auf! Hab dich doch nicht so! Was ist dran, wenn ich dich um so eine Kleinigkeit bitte! Es geht doch nur um Deutsch, Mathe und PoWi. Du bist also doch so ein kleiner Spießer! Das erfährt doch niemand. Ich will den NC schaffen. Mann – was kostet dich das denn? Fragst den Speck und den Horten nach den Themen, tust ein bissl interessiert. Und deine eigenen Themen kennst du ja eh! Bitte, bitte! Das wär so cool, dann bräuchte ich in den Osterferien nichts mehr machen. Komm, dann fahren wir zusammen ans Meer und ...."
Er war so wütend, so enttäuscht. Hatte sie ihn so bewusst umgarnt, um für sich einen Vorteil daraus zu schlagen?
Alles nur Theater, auf das er reingefallen war?
Dabei war dieses zweite Wochenende in Hallgarten noch phantastischer gewesen als das letzte. Eine Harmonie – ein ästhetisches Gesamtkunstwerk – die Spaziergänge an den

Rhein, das nochmalige Drehen der Szene, der nachmittägliche Ausflug auf dem Schiff – Rheinromantik. Wie sie sich gegenseitig Gedichte vorlasen, rumalberten, und dann dieses unaussprechliche Zusammenschwingen, wie sie ihn morgens auf der Terrasse nach dem Frühstück verführt hatte und so weiter. Nicht dran denken, sonst wuchs seine Wut ins Unermessliche.

„Julia – ist dies wirklich dein Ernst? Willst du alles zwischen uns kaputt machen mit so einem verlogenen Deal?"

„Mein Gott. Deal! Warum soll das nicht gehen? Warum bist du so ein Moralapostel? Aber sich an einer Schülerin vergreifen!"

Jetzt blieb ihm die Luft weg! Zum Glück waren sie gleich da – Nordwestkreuz. Abfahrt Miquel-Adickesallee.

„Wo steigst du aus?" Er riss sich zusammen. Wenn er nicht am Steuer gesessen hätte, er hätte ihr eine geknallt.

„Lass mich an der Kreuzung von der Eschersheimer raus."

Sie schwiegen beide, er fuhr an der Bushaltestelle rechts ran, blieb sitzen, während sie ihre Tasche aus dem Kofferraum holte und diesen mit Wucht zuschlug.

Er raste davon, hinter ihm hupte es, er hatte beim Einbiegen ein Auto übersehen. Bloß weg!

Was war er für ein Trottel! Seine romantischen (hahaha, da waren wir beim Thema) Vorstellungen. Er hatte sogar schon Zukunftspläne geschmiedet, sich überlegt, dass Julia bei ihm einziehen könnte.

Jetzt kamen ihm auch noch die Tränen! Ihm! Er angelte nach einem Taschentuch in seiner Hosentasche. Zum Glück fand er gleich einen Parkplatz vor seinem Haus.

In der Wohnung blinkte der Anrufbeantworter.

„Hallo, hier ist der Marco. Ist die Julia bei Ihnen? Sie geht die ganze Zeit nicht ans Handy. Ihre Mutter weiß auch nicht, wo sie ist. Sie hat sich auch gewundert, dass Sie mit Julia letztes Wochenende allein im Rheingau waren. Na ja, vielleicht arbeiten Sie ja hart an unserem Projekt. Ich ruf später noch mal an.

Wann können wir die Sachen schneiden? Wir reden morgen drüber."

Marco. Da klang ein fieser Zynismus durch, gepaart mit einem aufmüpfigen Ton. Hatte Julia ihm etwa was erzählt? Und wie kam die Mutter ins Spiel?

Julia hatte ihm doch glaubhaft versichert, die sei keine Glucke, glaube an Selbstbestimmung, frage nur, wo Julia sei, kontrolliere aber nie nach. Die Mutter hatte wohl grad selbst eine heiße Affäre laufen. Nach der Trennung von Julias Vater koste sie „die freie Wildbahn" – wie Julia es genannt hatte – aus. Wieso musste Marco der Mutter das mit dem Rheingau erzählen? Julia hatte doch hoffentlich nichts davon gesagt, dass sie gleich am ersten Abend bei ihm übernachtet hatte und dieses Wochenende gleich noch mal.

Ihm war schlecht vor Hunger, aber auch vor dieser Verwicklung, die sich hier abzeichnete. Er musste Julia sofort anrufen. Er hatte schon ihre Mobiltelefonnummer gewählt, dann besann er sich anders. Wenn sie die Abi-Themen von ihm wollte, dann würde sie ja in ihrem eigenen Interesse die Sache unter der Decke halten. Abi-Themen. Grad neulich hatte er mit Georg darüber gescherzt, dass in diesem Jahr noch das letzte Mal ein Geschäft mit den Themen zu machen sei, denn im nächsten Jahr würde es auch in Hessen Zentralabitur geben.

Bislang entwarf jeder Lehrer zwei Themen, die er einreichte. Eines davon wurde am Morgen der schriftlichen Prüfung bekanntgegeben.

Während er eine Spinat-Pizza in den Ofen schob und einen Hallgartener Riesling aufmachte, klingelte das Telefon. Er ließ den Anrufbeantworter abnehmen.

„Hallo – Horst! Ich hab doch noch die Schlüssel vom Hallgartener Haus. Kann ich nächstes Wochenende hinfahren? Ich weiß, es ist jetzt dein Haus, aber es wäre so schön, ach Horst" ...sie schluchzte... „es fällt mir so schwer! Ich komm nicht drüber weg. Ich hab noch ein paar Sachen im Haus, unter anderem meine Staffelei. Ruf mich bitte an!"

Auch das noch! Was war heute los? Noch vor wenigen Stunden war er so glücklich gewesen und jetzt? Was braute sich da zusammen?

Auf keinen Fall würde er Irene mehr ins Haus lassen. Schließlich hatte er sie ausbezahlt. Was für eine Schnapsidee!

Die Pizza schmeckte erstaunlich gut, er hatte sich vor dem Fernseher den kleinen Tisch gedeckt. Die Weinflasche im Kühler neben sich, damit er nicht immer aufstehen musste.

Im „Tatort" wurde geschossen. Inzwischen war sein Haus in Hallgarten auch eine Art Tatort – „Unzucht mit Abhängigen" – ob es den Paragraph noch gab? Wie war er da nur hinein geraten? Und morgen musste er Marco die Bilder zur Verfügung stellen. Sie würden weiter Günderrode-Texte arrangieren. Wie sollte er sich Julia gegenüber verhalten? In der Woche nach dem ersten Wochenende hatte er sogar irgendwie das Versteckspiel genossen, aber jetzt. Sie wollte ihn erpressen, diese kleine Schlampe. Er öffnete die zweite Flasche.

Freitagnachmittag. Pünktlich zum Wochenende kam die Sonne raus. Frühlingsstimmung allerorten – nur in seinem Inneren rumorte es düster. Die vergangene Woche hatte er wie in Trance erlebt. Der Unterricht in seinem Deutsch-Kurs lief richtig gut. Die Schüler hatten sich in die Texte eingearbeitet, Informationen über den historischen Hintergrund eingeholt. Es entstand ein farbiges Bild von diesem Frauenleben – Karoline, das Stiftsfräulein mit den hochfliegenden Plänen. Nach der unglücklichen Liebe zu Savigny, der dann die Schwester ihrer Freundin Bettine Brentano heiratete, die heiße Liebe zu Creuzer, dem Professor aus Heidelberg. Zwei Schüler waren sogar wegen Aufnahmen nach Heidelberg gefahren. Marco hatte schon angefangen, den Film zu schneiden. Eigentlich genial, er fügte historische Bilder ein, dann wieder Aufnahmen von dem Ort, an dem das Stift von Karoline stand – am heutigen Rossmarkt. Teilweise hatte er schon alles mit Gedichten und Briefen der Günderrode unterlegt, aber auch mit Aussagen von Zeitgenossen über sie. Die einzelnen Gruppen hatten recht gut gearbeitet, fand er.

Dann eine Szene zwischen Bettine und Karoline auf dem Lohrberg – Totale: Eine Bank, die beiden jungen Frauen von hinten – Julia als Karoline und Luisa als Bettine, Blick auf Frankfurt, dann schwenkt die Kamera, man sieht Bettine und Karoline im Gespräch.

Bettine: Ach Günderrödchen, deine Gedichte sind so, so schwer. Lies noch mal die zweite Strophe.

Karoline: *„Soll frevelnd ich dem liebsten Wunsch entsagen? Soll mutig ich zum Schattenreiche gehen?“*

Bettine: Das mein ich, du bist frisch verliebt, mein Günderrödchen und schreibst schon wieder vom Schattenreich! Und den blöden Dolch? Hast du den immer noch bei dir?

Man sieht, wie die Karoline langsam ihr Oberteil aufknöpft und den Dolch herauszieht, spielerisch setzt sie ihn an.

Als sie mit der Klasse gemeinsam die Szene anschauten, feixten die Schüler. „Ausziehn, ausziehn!“

„Ja schau, Bettine, ich hab mir sagen lassen, wie so ein Stich todsicher ist, hier zwischen den beiden Rippen und dann stößt man mit einem Ruck schräg nach unten.“

Die Kamera ganz nah, man sieht, wie die Dolchspitze fast schon die Haut ritzt.

Die Bettine reißt ihr den Dolch aus der Hand.

„Gib her! Du bist ja verrückt.“

Man hört das Lachen der Günderrode. Die Szene endet damit, dass sie den Dolch wieder in ihr Kleid steckt und das Oberteil zuknöpft. Das Schlussbild zeigt wieder die beiden jungen Frauen auf der Bank.

Julia hatte ihn herausfordernd angesehen, als die Szene auf dem Bildschirm lief. Ihm war der Schweiß ausgebrochen.

Dreimal hatte er in dieser Woche eine SMS von Julia bekommen, immer derselbe Satz „Na, hast du es dir überlegt?“. Die letzte SMS hatte er dann gestern Abend beantwortet: „Wir müssen reden. Komm am Freitag nach der Schule vorbei.“ Sie hatte zurückgeschrieben: „Fahren wir wieder in unser Nest? Biiiiitttee!“

„Wenn du willst. Aber damit ist die andere Sache nicht entschieden." Oder doch?

Er hatte sogar – dabei war er über sich selbst erschrocken – den Speck nach seinen Abi-Themen gefragt.

Und der hatte ihm angeboten: „Willst mal sehen? Ich freue mich, wenn Ihr aus den Laberfächern (hahaha) auch mal Interesse für die seriöse Wissenschaft zeigt. Ich leg dir die Themen ins Fach!"

Und tatsächlich – am nächsten Tag fand er die ausgearbeiteten Themen mit dem genau formulierten Erwartungshorizont in seinem Fach. So einfach war das!

Was war schon dabei? Julia würde nichts weiter erzählen. Sie wollte eben ein sehr gutes Abi machen. Vielleicht war er ja wirklich kleinlich und moralinsauer.

Und im anderen Fach, in dem sie die Themen wollte, da wäre es noch leichter. Georg würde ihm seine Abi-Aufgaben ohne weiteres geben und es völlig normal finden. Wie oft verglichen sie ihre Klausurthemen, schließlich hatte er auch PoWi. Also – WHY NOT?

Erst mal würde er Julia überreden, von dieser irrsinnigen Forderung Abstand zu nehmen, und dann könnte er ja so beiläufig ein paar Tipps geben, aber nicht mehr.

Ja, genau – irgendwie so. Warum sollte er sich das Wochenende verderben mit seiner Spießermoral?

❖

Selbst Einkaufen mit ihr war ein Gesamtkunstwerk.

Sie wirbelte durch den Supermarkt, tänzelte zwischen den Regalen, pries ihm begeistert Saucen an oder Tiefkühlgerichte: „Das musst du probieren! Was, das kennst du nicht? Schmeckt echt geil. Und lass uns ganz viel Eis kaufen und noch eingelegte Tomaten und unbedingt Ziegenkäse, aber ich will auch noch Orangenmarmelade."

Ob die Kassiererin sie wohl für seine Tochter hielt?

Sie hatten noch in Wiesbaden Halt gemacht, da kannte sie keiner, und sie wollte so gerne mit ihm shoppen. Also war er ihr in zig laute Läden gefolgt, da hatte er sich schon wie ein Papi gefühlt, aber sie führte ihm so unbefangen irgendwelche kurzen Röckchen oder „Tops“ vor, dass er es irgendwann auch ganz normal fand. Sie alberten rum, tranken Capuccino beim Italiener und er fühlte sich so sauwohl.

Den Abschluss bildete jetzt der Großeinkauf im Supermarkt.

Er freute sich so auf das Wochenende in Hallgarten.

Das dritte Wochenende mit Julia.

Als sie die Tüten im Auto verstauten, warf sie ihm einen verführerischen Blick zu. „Die Würfel sind gefallen, gell!“

Er tat, als hätte er nichts gehört. Aber es wurmte ihn. War das alles Theater, eiskalte Berechnung? Das Wochenende gegen die Abi-Themen. Er merkte, wie dieser Widerwillen wieder in ihm hochstieg. War sie nichts als ein durchtriebenes Luder?

Sie merkte seinen Stimmungsumschwung.

„Was hast du?“, säuselte sie.

„Ach nichts! Was hast du deiner Mutter gesagt, wo du das Wochenende bist?“

„Die hat noch nicht mal gefragt. Sie ist ja mit Gundolf in Köln und geht davon aus, dass ich daheim bin. Ich ruf sie an und jammer ihr vor, wie viel ich lernen muss fürs Abi!“

Schon wieder Abi!

„Hat der Marco schon alles geschnitten?“

„Ja, ich glaub schon, aber er wollte noch eine Abendstimmung am Rhein haben. Ist ein echter Romantiker, der Marco. Du müsstest mal sein Zimmer sehen – alles mit Glitzer und schönen Stoffen und so, dabei ist die übrige Wohnung von denen echt assig. Der schämt sich auch für seine family. Der hat große Pläne.“

Mann, jetzt kam Julia ja richtig ins Schwärmen. Woher kannte sie denn Marco so genau?

„Ich war ja mit Marco im Kindergarten bei den Diakonissen. War echt süß, da war er noch viel dicker und hat von der Kindergärtnerin immer voll viele Süßigkeiten bekommen. Und an Weihnachten hat er den Josef gespielt und ich die Maria."

Sie hatten die Stelle erreicht, wo die Autobahn in die Schnellstraße neben dem Rhein überging. Es war immer wie ein Ankommen, die grau-glitzrige Wasserfläche, die Weiden am Ufer, die Weinberge. Irgendwie Heimat.

Sie bogen rechts ab und fuhren die steile Straße nach Hallgarten hoch. Erst hatte er den Ort zu eng gefunden, zu gruftig, aber das Haus hatte ihn überzeugt. Von vorne spießige 60er-Jahre Fassade, aber dahinter Großzügigkeit. Er hatte alle Wände rausbrechen lassen, so dass ein großer Raum entstand mit Parkett und Zugang zur Terrasse, von der aus wiederum eine Treppe einen Hang hoch führte und dort stand sein Allerheiligstes – ein Extra-Haus sozusagen mit atemberaubendem Blick auf den Rhein. In der Zeit vor der Trennung hatte Irene von dem Häuschen Besitz ergriffen, jetzt endlich gehörte alles ihm. Hier konnte er schreiben, in die Landschaft sehen. Au weh, er hatte ja vergessen, Irene zurückzurufen. Hoffentlich tauchte die nicht auf.

Als er mit Julia die Tüten ins Haus trug, linste Frau Schwermer wieder hinter der Gardine hervor. Egal. Er hatte hier keinen Ruf zu verlieren!

❖

„Schmink dir das ab! Ich mach es nicht! Bist du bekloppt, auch noch diesen Marco einzuweihen? Für wie blöd hältst du mich? Wie bin ich da nur reingeraten? Du meinst, du wackelst ein paar mal mit deinem Hintern und ich verschaffe dir und deinem Kindergarten-Josef ein Einser-Abi?"

Schon während er diesen Satz aussprach, war ihm klar, dass er sie tief treffen würde. Sie sackte irgendwie in sich zusammen, ihre Oberlippe zuckte und ihre Schultern bebten. Dann kam das Schluchzen – von tief unten.

Unwillkürlich legte er den Arm um sie. Er spürte, wie die Tränen an seinem Hals runterliefen.

Es war wieder so eine schöne Zeit gewesen. Freitagabend, dann Samstag – lange Spaziergänge, ein wunderbares Abendessen. Sie hatten das Allerheiligste mit Kerzen geschmückt und ein richtiges Gelage gehalten.

Und jetzt Sonntagmorgen, wieder bei Sonnenschein, wieder auf der Terrasse, wieder bei frischen Brötchen und Kaffee – sie hatte mit Andeutungen angefangen und sich dann immer weiter vorgearbeitet. Er war ja schon irgendwie dazu bereit gewesen, aber nun auch noch diesen tumben Marco ins Boot zu holen. Wie konnte sie nur so was machen?

Sie schluchzte und schluchzte, sein Hemd war schon ziemlich feucht. Und seine Gefühle? Wut? Enttäuschung? In einer liebevollen Anwandlung drückte er sie noch näher an sich.

„Wir werden das schon irgendwie lösen."

„Ich will es ja auch nicht, aber Marco hat mich so gelöchert. Ständig hat er mich angerufen und gefragt, ob ich dich schon so weit habe. Ich schaff das blöde Abi auch allein. Du kannst ja mit mir lernen, du du."

Und schon schmolz sein Widerwillen dahin.

„Hei, du wolltest mich doch zur Bahn fahren!"

Das hatten sie beide total vergessen, Julia musste zurück. Die Mutter würde am Nachmittag aus Köln kommen und da wollte Julia zu Hause sein. Also würde er sie an die Bahn nach Geisenheim bringen.

„Ich fahr morgen früh von Hallgarten gleich in die Schule, ich bleib heute nacht hier, will das Allerheiligste noch ein wenig herrichten, ein wenig umräumen. Sag dem Marco einfach, dass ich ein sturer Bock bin und dass er selber lernen soll."

Es läutete. Meine Güte, Irene!

Er hatte nicht zurückgerufen. Hatte sie das in ihrer verqueren Logik als Bestätigung gesehen? Sie hatte ja noch den Schlüssel. Wie würde das wirken, eine junge verheulte Frau und er in trauter Zweisamkeit?

„Horst, Horst! Hast du die Klingel nicht gehört?"

Er machte Julia Zeichen, sie solle auf die Terrasse verschwinden, aber da stand Irene schon in der Tür:

„Oh Entschuldigung, du hast Besuch? Willst du mich nicht vorstellen?" Wie er diese Penetranz hasste, diese Gießkannenstimme. Mein Gott, sie hatte sich die Haare färben lassen – so ein entsetzlich knalliges Rot und dann der kurze Haarschnitt.

„Ja, das ist Julia. Wir arbeiten an einem Projekt über die Günderrode."

Was wohl jetzt in Irenes Kopf vorging? Sicherlich nur das Eine.

„Ach, interessant, ja, da kennt sich der Horst aus. Das ist ja so romantisch. Ach, wie schön, dass Sie so ein Engagement haben, sogar noch am Wochenende für die Schule arbeiten."

Julia lächelte gequält. Sicherlich sah auch Irene, dass sie geheult hatte und dachte sich ihren Teil dabei. Egal.

„Irene, hol deinen Kram. Ich fahre Julia nach Geisenheim zur Bahn. Wenn ich wieder da bin, dann bist du sicherlich weg, und leg bitte den Schlüssel auf den Tisch."

Das hatte gesessen. Irene lief puterrot an, wollte loskeifen, aber drehte sich dann um, stürmte auf die Terrasse, von dort die Treppe auf den Hügel zum Allerheiligsten hoch, dabei stolperte sie, wobei ihr Hintern in seiner Unförmigkeit zur Geltung kam. Das mit Irene war endgültig over.

❖

Schon lange nicht mehr hatte ihn ein Schultag so geschafft.

Der Montag war immer schwierig, sechs Stunden am Stück, aber heute ging es ihm so richtig dreckig. Er war gestern doch nicht im Ferienhaus in Hallgarten geblieben. Das Treffen mit Irene und die ganz Geschichte mit Julia – das alles hatte ihn deprimiert. Also hatte er von Hallgarten aus seine Doppelkopfrunde aktiviert. Um fünf Uhr nachmittags war er zu Hause in Frankfurt gewesen, um sechs kamen schon Georg, Gabi und Verena.

Nach zwei Runden Doppelkopf bestellten sie Pizza. Rotwein hatte er ja genug im Keller – und es ging weiter – mit Tratschen und Spielen bis so um zwölf. Dann hatte er heute Morgen fast verschlafen. Dusche war nicht mehr drin.

Sein Kurs lief zäh. Marco wirkte irgendwie gehemmt, vielleicht weil Julia ihm gesagt hatte, dass da nichts drin war. Und Julia? Sie war gar nicht da. Was hatte das zu bedeuten?

Und jetzt wollte er nur noch ins Bett. Er stellte das Telefon aus, ließ die Rollos runter und zog seinen Schlafanzug an. In seinem Kopf pochte es. Er schlief sofort ein. Wenn er gewusst hätte, welchen Alptraum die kommenden Tage für ihn bereithielten, dann hätte er es sicherlich vorgezogen, die nächsten Wochen durchzuschlafen.

Als er so gegen 18 Uhr aufwachte, fühlte er sich erfrischt, das Pochen im Kopf war einem leichten Ziehen gewichen.

Vom Bett aus schaltete er den Fernseher ein. RTL-Nachrichten aus Hessen. Nie hätte er es offen zugegeben, aber er mochte diesen Sender, sicherlich aus dem selben Grund, weshalb er gern Bildzeitung las. Das Leben als gruseliges Märchen. Viel Unglück und Tratsch, aber es betraf immer nur die anderen.

„Eine 18-jährige Frankfurterin, Schülerin eines Gymnasiums, wurde gegen 10 Uhr heute Morgen von Spaziergängern in Winkel leblos am Rhein entdeckt. Ihr Körper lag zur Hälfte im Wasser. Sie trug eine Art Kostüm aus dem 19. Jahrhundert.

Ob es sich um Selbstmord oder Mord handelt, und was die näheren Umstände des Todes dieser jungen Frau sind, ist bislang unklar.“

Kein Name wurde genannt, kein Photo des Mädchens gezeigt, aber Bilder von der Fundstelle – genau derselben Stelle, an der er Julia gefilmt hatte.

Ihm wurde übel. Längst lief eine andere Meldung über die Gefahren des Piercings.

Ein Zufall. Das war sicherlich nicht Julia. Die war doch mit dem Zug von Geisenheim nach Hause gefahren. Aber er hatte sie nur vor dem Bahnhof aussteigen lassen, hatte sie nicht in den Zug steigen sehen. Sie hatte ihm auch nicht – wie verabredet – noch eine SMS geschickt. Es konnte nicht sein! Es durfte nicht sein. Er zappte durch die anderen Sender. Nichts!

Er sah das aufgeregte Blinken des Anrufbeantworters.

„Ja – hier Kranz, Herr Dr. Kremer rufen Sie mich bitte sofort an. Es geht um Julia Stenzel! Ihre Mutter hat sie identifiziert. Sie ist gestern nicht nach Hause gekommen, deshalb hat sie heute morgen eine Vermisstenanzeige aufgegeben. Die Polizei ist gerade hier. Rufen Sie bitte umgehend zurück."

Der zweite Anruf:

„Ja, ich noch mal, Kranz, also Sie sind offensichtlich nicht zu Hause. Ich gebe den Polizisten jetzt Ihre Adresse. Sie kommen heute abend so gegen 19 Uhr bei Ihnen vorbei.

Rufen Sie mich trotzdem unbedingt noch mal an, meine Privatnummer kennen Sie ja."

Dann noch ein Anruf von Georg, einer von Lea, der Freundin von Julia. Sie schluchzte ins Telefon.

Viertel vor sieben. Gleich würden die Polizisten kommen.

Was war da geschehen?

Julia! Wie kam sie an den Rhein?

Vom Bahnhof in Geisenheim bis zu der Stelle am Rhein, wo man sie gefunden hatte, war es sicherlich mehr als eine Stunde Fußmarsch. Warum trug sie das „Günderrode-Kleid"? Als er sich von ihr verabschiedet hatte, da hatte sie Jeans und einen Cord-Blazer getragen. Zum Abschied hatten sie sich innig geküsst und er hatte ihr versichert, dass er in Ruhe mit Marco reden würde. Und ihr würde er helfen, mit ihr lernen, aber ihr auf keinen Fall die Themen sagen. Sie hatte ihm noch einen Luftkuss über die Schulter zugeworfen, als sie in den Bahnhof ging.

Was würden die Polizisten ihn wohl fragen?

Mein Gott, war er jetzt verdächtig? Was sollte er sagen? Die Liebesbeziehung zu Julia zugeben?

Wenn die Polizei die Nachbarschaft in Hallgarten verhörte! Irgendeiner hatte doch sicherlich Julia erkannt? Hatten sie auch beobachtet, dass sie bei ihm übernachtete? Wie konnte er nur in so was reingeraten. Julia, seine Julia – und er dachte als erstes nur daran, wie er seine Haut retten könnte.

❖

Es klingelte. Er war noch im Schlafanzug. Er drückte auf den Türöffner. Genau vier Etagen Zeit zum Anziehen.
Das war die Hölle.

Vierundzwanzig Stunden waren vergangen seit der Meldung von Julias Tod. Er hatte nicht geschlafen.

„Der Fernseher bleibt aus! Tu dir das nicht an!“ Georg nahm ihm die Fernbedienung aus der Hand. „Ich mach uns jetzt was zu essen. Ich schau mal, was dein Gourmet-Tempel so zu bieten hat!“

Kaum war Georg in der Küche verschwunden, schaltete er ein, stellte den Ton leise. Belangloses Zeug! Da: Er stellte den Ton lauter:

„Julia S.“, oben rechts ein Foto von ihr – eingeblendet in das Bild von der Fundstelle. Dann eine Gestalt im Regenmantel, gebückt, die Hand vors Gesicht haltend. Sie hatten ihn gefilmt, wie er zu seinem Auto hastete gestern Abend auf dem Weg zur Polizeiwache. Man hatte ihn gebeten, wegen des Protokolls „noch schnell mit auf die Wache zu kommen.“ Er wirkte fahrig, blass wie ein Täter. Der Ton – echt RTL:

„Dies ist der Lehrer von Julia S., den sie im Rheingau in seinem Ferienhaus besucht haben soll. Der Oberstudienrat Horst Kremer hat im Fach Deutsch mit den Schülern einen Film über die Dichterin Karoline Günderrode gedreht, die sich an derselben Stelle am Rhein, an der die Schülerin tot aufgefunden wurde, erdolcht hatte. Geht Julias Selbstmord auf das Konto eines unverantwortlichen Lehrers, der nicht bemerkt hat, wie seine Schülerin durch den Unterrichtsstoff in den Tod getrieben wurde? Die Obduktion hat inzwischen zweifelsfrei ergeben, dass es sich um Selbstmord handelt!

Die Mitschüler von Julia sind entsetzt. Die alleinerziehende Mutter hat einen Schock erlitten. Sie ist im Krankenhaus.“

Man sah den Schulhof seiner Schule in der Totale, dann heulende Schüler, die Blumen niederlegten, Kerzen anzündeten.

„Mehr von dem Fall, dann auch mit Interviews der Schüler und des Schulleiters in unserer Sendung „explosiv“.

Er legte schnell eine Videokassette in den Recorder und stellte den Timer auf 19.10 Uhr.

Gregor legt ihm die Hand auf die Schulter:

„Ich hab gesagt, du sollst diesen Dreck nicht anschauen!

Aber, na ja, du wirst es eh erfahren! Die haben heute auch deine Schüler interviewt. Der Kranz wollte das verhindern, aber das sind Aasgeier, die haben die Kids einfach in den Holzhausenpark bestellt und dort interviewt. Da war nichts zu machen. Horst – der Kranz steht voll hinter dir, auch die Kollegen. Keiner kann sich vorstellen, warum sich dieses lebenslustige Mädchen umgebracht hat. Die Mutter ist im Krankenhaus. Steht unter Schock.

Horst, sag's mir. Hast du was gehabt mit dem Mädchen? Unsere Freundschaft hält das aus. Bitte, sag mir alles."

Nein, er konnte es nicht, nicht jetzt, nicht Georg.

„Sie war in Hallgarten im Haus. Wir haben geredet, zusammen gegessen, einmal hat sie auch da übernachtet. Aber es war nichts, Georg, sie ist doch erst achtzehn."

„Gott sei Dank, Horst! Ich hätte das schwer verkraftet. Komm, jetzt essen wir was! Ich hab diese Lasagne in den Ofen getan und uns einen Salat gemacht. Aber keinen Wein heute! Du brauchst einen klaren Kopf."

Ob es ihn erleichtert hätte, wenn er Georg von seiner Liebe erzählt hätte? Aber schon diese Bemerkung von Georg zeigt ihm, dass er gar nicht in Erwägung zog, dass da Liebe hätte eine Rolle spielen können. Alter Mann, junges Mädchen, das konnte nur Sex sein. Auch der Kranz hatte ihn streng gefragt, ob da „was gewesen wäre".

Und Julias Mutter? Er musste mit ihr reden!

Der Vater war in China, hatte ihm der Kranz erzählt, er würde zur Beerdigung kommen.

Mein Gott – sogar an die Beerdigung hatte Kranz schon gedacht und daran, ob es „opportun" sein, dass er da hinginge.

Er rate ihm davon ab. Er selbst werde die Trauerrede halten, er bitte ihn, kurz einige Zeilen über Julias Persönlichkeit zu schreiben, er habe das Mädchen ja kaum gekannt.

Im übrigen empfehle er ihm, mindestens eine Woche zu Hause zu bleiben – um des „Schulfriedens" willen.

Laufend gingen Anrufe ein, er sah, wie das Zählwerk des Anrufbeantworters ständig mehr Telefonate auswies.

„Es ist angerichtet!"

Georg zu Gefallen stocherte er in der Lasagne rum. Der Salat schmeckte lecker.

Ob sie wohl was in der „Hessenschau" brachten?

„Lass doch die Glotze aus!"

„Georg, ich schätze es sehr, dass du mir hier beistehst, das heißt aber nicht, dass ich entmündigt bin. Ich muss wissen, was die über mich bringen."

Meldungen über eine Sauberkeitskampagne in Frankfurt, über den Kulturdezernenten und seine Querelen mit dem Opernchef und dann –

Diesmal kein Bild von Julia, auch kein Name, nur die Meldung ebenfalls mit dem Bild vom Rheinufer:

„Die gestern von Spaziergängern am Rhein gefundene Leiche einer Frankfurter Schülerin wurde heute obduziert mit dem Ergebnis, dass sich das Mädchen mit einem gezielten Stich eines Dolches umgebracht hat. Das Mädchen soll im Deutschunterricht bei einem Projekt über die Frankfurter Dichterin Günderrode beteiligt gewesen sein, die sich 1806 an derselben Stelle aus Liebeskummer das Leben nahm.

Welche Rolle der Lehrer des Deutschkurses, der das Projekt leitete, spielt, ist unklar."

„Na ja, das war wenigstens seriöse Berichterstattung. Den Lehrer hätten sie weglassen können. Du musst das an dir abprallen lassen. Du hast nicht ahnen können, dass dieses Mädel sich da so reinsteigert. Hatte sie Liebeskummer oder so? Die war doch mit dem Marco liiert!"

„Mit dem Marco aus meinem Deutschkurs, dem dicken Riesenbaby? Da täuschst du dich aber gewaltig!"

„Mensch, das weiß doch die ganze Schule. Die waren doch unzertrennlich."

„Ja, die kennen sich vom Kindergarten, aber da war doch nichts!"

Jetzt gebrauchte er auch schon diese abgegriffene Wendung.

„Die Julia fand doch garantiert nichts an dem Fettkloß!"

„Der ist doch nicht fett, alles Muskeln, der rennt jede freie Minute ins Studio – Gewichte stemmen."

Das konnte nicht sein, Georg musste sich täuschen. Wenn der doch endlich gehen würde. Er wollte jetzt allein sein, endlich die Anrufe abhören und ja – die Aufzeichnung von „explosiv" schauen.

❖

Bei solchem Wetter hatte er immer Irene fahren lassen. Er konnte nachts schlecht sehen, zumal wenn es regnete, wie jetzt.

Warum ließ er sich darauf ein, sich mit Marco in seinem Ferienhaus zu treffen? Er hatte es in Frankfurt nicht mehr ausgehalten. Und keiner von diesen Pressetypen würde damit rechnen, dass er nachts um zwei das Haus verlassen würde.

Marcos Anruf auf seiner Mailbox, er hatte um 1.30 Uhr auf seinem Handy angerufen, als Horst im Dämmerschlaf vor dem Fernseher lag.

„Hallo, hier Marco, muss mich mit Ihnen treffen. Es ist wichtig. Für mich, aber ganz besonders für Sie. Ich komme morgen gegen Abend so um fünf bei Ihnen in Hallgarten vorbei. Julia hat mir genau beschrieben, wo das Haus ist. Es ist in Ihrem Interesse, dass Sie dort sind. Der Kranz hat mir gesagt, Sie würden erst mal nicht in die Schule kommen. Ist sicher besser so! Ich ruf Sie vorher noch mal an!"

Hatte Julia Marco etwas erzählt? Und wenn es stimmte, dass Julia und Marco ein Paar waren? Wie passte das alles zusammen? Und diese Abigeschichte.

Er parkte sein Auto mehrere hundert Meter von seinem Haus entfernt auf dem Parkplatz vom Schwimmbad, holte seine Tasche aus dem Kofferraum. Es war jetzt halb drei. Alles dunkel. Wie ein Dieb schlich er sich in sein eigenes Haus, tappte im

Dunkeln durch den Flur, machte die Wohnzimmertür hinter sich zu und knipste dann die Stehlampe an. Vielleicht litt die Schwermer wieder an ihrer Schlaflosigkeit. Sie brauchte nicht zu wissen, dass er da war. Sicherlich tratschte inzwischen das ganze Dorf schon über ihn.

Das Zimmer wirkte trist und trostlos.

Hier auf dem Sofa hatte er mit Julia gesessen. Er spürte, wie die Tränen kamen. Er erschrak darüber, wie es ihn schüttelte. Er schluchzte, wimmerte, kauerte sich hin, gekrümmt wie ein Baby.

Er wachte auf, weil er fror. Draußen dämmerte es.

Weiterschlafen. Wie in Trance ging er ins Schlafzimmer, ohne sich auszuziehen, vergrub er sich unter der Decke und schlief sofort wieder ein.

Als sein Handy klingelte, baute er das Klingeln erst in einen aberwitzigen Traum ein, er war Verkäufer von Klingeltönen in einem riesigen Warenlager.

Der Anrufer gab endlich auf und dennoch hatte er den Traum, den Wächter des Schlafes, vertrieben.

Grautrübes Licht, Regenwetter. Er angelte nach seinem Handy.

Zum Glück war er eben nicht dran gegangen. Es war der Direktor.

„Ja, guten Morgen! Kranz hier!

Ich wollte Ihnen nur sagen, die Beerdigung ist am kommenden Freitag. Lesen Sie am besten nichts davon, was in der Presse steht. Und gestern dieser unsägliche Lügenbrei in RTL. Vergessen Sie's. Ich stehe voll hinter Ihnen. Im Schulamt sind auch alle maßgeblichen Leute auf Ihrer Seite. Tauchen Sie ruhig ab. Jedes Wort wäre jetzt zuviel, weil diese Klatschpresse ja alles verzerrt. Die Schüler stehen auch voll hinter Ihnen, die meisten wenigstens. Was die da dem Reporter gesagt haben, also das sind ja nur einzelne Stimmen. Rufen Sie mich an, ich hab noch ein paar Fragen – wie gesagt, muss ja die Rede schreiben. Oder mailen Sie mir, noch besser, vielleicht schon druck..., äh, redereif. Sie haben ja jetzt Zeit. Ob Sie dann beim schriftlichen Abi da sind, sehn wir noch. Ich würde sagen – eher nicht. Alsdann, viel Kraft. Übrigens wird Julias

Mutter heute entlassen. Das weiß ich von Marco, der war ja Julias Freund. Aber er ist garantiert nicht der Grund für den Selbstmord. Das war ja eine ganz innige Beziehung – wie alle mir erzählen. Alsdann – viel Kraft! Am besten fahren Sie irgendwohin, wo keiner Sie kennt!"

Genialer Rat. Selbst in Mallorca würde inzwischen jeder den Lehrer kennen, der seine Schülerin in den Tod getrieben hatte, weil er ihr die Lektüre von Gedichten der Günderrode zugemutet hatte.

Er hatte sich gerade einen Kaffee eingeschenkt, als es klingelte. Hoffentlich nicht die Schwermer.

Marco trat an ihm vorbei und ging ins Wohnzimmer, als kenne er sich hier bestens aus.

„Tut mir Leid Dok, bin schon früher da. Hatte keinen Bock auf Schule. Läuft ja eh nichts mehr."

„Gib mir doch deine Jacke, willst du nicht die Schuhe ausziehen. Du machst ja alles nass hier!"

Widerwillig reichte Marco ihm die triefende Regenjacke. Darunter trug er – ganz untypisch für ihn – ein blaues Jackett. Die Schuhe behielt er demonstrativ an.

Einen Kaffee würde er diesem Fettkloß nicht anbieten.

Marco ließ sich aufs Sofa plumpsen.

Völlig absurd die Vorstellung, dass Julia dieses unförmige Riesenbaby geliebt haben könnte.

„Stimmt es, dass ihr, du und Julia, dass ihr ein Paar wart?"

„Bis du aufgetaucht bist, du, du Heuchler. Begeisterung für die Literatur wecken und so ein Gelaber. Wir hatten einen schönen Plan, hat aber nicht hingehauen. Julia hat sich leider in dich alten Knacker verliebt!"

Hatte ihn schon mal jemand so hasserfüllt angesehen!

„Diese Schlampe! Erst hast du unseren Plan versaut, dann..

Das macht keiner mit mir! Waren geil – Eure Wochenenden, oder?

Julia hat bezahlt. Und jetzt bist du dran!"

Was redete der da?

„Sie hatte einen schönen Tod! Wir haben noch ein bissl gedreht – ich hab sie vom Bahnhof abgeholt. Du peilst ja nix. Wir haben uns ständig SMS geschrieben. Ich war auch schon mal hier auf deiner Designer-Terrasse, als du einkaufen warst. Da glotzt du. Und dann ja, dann haben wir noch mal die Szene gedreht. Ich hatte das echt nicht vor, aber sie hat so von dir geschwärmt und das mit den Themen, das könnte man doch nicht machen. Da hab ich ihr die Hand geführt. Und jetzt hab ich dich in der Hand!"

Während er diese Ungeheuerlichkeiten mit monotoner Stimme von sich gab, stöpselte er eine Kamera, die er aus der Innentasche seines Jacketts geholt hatte, in den Fernseher ein und schaltete ihn an:

Vogelgezwitscher, blauer Himmel,

Julia und er auf der Terrasse, sie reichte ihm gerade den Honig rüber. Er sagte was wie: „Du bist so weit weg!"

Julia tänzelte um den Tisch rum, setzte sich auf seinen Schoß und ...

„Na, das würde doch bestimmt ein paar Leute interessieren, oder? Das ist doch die paar läppischen Themen wert in Deutsch, PoWi und Mathe.."

Marco saß in der Hocke vor dem Fernseher, er wandte sich halb zu ihm um.

Etwas in ihm handelte. Als er Marcos klaffende Kopfwunde sah, seinen seltsam verdrehten Nacken, das Blut, das auf den Boden sickerte, fühlte er sich vollkommen unwirklich. An der Venusstatue, mit der er zugeschlagen hatte, klebte Blut. Irene hatte ihm dieses Monstrum geschenkt und er hatte es eigentlich schon längst in den Müll werfen wollen. Mein Gott, dieser Film lief ja immer noch.

Julia und er, Stöhnen, Gelächter. Er drückte so heftig auf den Ausknopf, dass der Fernseher seitlich auf den Boden krachte.

Von diesem Zeitpunkt an blieb ihm jeder einzelne Handgriff, den er verrichtete, jeder Schritt, den er tat, in glasklarer Erinnerung. Er fühlte Marcos Puls, spürte nichts.

Notarzt? Nur ein kurzer Gedanke, den er sofort verwarf.

Eigentlich handelte er nun wie ein Roboter mit der Programmierung „Entsorgung eines Körpers ohne Spuren zu hinterlassen."

War er so abgebrüht? Er kicherte, als er es geschafft hatte, diese unförmige Masse in der hintersten Ecke des Kellers zu verstauen. Er würde eine bewährte Tradition vieler Krimihelden fortsetzen und die elegante Methode des Einmauerns wählen, wobei darauf zu achten war, nicht zufällig eine Katze mit einzumauern. Zum Glück hatte er die Backsteine aufgehoben, als er im Wohnzimmer die Wände rausgebrochen hatte. Sogar Zement hatte er noch. Aber jetzt musste erst mal der Tatort gereinigt werden. Um Schleifspuren zu vermeiden hatte er den Körper (so nannte er ihn innerlich, niemals Marco) in zwei Wolldecken gewickelt. Die Blutlache vor dem Fernseher hatte er schon mit Küchenpapier beseitigt. Er trug Irenes gelbe Plastikhandschuhe dabei. Jetzt schrubbte er die Stelle, mehrmals, holte immer neues Wasser.

Die Kamera mit der Kassette hatte er in seinem Schreibtisch verstaut.

Marcos Jacke trug er noch in den Keller, legte sie auf den unförmigen Wolldeckenberg, dann schloss er die Kellertür ab.

Um Punkt 17 Uhr öffnete er eine Flasche Champagner, holte sich ein Glas und stieg damit die Treppe zum Allerheiligsten hoch. Der Rhein blinkte silbergrau. Die Sonne brach hinter einer dicken Wolke hervor.

Wie kam es, dass er sich so zufrieden fühlte wie nach einer anstrengenden, aber gut ausgeführten Arbeit?

Er hatte Julias Tod gerächt und er hatte die Gewissheit, dass sie ihn geliebt hatte.

Hier hatten sie zusammen die Aussicht genossen, hier hatten sie Günderrodes Gedichte rezitiert, sich über ihr Leben unterhalten.

Marcos Auto! Wo hatte er das abgestellt? Wie konnte er nur glauben, dass er mit diesem Mord einfach so davon käme?

Wenn jemand Marco ins Haus hatte kommen sehen! Oder wenn er jemandem erzählt hatte, dass er nach Hallgarten fuhr. Das wohl eher nicht. Die würden sein Haus durchsuchen, er würde sein Leben lang im Knast sitzen. Das Auto wegfahren?

Wohin? Wenn ihn da jemand sehen würde.

Erst mal warten, bis es dunkel würde. Als er auf die Uhr sah, war es acht, immer noch hell. Er beschloss, einen Brief an Julias Mutter zu schreiben. Er erzählte von Julias Begeisterung für die Dichterin Günderrode, von ihrer Begabung, die Texte lesend zu interpretieren, von ihrer Lebensfreude. Von der Liebesbeziehung schwieg er, aber als er seinen Namen unter drei eng beschriebene Seiten setzte, wusste er, dass dieser Brief für Julias Mutter ein Trost sein würde. Und für einen Augenblick kam es ihm so vor, als platzierte Julia einen sanften Kuss in seine Halsbeuge.

Jetzt hier auf Gomera in dieser Finca verschwimmen die Ereignisse der letzten Wochen zu einem Erinnerungswirrwarr, seltsam irreal und nicht mehr bedrohlich.

Die Trauer über Julias sinnlosen Tod – die schwingt überall mit, aber auch die Genugtuung darüber, dieses Monster bestraft zu haben. Ich fuhr noch in derselben Nacht Marcos Auto bis nach Bonn und ließ es irgendwo in der Innenstadt stehen. Dort warf ich auch einen Brief an Marcos Familie ein. Seine Unterschrift hatte ich lange geübt. Ich hatte eine alte Klausur von ihm auf dem Schreibtisch gefunden.

Den Text selbst hatte ich auf dem Computer getippt:

„Ich kann ohne mein Liebstes nicht leben. Verzeiht mir. Der Rhein verbindet mich mit Julia." Das Papier und den Umschlag fasste ich nur mit Handschuhen an und ich zwang mich, nochmals in den Keller zu gehen und Marcos Finger auf das Papier zu drücken. Daran möchte ich jetzt nicht mehr denken.

Morgens nahm ich dann von Bonn den Zug nach Geisenheim.

Das Einmauern war dann doch nicht ganz so einfach, aber daran möchte ich jetzt auch nicht mehr denken.

Nach Marco wurde überall gesucht, auch ich wurde eingehend befragt. Die Suche geht weiter. Ein Polizist sagte mir, man gehe davon aus, dass auch Marco den Freitod gewählt habe, und zwar im Rhein.

Tja – und dann gab es doch noch eine Komplikation. Irene wollte „noch einmal" mit mir am Rhein einen Spaziergang machen und mit mir „noch einmal" über alles reden.

Wir fuhren am Samstag nach Kaub, flanierten ein wenig am Rhein entlang und sie wollte dann „irgendwo rauf", um einen „Blick" zu haben. Ein protziger Prachtbau erregte meine Aufmerksamkeit – mit Zwiebeltürmen und goldenen Fenstergittern, eine Mischung aus Taj Mahal und Bankdirektorenästhetik. Dieses Monstrum wählten wir uns zunächst als Ziel.

Die Straße führte steil bergan und Irene kam schnell aus der Puste, das Gute daran war, dass sie so nicht auf mich einreden konnte. Hinter der Bausünde, die mit goldenen Gittern wie ein Gefängnis abgeschottet war, sahen wir ein Tagungshaus mit einer riesigen Terrasse, gehörte dem CVJM.

Ja, die Kirchen haben immer die besten Locations.

Wir gingen rein. Schließlich bezahle ich immer noch Kirchensteuer. Und in der Tat hatte man von der riesigen Terrasse eine wunderbare Aussicht:

Mein geliebter Rhein – mitten im Strom die Pfalz von Kaub. Von hier aus setzte Blücher mit fast 90 000 Soldaten über den Rhein. Ich erzählte Irene ein wenig von der bewegten Geschichte dieser Burg im Rhein und dabei legte ich einfach mal aus einem Anfall an Nostalgie den Arm um sie.

Ich entdeckte am anderen Ende der Terrasse ein Schild zur Adolfshöhe. Irene wollte zwar nicht noch höher steigen, aber schließlich ließ sie sich überreden. Der Weg wurde immer schmaler, manchmal ging es rechterhand steil bergab. Irene begann zu maulen, das sei wie immer, ich müsse alles übertreiben, der Ausblick eben sei doch schön genug gewesen.

Ich müsse eben immer meinen Willen durchsetzen.

Ihre Vorwurfsarie gipfelte darin, dass ich doch eigentlich einfach keine „richtigen" Frauen aushalte, deshalb müsse ich mich an Kindern vergreifen. Das sei doch klar, dass die „Kleine" sich wegen mir umgebracht habe.

Ich glaube inzwischen nicht mehr an Zufall. Es muss Fügung gewesen sein, denn es gibt nur diese eine Stelle, die so steil abfällt und so ungesichert ist, dass so ein Unfall geschehen kann. Ich holte aus und Irene stürzte mit einem gellenden Schrei in den Abgrund.

Beim CVJM rief ich den Krankenwagen. Man stand mir bei.

Schließlich hatten Leute auf der Terrasse uns noch vor wenigen Minuten einträchtig und händchenhaltend in trauter Gemeinsamkeit gesehen. Irene war sofort tot. Keinerlei Verdacht fiel auf mich. Da wir noch nicht geschieden waren, habe ich recht ordentlich geerbt.

Meine Kollegen verstanden mich, dass ich mich erst mal krankschreiben ließ. Und für das kommende Schuljahr habe ich mich beurlauben lassen. An Geld fehlt es nicht. Wir hatten gegenseitig eine Lebensversicherung abgeschlossen. Der Sturz galt eindeutig als Unfall, also bekam ich obendrein noch eine halbe Million ausgezahlt.

Ich hätte mich ja auch noch länger krankschreiben lassen können, aber irgendwie bin ich schon korrekt.

Gleich gibt es das Lunch-Buffet. Diese Finca ist ein wunderbarer Ort, abgeschieden in einer traumhaften Landschaft. Ich hatte das Fährschiff von Teneriffa nach Gomera genommen, und dann ein kleines Boot zu dieser verwunschenen Bucht.

Ich werde viel wandern, lesen, schreiben und nachdenken – über Zufall und Fügung, über das Schicksal und seine Unausweichlichkeit. Und wie ist es mit der Schuld?

Schuld? Das mit Julia ist nicht meine Schuld! Das war und ist Liebe gewesen. Das mit Marco war ich Julia schuldig – und das mit Irene war ich mir schuldig.

Und Günderrode. Die hat mich auch hierher begleitet.

Es ist, als hätte sie für mich das Gedicht „Hochrot" geschrieben. Ich sage es oft laut vor mich hin – und dann sehe ich immer Julia vor mir:

Du innig Rot
Bis an den Tod
Soll meine Lieb Dir gleichen.
Soll nimmer bleichen,
Bis an den Tod.
Du glühend Rot,
Soll sie Dir gleichen.

PROZESS-POKER

Von Norbert Leppert

„Saal zwohundertzwo", sagte der Inspektor. „Zweites Stockwerk, dann geradeaus." Prüfend warf er einen Blick auf die Person an der Pforte, die an ihrer Ladung aufgeregt herumfingerte. Und fragte dann, als wär's die letzte Mahnung:

„Sie kommen doch als Zeugin, oder...?"

Elena hatte es geahnt.

Alle hier im Gericht wussten es, keinem konnte sie noch etwas vormachen, niemand, der ihr glauben würde. Der Inspektor war der Beweis dafür. Ihre Befürchtung, die sie vergangene Nacht um den Schlaf gebracht hatte, war keine Einbildung, sondern bestand zu Recht.

Was hatte Robert sich dabei gedacht?

Vor fünf Monaten hatte sie ihn das letzte Mal gesehen, an diesem vernieselten Novemberabend, an dem er verhaftet worden war, unmittelbar nach der Tat, vor der Elena ihn gewarnt hatte, vergeblich.

„Wenn Sie Zeugin sind", sagte der Inspektor, „haben Sie Anspruch auf Betreuung. Dann ruf ich jemand, der sich um Sie kümmert. Als Beschuldigte hingegen..."

Wieder dieser Ton, als wäre es Elenas letzte Chance, und dass sie endlich Rat annehme und ihre Aussage noch einmal gründlich überdenke.

Elena steckte ihre Zeugenladung ein und schaute sich um. Robenträger mit Aktenbündeln und bedenklicher Miene, junge Wachtmeisterinnen, die auf teuren Schuhen daherschritten wie Hostessen, rudelweise Polizeibeamte in Lederjacken und Gefangene, die an Handfesseln gingen, den Blick gesenkt.

Und wenn ich, dachte sie, nun auf der Stelle kehrtmache und davonrenne?

Das wäre wie Verrat gewesen, Verrat an Robert, der diese Dummheit nur begangen hatte, weil er auf die Idee gekommen war, sie zu heiraten – obwohl sie es nicht gewollt hatte, und so schon gar nicht.

Aber warum hatte er nicht geschrieben, keine Nachricht aus der Haftanstalt, nicht eine Zeile, die sie hätte deuten können, nichts?

Alles nur aus Taktik, Taktik der Verteidigung?

„Saal zweihundertzwei, danke, ich werd's schon finden." Elena nahm ihre ganze Kraft zusammen und löste sich von der Pforte.

Sehr weit aber kam sie nicht.

Noch bevor die erste lange Treppe erklommen war, wurde ihr schwindlig, und sie blieb stehen, hielt sich fest am Geländer.

Verschwommen ging ihr Blick nach unten, an die Pforte zum Inspektor, der ihr wohl ein Zeichen geben wollte. Elena verstand es nicht, alles im Kopf drehte sich, die Bilder vom Gericht begannen zu wackeln, und es flimmerte vor ihren Augen...

„Wo bleibt die Zeugin?", fragte in Saal 202 der Gerichtsvorsitzende. „Ohne sie kommen wir nicht aus. Wissen Sie etwas, Frau Staatsanwältin...? Es sei denn, Herr Verteidiger", und der Richter neigte seinen dicken schweren Schädel in Roberts Richtung, „der Angeklagte will ein Geständnis ablegen. Dann können wir auf die Zeugin auch verzichten."

„Bedaure", sagte Roberts Verteidiger. „Mein Mandant wird sich zum Tatvorwurf nicht äußern."

Der Richter griff nach seiner Brille, setzte sie ab, um gleich darauf eine andere aufzusetzen – wohl seine Lesebrille –, ehe er seinen Schädel schwer über die Akte beugte:

„Sie sind 29 Jahre alt, von Beruf Reisekaufmann, ohne feste Anstellung. Wovon haben Sie zuletzt gelebt?"

„Vom Spielen", sagte Robert. „Ich hab gespielt. Getrunken und gespielt. Aber das wissen Sie doch. Steht alles in der Akte."

„In besagter Spielothek...?"

„Bedaure, Herr Vorsitzender", unterbrach der Verteidiger. „Das gehört zum Tatvorwurf. Ich sagte ja, dass mein Mandant..."

„Dann kommen wir zur Anklageschrift. Frau Staatsanwältin!"

Am liebsten hätte Robert sich die Ohren zugehalten.

Die Stimme der Staatsanwältin erinnerte ihn an seine Schwester. Die hatte sich zu Haus am Küchentisch auch immer so hingestellt, abends wenn die Eltern heimkamen von der Arbeit. Und sie dann petzte, was er wieder alles angestellt und kaputtgemacht hatte. Die Schwester war mit der Aufzählung noch nicht zu Ende, da schlug der Vater schon zu, mit der weißen Hand des Schreibtischmenschen, der man nicht die Härte ansah, hingegen die Mutter sich stumm zum Herd wandte. Jahre war es so gegangen, bis Robert eines Nachmittags – die Mutter war noch auf der Arbeit – die große Schwester beim Vater im Ehebett entdeckte, und der Vater ihm mit der weißen Hand Zeichen machte, dass er verschwinden sollte. Aber von da an hielt die Schwester ihre Klappe, und der Vater schlich herum wie ein Abgeurteilter, der auf Vollstreckung wartete, obwohl niemand Anklage erhoben hatte. Es war, wie Robert fand, für alle so das Beste, sonst wäre mehr zerbrochen als nur Glas und was ihm sonst noch alles kaputtging als Junge von zwölf Jahren, dem sie dauernd vorgeworfen hatten, dass er nicht richtig aufpasse...

„...wird dem Angeklagten zur Last gelegt, am 7. November letzten Jahres in Frankfurt, Konstablerwache, rechtswidrig einen anderen mit Gewalt und unter Anwendung von Drohung genötigt zu haben, indem er maskiert, aber ohne Waffe gegen 23.50 Uhr die Räume der Spielothek Zum großen Reibach betrat und die dort an der Kasse tätige Zeugin Elena K. aufforderte..."

Die Staatsanwältin war noch beschäftigt mit der Beschreibung weiterer Einzelheiten, da entstand an der Saaltür Unruhe, worauf der Richter unwirsch reagierte:

„Herr Wachtmeister! Sorgen Sie dafür, dass die Sitzung nicht gestört wird."

„Es ist nur wegen der Zeugin. Eben ist sie angekommen."

„Na, um so besser", und schon hellte sich das Breitgesicht des Richters wieder auf. „Sie soll reinkommen, sobald die Anklage verlesen ist."

Nachdem sie von der Toilette kam, wo sie erbrochen hatte, ging es Elena etwas besser.

Frisch gekämmt und nachgeschminkt, auf Schuhen mit extra hohem Absatz, die Robert ihr gekauft hatte, damit sie ihm bei seiner Körperlänge wenigstens bis zu den Schultern ging, wenn sie zum Tanzen waren in der Disko, erreichte Elena den Gerichtssaal mit einer Viertelstunde Verspätung. Der andere Zeuge aus der Spielothek stand schon an der Tür bereit, Cem Erdogan, dieser Aufschneider mit seinen „Krass"-„Klasse"- und „Korrekt"-Sprüchen, die nervten. Auch jetzt ließ er wieder etwas vom Stapel, was sie aber nicht weiter beachtete. Sie klopfte, und als der Wachtmeister öffnete, konnte sie wie mit dem Auge einer Kamera, die sich durch den Türspalt zoomte, sofort auf Robert sehen, seine Augen und wie er sich das Haar aus der Stirn strich, genau wie früher. Es war nur ein Moment, dann verbaute ihr der Wachtmeister den Ausschnitt, aber mehr brauchte sie auch nicht, um zu wissen, was sie wissen musste, und wie auf Flügeln schwebte sie hinein in den Saal, als der Vorsitzende sie endlich aufrufen ließ.

„Verwandt oder verschwägert mit dem Angeklagten?"

„Nicht dass ich wüsste."

„Ja oder nein?"

„Nein."

„Sie müssen hier die Wahrheit sagen. Sie können auch vereidigt werden. Wenn Sie falsch aussagen, werden Sie bestraft. Haben Sie verstanden?"

„Warum soll ich etwas Falsches sagen?"

„Ob Sie mich verstanden haben?"

„Ja."

„Alter?"

„33."

„Beruf?"

„Kassiererin."

„Sie wissen, warum Sie heute hier sind?" Der Richter lehnte sich zurück und wechselte die Brille. „Erzählen Sie bitte, was passiert ist."

„Ich war beschäftigt mit der Abrechnung, da kracht es hinter mir und ein Typ, das Gesicht total vermummt, in der Hand eine Sporttasche, tritt die Tür zur Kassen-Box ein. Packt mich an der Schulter, reißt mich zu Boden, droht: Rühr dich nicht, sonst mach ich dich alle! Dann stopft er die Tasche voll mit Geldscheinen – 6545 Euro – und kaum dass ich kapiere, was läuft, ist er auch schon zur Tür hinaus."

„Dieser Mann, der Sie bedroht hat", sagte der Richter, „ist das der Mann auf der Anklagebank? Schauen Sie ihn an, Frau Zeugin. Erkennen Sie ihn wieder?"

Elena, die vom Zeugenstuhl in der Mitte des Saals immer nur stur den Richter angesehen hatte, wandte den Kopf langsam zur Anklagebank. Es war der Augenblick, vor dem sie sich am meisten fürchtete: Dass man sie zwang, Robert ins Gesicht zu schauen, ihn zu mustern, kalt abzuschätzen, um dann, obwohl alles in ihr brannte, so unbeteiligt wie nur irgend möglich auszusagen, was erwartet wurde und was ja für sie wohl das Beste war. Robert, das wusste sie, würde damit kein Problem haben, der war es gewohnt auf seinen Reisen, in viele Rollen zu schlüpfen, vom Witwentröster bis zum Entertainer. Doch ob es ihr gelingen würde, ob sie imstande war, sich als Geliebte zu verleugnen und die große Fremde herauszukehren, das sollte sich hier und jetzt erst erweisen, in diesem Augenblick der Wahrheit, der verlogener nicht hätte sein können.

„Frau Zeugin", drängte der Richter. „Ich frage Sie: Erkennen Sie den Mann wieder?"

„Ich bin nicht sicher. Nicht richtig sicher. Wie gesagt, das Gesicht war vermummt. Und dann ist es auch schon eine Weile her..."

Doch mit dieser Aussage wollte sich die Staatsanwältin nicht zufrieden geben:

„So lang ist es nicht her, Frau Zeugin. Vor fünf Monaten, damals bei der Polizei, bei der Gegenüberstellung, erkannten Sie den Täter wieder. Können Sie uns das erklären?"

„Damals bei der Polizei..." Leicht und schnell, wie Elena begann, schien ihr die Antwort keine Mühe zu bereiten, doch plötzlich war sie wieder da, diese Übelkeit, ein dumpfer Druck, der vom Kopf her kam und ihr das Hirn marterte, bis es darin leer und öd war.

„Fehlt Ihnen was?“, fragte der Richter.

„Damals bei der Polizei trug der Mann denselben Trainingsanzug wie der Täter. Ich dachte, dann kann's nur der gewesen sein.“

„Und heute... was denken Sie heute?“

„Heute, mit Jackett, Schlips und Kragen, wirkt er völlig anders.“

Es wurde Zeit, dass Roberts Verteidiger sich einschaltete.

„Bevor wir über die Vermummung reden, die Maske, die der Täter trug, eine andere Frage: Wie waren in der Spielothek die Lichtverhältnisse?“

„Das große Licht war schon gelöscht. Wir wollten gerade schließen.“

„Frau Zeugin“, zischte die Staatsanwältin. „Wollen Sie im Ernst behaupten, dass Sie Ihre Abrechnung im Dunkeln machen?“

Alle lachten, auch der Richter. Nur Elena lachte nicht. Ihr war so schlecht wie vorhin an der Treppe, und weiß wie eine Wand stürzte sie zum Saalausgang, wo der Wachtmeister sich beeilte, ihr die Tür aufzuhalten.

Der Richter sah ihr nach, wortlos.

Hinter der Nahsichtbrille wirkten seine Augen riesengroß. Gleich darauf schrumpften sie zusammen, nachdem er – etwas fahrig – die Gläser gewechselt hatte, und hatten nun wieder Teddybärformat.

Der Richter räusperte sich – mit hörbarer Gründlichkeit – und gab dann tönend Anweisung:

„Die Vernehmung wird unterbrochen. Herr Wachtmeister, Sie kümmern sich um die Zeugin. Und sagen Sie auch Bescheid bei der Betreuungsstelle. Wir fahren dann fort mit dem anderen Zeugen. Aber vorher fünf Minuten Pause.“

Cem Erdogan betrat den Saal wie ein Elfmeterschütze, der gewohnt ist, dass von ihm wieder mal alles abhängt.

Jemand musste ihm gesteckt haben, dass Elenas Aussage auf keinen Fall genügen würde, Robert zu verurteilen. Wahrscheinlich war es die Staatsanwältin gewesen, die ihn in der Verhandlungspause um Feuer gebeten hatte, und zwar für ein – ziemlich krass, wie er fand – Zigarillo, Sorte „Sumatra".

Als Mann der „Sekurity", der diesen Job schon länger machte, kannte Cem Erdogan sich bei Gericht aus. Vorbei an Robert, dem er mit den Fingern ein knappes Hi-Zeichen zuschnippte, trat er federnden Schrittes an den Zeugenstuhl und nahm dort Platz, bevor man ihn darum gebeten hatte. Kaum aber, dass er saß, war er schon wieder auf den Beinen, schob den Verschluss seiner Lederjacke auf, zog etwas hervor und legte es vor sich auf den Tisch.

„Sie haben uns etwas mitgebracht?", wollte der Gerichtsvorsitzende wissen.

„Mein Protokoll."

„Was für ein Protokoll?"

„Von der polizeilichen Vernehmung. Damit ich nichts vergesse und nachschauen kann. Ist doch nicht verboten...?"

„Verboten nicht. Aber auch nicht erwünscht", sagte der Richter.

„Die Polizisten machen es genau so."

„Herr Vorsitzender", Roberts Verteidiger erhob sich, „ich bitte doch den Zeugen zu belehren, dass er seine Aussage ohne jedes Hilfsmittel zu machen hat. Er soll uns sagen, an was er sich erinnert..."

„Wenn sich der Zeuge aber nicht erinnert", beharrte die Staatsanwältin, „darf er auch das Protokoll benutzen."

„Frau Staatsanwältin, Herr Verteidiger!" sagte der Gerichtsvorsitzende, kurz vor dem Aufbrausen. „Vorschlag zur Güte. Bevor Sie sich weiter aufpumpen, werde ich aus dem Fall etwas die Luft nehmen. Und stelle gleich am Anfang jene Frage, die..."

„Einspruch!", sagte der Verteidiger.

„Abgelehnt! Herr Zeuge, beantworten Sie meine Frage: Den Mann auf der Anklagebank, erkennen Sie ihn wieder?"

„Klar doch, korrekt. Der Räuber aus der Spielothek. Hundertprozentig."

„Danke. Dann wäre dieser Punkt geklärt. Noch Fragen?" Der Richter blickte in die Runde, zufrieden, dass er den Prozess wieder in der Hand hatte. „Kommen wir zu den Einzelheiten. Herr Zeuge, wollen Sie sich nicht setzen?"

Cem Erdogan war schon wieder aufgesprungen, irgend etwas an den Schnürsenkeln in seinen Schuhen, das zu richten war.

„...da kommt krass aus der Spielothek ein Typ gestürmt, total maskiert, unterm Arm seine Pumatasche. Ich hinterher, schneide ihm den Weg ab, korrekt, schnapp mir von der Straße eine Mülltonne, schleudere sie ihm vor die Füße. Der Typ knallt hin, verliert die Tasche. Als er hoch und weg will, werf ich mich auf ihn. Handy raus, Notruf drücken, Klasse. Aber dann, als ich ihm Handschellen anlege, fängt er plötzlich an zu labern: 'Komm Alder, lass mich laufen, Alder, weisstu war für'n guten Zweck..."

„Ein guter Zweck...!?," sagte die Staatsanwältin. „Welcher gute Zweck?"

„Weiß nich, weiß nur, dass er auch früher schon bei uns im Reibach war. Nur hatte er kein Glück, brauchte immer frisches Geld."

Darauf hatte die Staatsanwältin gewartet:

„Geld, um seine Spielsucht zu finanzieren."

„Einspruch!", rief Roberts Verteidiger. „Das hat der Zeuge nicht gesagt. Der Zeuge sagte..."

„Herr Verteidiger, das Tatmotiv ist klar. Auch wenn Ihr Mandant uns mit seinem Schweigen etwas anderes glauben lassen möchte."

„Herr Vorsitzender, wenn Sie die Güte haben und die Anklagevertretung erinnern wollen, dass wir mitten in der Beweisaufnahme sind und nicht beim Plädoyer."

„Fangen Sie nicht schon wieder an", knurrte der Richter. „Wenn keine weiteren Fragen sind, können wir Herrn Erdogan entlassen. Es tritt dann eine Pause ein, ich muss sehen, was mit der Zeugin los ist. Falls der Angeklagte noch etwas sagen will, wäre es die letzte Chance. Herr Verteidiger, nutzen Sie die Pause."

Robert hatte es kommen sehen.

Nun würde auch sein Anwalt, der bisher ganz okay war, ihn belabern.

Dass Robert sich doppelt schwere Strafe einfangen werde; dass er seinem Schweigen bereits die lange Untersuchungshaft verdanke; und was es auf sich habe mit dem Zitat des Zeugen Erdogan, diesem merkwürdigen Satz: Lass mich laufen, Alder, weisstu war für´n guten Zweck?

Aber Robert wollte, dass man ihn in Ruhe ließ.

Robert hatte seine eigene Strategie, da konnte ihm kein Anwalt helfen, sondern nur – Elena.

Elena war die einzig gute Karte, die er hatte, und diese Karte musste er mit Bedacht spielen, nicht zu früh, nicht zu hoch, nicht zu heiß, nicht zu spät, nicht zu niedrig, nicht zu cool.

Prozess-Poker.

Robert hätte nie geglaubt, dass ihm dieses Spiel mindestens ebenso viel Spaß machen würde, wie das an den Automaten.

Klar, Freispruch war nach der Aussage des kleinen Scheißers von der „Sekurity" nicht mehr drin, damit hatte Robert gerechnet.

Seine Option war eine andere.

Er setzte auf Elenas Instinkt und dass sie kapieren würde, warum er keinen Kontakt mehr zu ihr haben konnte. Leicht war es ihm nicht gefallen, wie oft dachte er an sie, nachts, wenn er einschlafen wollte und es nicht konnte, weil in seinem Kopf immer derselbe Film ablief: Vom ersten Mal, wie sie sich außerhalb der Spielothek trafen, an einem Montagabend und er mit ihr ins Autokino fährt. Wie er sich ihr nähert, ihren Blick von der Leinwand fort nach nebenan lenkt, wo sie im Wagen bumsen – wild, wie wild oder alles halb so wild? –, und wie sie nach einer Weile, die sie ruhig zuschaut, seine Hand wegnimmt und sagt: Komm, wir fahren zu mir. Und dann im Bett, eine Riesenkiste für so eine kleine Wohnung, wie sie es immer noch hinausschiebt und herumspielt mit dem Clip an seinem Ohr, dem Glücksbringer, bis er es nicht mehr aushält, und wie sie dann, als er in den Laken nach seinem Slip sucht und gehen will, ihn übermütig anlacht von der andere Hälfte des Ehebetts, die noch nicht zerwühlt ist und unschuldig...

Erinnerungen.

Oder nur Fantasien, wie sie im Knast üppig aufblühen bei Männern ohne Frauen?

Egal.

Soll Roberts Spiel aufgehen, bleibt es bei seinem Schweigen, während Elena das Blatt wenden muss und dem Gericht etwas zu erzählen hat.

Jetzt oder nie.

Die Pause hatte sich hingezogen, und die Staatsanwältin rechnete schon mit Abbruch der Verhandlung, als am Ende des Korridors Elena erschien, aber nicht allein.

Abgesehen von der Nasenspitze, um die herum sie noch etwas käsig war, hatte ihr Gesicht wieder Farbe bekommen, und gefassten Schritts kam sie in Begleitung der Zeugenmutti, einer molligen Mittfünfzigerin mit Pausbacken und Goldrandbrille. Sicher führte sie Elena am Arm, vorbei an der scharfen Staatsanwältin, die ihr Zigarillo ausdrückte und eilig dem wie Mutter und Tochter traut daherschreitenden Paar in den Gerichtssaal folgte.

„Die Verhandlung wird fortgesetzt.“

Bemüht, etwas von der verlorenen Zeit einzuholen, legte der Gerichtsvorsitzende ein flottes Tempo vor.

„Frau Zeugin, wenn es Ihnen besser geht, wollen wir Ihre Vernehmung abschließen und entscheiden, ob Sie vereidigt werden.“

„Herr Vorsitzender“, meldete sich die Zeugenmutti, die sich auf der Bank hinter Elena eingerichtet hatte, „bevor Sie Fragen stellen, möchte die Zeugin dem Gericht etwas erklären.“

Elena schaute hinüber zu Robert.

Dieses Mal wich er ihrem Blick nicht aus und sah sie an, hilfesuchend, so wie an dem ersten Abend in der Spielothek, als er zu ihr an die Kasse kam und um fünf Euro bat.

„Frau Zeugin, Sie wollen Ihre Aussage berichtigen...?"

„Ich will sagen..." , und da Elena sehr leise sprach, wurde es im Saal ganz still, „was ich vorhin nicht sagen konnte, aber da Sie mir ja erklärt haben, dass ich vor Gericht als Zeugin auch nichts weglassen darf, wenn es wichtig ist..., habe ich gedacht... na ja, ist auch egal, jedenfalls will ich Ihnen sagen, dass... dass wir ein Kind erwarten."

Aha, hätte der Richter machen und wie üblich die Brille wechseln können, dann gratuliere ich herzlich, das erklärt vieles, nur sagen Sie uns bitte, wen meinen Sie mit „wir"...? – aber dazu hatte er gar keine Gelegenheit, da auf der Anklagebank starke Bewegung aufkam, und ohne Rücksicht auf den Anwalt, der ihn noch zurückhalten wollte, rief Robert in den Saal:

„Elena!"

Ruhe, sonst lasse ich den Saal räumen, hätte der Gerichtsvorsitzende als nächstes ausrufen können – aber er war so perplex, dass er eine Ewigkeit zum Brillenwechsel brauchte, sich dann den dicken Schädel kratzte und schließlich räuspernd und mit reichlich Verspätung ein „Moment mal" von sich gab. „Wenn ich es recht verstehe..."

„Ganz recht, Sie verstehen es ganz recht, Herr Vorsitzender", rief mit bewegtem Busen die Zeugenmutti dazwischen. „Elena ist schwanger, und der Vater ihres Kindes..."

„Moment, Moment mal", stoppte der Richter, dem das nun alles wieder viel zu schnell ging. „Das muss uns die Zeugin selbst erzählen."

Ermuntert von Roberts Blicken, die ihr den Rücken stärkten, fühlte Elena sich wie befreit.

„Alles, ich soll wirklich alles sagen...? Wie wir uns kennen lernten, Robert und ich..."

„Frau Zeugin, Sie müssen. Sie haben keine Wahl. Sonst machen Sie sich strafbar."

„Letztes Jahr, Mitte Oktober, kurz vor Spielschluss war es, da tauchte er bei mir an der Kasse auf... sagte, Du musst mir helfen, bitte. Er war total abgebrannt... keinen Cent mehr in der Tasche, wollte sich von mir fünf Euro leihen, weil sein Wagen im Parkhaus stand und er kein Geld mehr für den Parkchip hatte. Aber nicht, dass du weiter spielst, sagte ich, und weil er mir Leid tat und ich weiß, wie schwer es ist, jemand anzupumpen, gab ich ihm die Münzen... Eine Woche später dann – ehrlich gesagt hatte ich das Geld schon abgeschrieben – war er plötzlich wieder da, lächelte, legte mir die fünf Euro auf den Zahlteller und dazu – stellen Sie sich vor – ein Herz aus Schokolade."

Elena strahlte, die Zeugenmutti strahlte und auch Robert wollte nicht verbergen, dass die Erinnerung ihn freute. Selbst der Richter schmunzelte, worauf der Verteidiger seine berufsbedingte Skepsis aufgab und sich anschickte, so etwas wie ein Grinsen zu unterdrücken.

Dagegen warf die Staatsanwältin einen Blick, der wie ein Pfeil war – mitten ins Schokoladenherz.

„Robert zog dann bei mir ein, und nach ein paar Tagen hat er mich gefragt, ob wir nicht in eine größere Wohnung ziehen, ob wir nicht heiraten wollen. Ich sagte: Hör mir auf mit Ehe, hab vom ersten Mann genug, und Geld besitz ich auch keins, weil mein Ex zurück ist nach Kroatien und nichts als Schulden hinterließ, 10 000 Euro, für die ich gebürgt habe, und dass die Bank begonnen hat, mein Gehalt zu pfänden..."

„Und der Angeklagte", sagte der Richter. „Wie hat er reagiert?"

Wieder kam auf Roberts Seite Bewegung auf, Gesten und Worte, aus denen warnend sich ein Zuruf erhob:

„Elena, mach dich nicht unglücklich!"

„Angeklagter", langsam reichte es dem Richter, „wenn Sie weiter stören, lass ich Sie aus dem Saal entfernen."

„Herr Vorsitzender", sagte der Verteidiger, „gestatten Sie mir anzuregen..."

„Sie mit Ihren Anregungen", giftete die Staatsanwältin, „Sie regen mich auf."

„...rege ich an, dass die Zeugin auf ihr Recht hingewiesen wird..."

„Einspruch!" rief die Staatsanwältin.

„Schluss jetzt", entschied der Richter. „Frau Zeugin, vorläufig und für alle Fälle werden Sie belehrt, dass Sie das Recht haben, die Auskunft zu verweigern, wenn Sie sich damit selber belasten würden."

„Aber das will ich ja die ganze Zeit", sagte Elena und strahlte wieder. „Die Wahrheit sagen..., Robert helfen. Er ist kein gemeiner Räuber. Nur mir zuliebe hat er den Überfall inszeniert. Obwohl ich den Plan komplett verrückt fand und davon nichts wissen wollte."

„Elena", sagte Robert und erhob sich. „Hätt ich nur auf dich gehört... Hohes Gericht, ich weiß, ich habe Scheiß gebaut. Es tut mir leid. Ich bitte um gerechte Strafe. Und dass Sie unserem Kind eine Chance geben."

„Rührend", sagte die Staatsanwältin, mit Betonung auf der letzten Silbe, was gewollt falsch klang, „wirklich eine rührende Geschichte. Nur dass ich dem Angeklagten mit keinem Wort glaube. Und auch Ihnen nicht, Frau Zeugin. Und das werde ich beweisen, wenn nicht in dieser, dann in der nächsten Instanz."

„Weitere Erklärungen?", fragte der Richter. „Dann schließe ich die Beweisaufnahme."

Das Urteil war gesprochen:

Ein Jahr Freiheitsentzug wegen Raub im minder schweren Fall, unter Anrechnung der Untersuchungshaft, Reststrafe auf Bewährung.

Elena hatte noch nicht ganz verstanden, was der Spruch für sie bedeutete, als der Richter ganz zuletzt einen Beschluss verkündete:

„Der Haftbefehl wird aufgehoben."

Noch im Lauf des Nachmittages würde Robert entlassen und die Nacht wieder bei ihr sein.

Wie hatte es der Gerichtsvorsitzende ausgedrückt, Satz auf Satz setzend zu dem, was er Ergebnis der Wahrheitsfindung nannte:

Ein mildes Urteil, ungewöhnlich milde, nicht nur, weil der Angeklagte Einsicht in das von ihm begangene Unrecht bewiesen hat..., sondern mehr noch, weil er bewusst unter Verzicht auf ihn entlastende Umstände bemüht war, die in die Tat – wenn auch gegen ihren Willen – verwickelte Zeugin aus dem Verfahren bis zuletzt herauszuhalten... mit dem Ziel, alle möglicherweise nachteiligen Auswirkungen von der werdenden Mutter fernzuhalten.

Und am Schluss der Sitzung sprach er väterlich, wie zu einem Sohn, der nicht verloren war:

„Bewähren Sie sich. Danken Sie der Frau, die Ihnen vertraut. Vertrauen Sie ihr, und werden Sie dem Kind ein guter Vater."

Beseelt, als käme sie aus der Kirche, wo sie seit ihrer Konfirmation nicht mehr gewesen war, schreitet Elena die Treppen hinunter, dem Ausgang zu.

An der Brüstung, wo ihr vorhin schlecht geworden war, bleibt sie eine Weile stehen und schaut dem Treiben zu, unten an der Pforte, wo zwischen Robenträgern freundlich und nett der Inspektor steht und plaudert.

Elena will weitergehen, als sie plötzlich von hinten angesprochen wird, als sie eine Stimme wahrnimmt, die ihr noch unangenehm in Erinnerung ist.

„Warten Sie, ich muss Ihnen etwas sagen..."

Es ist die Staatsanwältin, und so wie sie es ausspricht, ist es ein Befehl und keine Bitte.

„Ich muss ein Verfahren einleiten. Sie haben sich strafbar gemacht. Indem Sie verschweigen wollten, dass Robert der Räuber war, haben Sie versucht, die Strafe gegen ihn zu vereiteln."

„Davon hat der Richter aber nichts gesagt."

„Die Anklage erhebe ich, nicht der Richter."

„Ich weiß, was Sie wollen", sagt Elena trotzig. „Sie wollen mir nur den Tag verderben."

„Ihren Schatz werden Sie so bald nicht wiederhaben. Haftbefehl."

„Aber der Richter hat gesagt..."

„Der Richter ist ein Trottel. Wir haben einen neuen Haftbefehl. Ich selber habe ihn beantragt."

„Nur weil Sie Robert nicht leiden können..."

„Stimmt, Schätzchen", und in den grünen Augen der Staatsanwältin, kalt wie Eis, beginnt etwas unheimlich zu funkeln. „Er erinnert mich an meinen Bruder. Der war genauso. Hochstapler, alles Hochstapler und Betrüger."

„Robert ist nicht Ihr Bruder. Er hat Ihnen nichts getan."

„Nicht mir, Elena, mir tut keiner mehr etwas. Aber Ihnen. Und vor Ihnen noch anderen Frauen...

„Ich glaube Ihnen nicht. Sie haben den Prozess verloren. Und weil Sie's Robert nicht zeigen konnten, wollen Sie's mir zeigen."

„Dann schauen Sie sich mal das hier an."

Die Staatsanwältin greift nach ihrer Akte und zieht ein Blatt hervor.

Der Ausdruck eines Fotos vom Computer, papageienbunt, aber sonst von guter Qualität.

„Das kommt aus Hamburg, von der Kripo. Ein neuer Fall. Schauen Sie sich das Bild genau an. Die Frau vor der Spielothek ist Kassiererin, genau wie Sie. Und den Mann hinter ihr, der jungenhaft den Arm um sie legt – erkennen Sie ihn wieder, trotz Bart und Stoppelhaar...? Robert hat sie wie üblich herumgekriegt mit dem Parkhaustrick, und später dann mit ihrem Wissen den Überfall inszeniert. Nur dass er dort mit dem Geld – 11.000 Euro – unerkannt entkommen konnte. Und die Frau sich erst meldete, nachdem er längst abgetaucht war..."

Elena greift nach dem Bild, schaut noch einmal darauf, zerknüllt es dann wie eine schmutzige Serviette und schleudert es zu Boden.

Herausfordernd blickt sie die Staatsanwältin an, voller Wut und Zorn, die ihr wie etwas Scharfes, Ätzendes in die Augen steigen. Zugleich spürt sie, wie Angst aufkommt und es ihr in den Knien weich wird.

„Elena", ruft die Staatsanwältin erschrocken, „was ist mit Ihnen...!? ...Sollen wir die Zeugenmutti holen...?"

„Hören Sie auf herumzureden!“

Elena lässt die Staatsanwältin nicht mehr aus dem Auge, wie bei einer Vernehmung:

„Was ist mit dieser Frau? Bekommt sie auch wie ich von ihm ein Baby...?!“

„Elena, Schwesterchen, sie hat es schon.“

Und sanft, beschützend und besorgt wie eine große Schwester breitet die Staatsanwältin den Arm aus – doch die kleine Schwester entzieht sich ihr, entzieht sich Robert, entzieht sich aller Prozedur, und von der Brüstung stürzt sie klaglos in die Tiefe.

KINDERSPIEL

Von Richard Lifka

Der Reisebus hatte am Gemeindehaus des kleinen Ortes Bärendorf im Taunus gehalten. Wie jedes Jahr hatten der Pfarrer und der Bürgermeister diesen Ausflug am letzten Donnerstag im Februar organisiert. Trotz des wolkenlosen Himmels und strahlendem Sonnenschein war es kühl gewesen. Die bunt zusammengewürfelte Reisegesellschaft bestand aus Männern und Frauen unterschiedlichen Alters, aus Kindern und Jugendlichen. Es war der Donnerstag vor den tollen Tagen; Altweiberfastnacht. Vorm Besteigen des Busses hatten die Frauen, mit Scheren bewaffnet, an der Tür gestanden, jede Krawatte, die an ihnen vorüber wollte, beschnitten, jede neue Trophäe mit Hurrarufen gefeiert und sich dann an den Mantel oder die Jacke geheftet. Zuletzt waren die Kinder eingestiegen, zum Teil schon kostümiert. Cowboys und Indianer, die ihre mit Zündplättchen geladenen Pistolen brav beim Fahrer abgegeben hatten.

Diesmal war das Ziel Heidelberg gewesen, das Schloss, das große Weinfass und die engen Gassen der Altstadt. Nachmittags hatte sich die müde Gesellschaft auf den Heimweg gemacht, allerdings nicht direkt zurück nach Bärendorf. Man hatte beschlossen, noch einen Abstecher nach Wiesbaden zu unternehmen, um im Hotelrestaurant auf dem Neroberg gemeinsam zu Abend zu essen und den Tag gemütlich ausklingen zu lassen.

I

Hugo Frosch saß auf der Anklagebank. Neben ihm seine Verteidigerin, hinter ihm das gespannt wartende Publikum. Der Gerichtsdiener hatte bekannt gegeben, dass nun das Urteil verkündet würde. Frosch war nervös, ließ sich jedoch nichts anmerken. Betont lässig und desinteressiert schaute er sich um. Hinter ihm, auf der Zeugenbank, saß sein angebliches Opfer, der Vater und einige Hausbewohner. Wenn er sich diese Frau jetzt so ansah, so heruntergekommen, ungepflegt, ungeschminkt und schlampig gekleidet, konnte er gar nicht glauben, dass die ihn mal scharf gemacht hatte. Schwamm drüber. Die Augen des Vaters versprühten Gift und Galle, starrten ihn mit unverhohlenem Hass an. Hättest einfach besser auf deine Tochter aufpassen müssen!

Die Richterin und die Schöffen betraten durch eine Seitentür den Saal, und alle Anwesenden standen auf. Frosch hatte an den drei Verhandlungstagen genügend Zeit gehabt, sich diese Frau, die über ihn richten sollte, genau anzusehen. Sie war locker über 50, hatte sehr herbe Gesichtszüge, das dick aufgetragene Make-up verlieh ihr ein maskenhaftes Aussehen. Kaum eine Gefühlsregung hatte sie gezeigt, hatte kühl und routiniert die Verhandlung geleitet. Auch jetzt stand sie aufrecht hinter ihrem Richtertisch und verzog keine Miene. Kalt wie eine Hundeschnauze, schoss es Hugo Frosch durch den Kopf – und dennoch – irgendetwas hatte sie, etwas das ihm ein unangenehmes Empfinden, eine unterschwellige Übelkeit verursachte. Schon als er sie zum ersten Mal gesehen hatte, hatten sich ihre Blicke ineinander verhakt, hatte er das Gefühl gehabt, an etwas aus seiner Vergangenheit erinnert zu werden. Vielleicht fixierte sie alle Angeklagten so, um ihnen Angst oder Respekt einzuflößen...

Freispruch! Fast hätte Frosch das entscheidende Wort verpasst, so tief war er in Gedanken versunken. Und schlagartig entstand im Zuhörerbereich der reinste Tumult. Frauen keiften angriffslustig, Wörter wie „Schande“, „Männerjustiz“, „abschneiden“ oder „aufhängen“ wurden gebrüllt, Fäuste geballt und mit den entsprechenden Drohgebärden unterstrichen. Zwei Frauen versuchten über die Barriere zu klettern, um sich auf Frosch zu stürzen.

Es dauerte gut 20 Minuten, bis der Verhandlungsraum des Landgerichts geräumt war und die Urteilsbegründung unter Ausschluss der Öffentlichkeit verlesen werden konnte. Jetzt war Hugo Frosch wieder er selbst, grinste umher, mit einer Miene, die sagte: Hab ich doch gewusst! War doch so klar, so eindeutig. Schon als die wichtigste Zeugin, das Opfer selbst, sich in Widersprüche verfangen hatte, dem Druck der bohrenden Fragen seiner Anwältin nicht standhalten konnte, kippte die Anklage. Und dann noch die sichtlich genussvoll vorgetragenen Aussagen der Nachbarinnen über den Männerverschleiß der vergewaltigten Frau. Das war es dann gewesen. Ihm war klar, dass die Richterin, die Schöffen genauso wie die Zuhörer von seiner Schuld überzeugt gewesen waren. Aber der Freispruch war zwangsläufig, das hatte ihm schon seine Verteidigerin signalisiert. Wie es der Richterin gegen den Strich gegangen war, hatte man ihr bei der Urteilsbegründung deutlich angemerkt. Er konnte nur hoffen, dass kein Einspruch dagegen erhoben würde. Wäre ja noch schöner, wenn er wegen so einer alten Schlampe bestraft würde. Ausgerechnet die hatte ihn angezeigt. Der Rock, den sie angehabt hatte, als er sie das erste Mal besuchte, war so kurz gewesen, dass er ihren Slip schon sah, als sie vor ihm her ins Wohnzimmer gewackelt war. Natürlich hatte sie sich in einen Sessel direkt ihm gegenüber gesetzt und keineswegs die Beine züchtig übereinander geschlagen. Hugo hatte kaum den Kugelschreiber halten können, so hatten seine Hände vor Erregung gezittert. Als der Hausratversicherungsantrag unterschrieben gewesen war, hatte er sich auf sie gestürzt. Und plötzlich wehrte sich diese blöde Kuh, wollte schreien – aber nicht mit mir! Erst wild machen, dann die Unberührbare spielen. Nein, meine Dame, – nicht mit mir! – Hugo Frosch blickte zurück auf das Gerichtsgebäude und bestieg seinen Wagen.

Im Richterzimmer zog Claudia Winter ihre Robe aus, hängte sie in den Kleiderschrank und ordnete ihr dunkelbraunes Haar vor dem kleinen Spiegel. Die beiden Schöffen diskutierten immer noch erregt. Wie sie das anekelte.

„Es ist vorbei, hören Sie endlich auf", schnauzte sie die beiden an, die sofort verdutzt schwiegen. So hatten sie die Winter noch nicht erlebt. Die Richterin gab sich einen Ruck, drehte sich um und starrte aus dem Fenster.

„Es hat keinen Sinn. Wir müssen uns an Fakten und Gesetze halten und können nicht unseren Gefühlen nachgeben. Wo kämen wir da hin? Sie wissen es, ich weiß es: Er hat es getan! Nicht zum ersten Mal. Und wir wissen auch, dass er es wieder tun wird. Und wenn er Glück hat, kommt er erneut ungeschoren davon. Er ist nicht der einzige Verbrecher, den das Gesetz nicht fassen kann und er wird auch nicht der letzte sein..."

Claudia Winter brach ab. Ihr Blick, der während dieser Worte über die Dächer der Landeshauptstadt ziellos hin und her irrte, bis er an den goldenen Kuppeln der Griechischen Kapelle hängen geblieben war, richtete sich nun nach unten, auf die Straße, wo Frosch in seinen Wagen stieg. Das registrierte sie nur nebenbei, ihre Gedanken waren an einem anderen Ort, in einer anderen Zeit. Auch bemerkte sie nur am Rande, dass der Vater der vergewaltigten Frau auf Froschs Wagen zustürzte und, während Frosch bereits losfuhr, versuchte, die Wagentür aufzureißen. Er kam ins Stolpern, schlug der Länge nach hin und drohte dem davonrasenden BMW-Cabriolet mit der geballten Faust.

Als die Reisegruppe auf dem Neroberg angekommen war, wurde es schon dunkel. Die Erwachsenen hatten sich sofort in die Gaststätte begeben, einige Kinder waren noch draußen geblieben, um zu spielen.

II

Er schob die CD in den Player seines Wagens. Während er startete, begannen die Mühlenhof-Musikanten aus den Türlautsprechern „Träume haben gold'ne Flügel" zu trällern, und er fädelte sich in den abendlichen Berufsverkehr ein. Das Gespräch mit seinem Chef war zwar unangenehm gewesen, aber er war mit heiler Haut davongekommen. Die Direktion bestand darauf, dass er in eine andere Stadt zog, um dort einen frei gewordenen Bezirk zu übernehmen.

„Ansonsten müssen wir uns von Ihnen trennen, trotz Ihrer guten Ergebnisse und der wirklich vorzüglichen Abschlussstatistik!" Lächerlich, dieser Pimpf.

Jetzt stand erst einmal das Wochenende bevor. Zunächst der obligatorische Besuch bei der Mutter in Bärendorf, Kaffee, Kuchen und den neusten Tratsch über die Nachbarschaft geduldig hinnehmen; anschließend nach Wiesbaden und die Sau rauslassen.

Es wurde schon dunkel, als er das Elternhaus verließ und sein Auto durch die verschlafenen Straßen von Bärendorf jagte. Hinter dem Ortsausgangsschild gab er dann richtig Gas, um sofort wieder in die Eisen zu steigen. Im letzten Moment hatte er die Anhalterin noch bemerkt. Frauen und Mädchen nahm er immer mit. Man wusste ja nie, was sich da so ergab.

„Können Sie mich nach Wiesbaden mitnehmen?"

Mann, oh Mann, was für eine Stimme. Rauchig und leise, verlockend und – einfach sexy. Mehr fiel ihm dazu nicht ein. Und der Rest konnte sich auch sehen lassen. Die langen feuerroten Haare verbargen fast das Gesicht, dafür elektrisierten ihn die nackten Beine umso mehr, die unter dem Mantel hervorschauten, als sie einstieg. Er gab erneut Vollgas und schoss in die Nacht hinein. Es fiel ihm schwer, sich auf das Fahren zu konzentrieren. Zu sehr wurden seine Blicke von dem Superfahrgestell angezogen, das neben ihm ausgefahren wurde. Er drehte die Heizung auf Maximum, schnell wurde es mollig warm im Wagen. Die Aktion war erfolgreich. Sie zog ihren Mantel aus. Wau, was für Beine! Dass die oberen Knöpfe der Bluse geöffnet waren, war sicher kein Zufall, dessen war er sich jetzt ganz sicher. Er nahm seine rechte Hand vom Steuer und legte sie versuchsweise auf ihren Oberschenkel. Sie zuckte nicht, im Gegenteil, sie nahm seelenruhig ihre Handtasche und zog lässig ein Päckchen Zigaretten daraus hervor. Die aufspringende Flamme des Feuerzeugs beleuchtete für einen kurzen Moment ihr Gesicht, das ihn an irgendjemanden erinnerte, aber im Moment total egal war. Als er kurz vor der Stadtgrenze in einen Feldweg einbiegen wollte, beugte sie sich zu ihm hinüber, wobei sich ihre Brüste gegen seinen Arm pressten, und hauchte ihm ins Ohr: „Nicht hier. Ich kenne einen besseren Ort."

Ihr war das Cowboyspielen einfach zu blöd gewesen, das Rumgekreische der Jungs hatte sie genervt, deshalb war sie, den neusten Hit der Bee Gees, „And I'll be happy", vor sich hinträllernd, zum Tempel geschlendert und hatte über die Stadt geblickt. In immer mehr Fenstern waren Lichter angesprungen und hatten sich wie ein Strom strahlender Funken über die Häuser ergossen. Sie hatte sich nach links gewandt und war den schmalen Pfad, der zur Kapelle führt, entlanggegangen. Die Cowboys hatten mittlerweile alle Indianer in die Flucht geschlagen und drei von ihnen beschlossen nun, eine Squaw gefangen zu nehmen. Auf leisen Sohlen, geduckt und hinter Büschen und Sträuchern Schutz suchend hatten sie sich angeschlichen.

Der Wagen hielt. Er zog die Handbremse an, schaltete die Innenbeleuchtung aus. Ein kleiner Hebeldruck und die Sitze verwandelten sich in Liegen. Die Hand der Frau fingerte an seinem Gürtel und zog den Reißverschluss auf. Er half mit, seine Hosen hinunterzuschieben, sein Glied sprang förmlich heraus. Er schloss die Augen. Er merkte, wie sie sich zu ihm drehte. Hugo Frosch merkte aber nicht, wie ihre freie Hand in die Tasche griff und ein scharfes, langes Küchenmesser hervorzog.

III

Wolfgang Blatter begann seinen Dienst um 8 Uhr. Er schloss das Häuschen auf, das Aufenthaltsraum, Schaltzentrale und Kartenausgabestelle in einem war. Er schaltete den Stromhauptschalter und danach die Elektropumpe ein, die das Wasser aus dem Auffangbehälter hoch in den Wagen pumpte, der in der Bergstation stand. Dann ging er hinaus, bestieg den Kabinenwagen der Talstation und löste die Feststellbremse. Mit einem Druck auf den roten Knopf begann sich der Waggon oben am Berg in Bewegung zu setzen. Durch das Gewicht des Wassers zog der talwärts fahrende Waggon ihn am Kabel nach oben. Blatter beobachtete routinemäßig die Schienen, das Seil und die Gleisbegrenzungen. Nichts Ungewöhnliches war zu sehen. Etwa auf halber Strecke begegneten sich die beiden Wagen. Er blickte hinüber. Auf der hinteren Bank saß ein Mann. Der Kopf lag zur Seite gedreht, in seine Richtung. Die Augen waren geschlossen. Seine Füße standen in einer Blutlache und auf dem weißen Hemd, dort wo normalerweise die Krawatte hängt, lag eine Art verschrumpelte, blutige Wurst.

Der Mann war verblutet. Wo sich sein Glied befunden hatte, klaffte eine Wunde, aus der sein gesamter Lebenssaft geflossen war, um sich gleichmäßig auf dem Kabinenboden zu verteilen. Der Pathologe bestimmte den Todeszeitpunkt auf 1 bis 2 Uhr in der vergangenen Nacht und ließ die Leiche nach Frankfurt schaffen. Sicher war, dass es sich weder um einen Unfall noch um Selbsttötung handelte. Ein scharfes Messer hatte die Männlichkeit des Opfers abgetrennt und seinem Leben ein Ende gesetzt. Wolfgang Blatter, der Wagenführer, wurde unter schwerem Schock stehend in die Klinik gebracht.

Der Weg hatte sich geteilt. Rechts ging es zur Kapelle, links zum Friedhof und an der Mauer vorbei zum Wald. Sie war nach links gegangen, einen Moment stehen geblieben, hatte überlegt, ob sie umkehren sollte. Was immer es auch gewesen war, Abenteuerlust oder Gedankenlosigkeit, nachdem sie sich umgedreht und noch einmal den leuchtenden Himmel über der Stadt und die beleuchteten Fenster des Neroberg-Hotels gesehen hatte, war sie einfach weitergegangen.

IV

Walther Braun saß wie jeden Nachmittag in seinem Stammbistro in der Nähe der Fachhochschule. Es war fast halb fünf, seine Vorlesung über die verschiedenen Volkswirtschaftstheorien war bis 16 Uhr gegangen. Anschließend hatte er noch ein paar Fragen seiner Studenten beantwortet und war dann ins Bistro gelaufen. Einen Latte Macchiato, ein Mineralwasser und die ‚FAZ', wie immer. Es war ziemlich voll und laut, aber das störte ihn nicht. Er konnte abschalten, seine Umgebung vergessen und sich ganz auf den Lesestoff konzentrieren.

„Ist hier noch frei?", drang eine Stimme zu ihm durch. Ohne aufzusehen, rückte er etwas zur Seite, nickte einladend und las weiter. Erst als er umblätterte, schaute er hoch und blickte in graublaue Augen, in einen tiefen See, über dem ein Schleier aus Verwirrung und Melancholie lag. Walther Braun starrte wie hypnotisiert. Er wusste nicht, wie lange es dauerte, bis er sein Blickfeld erweiterte, das ganze Gesicht, die gesamte Person ansah, die ihm gegenüber saß. Eine Frau, sicherlich in seinem Alter, eine wunderschöne Frau, ebenmäßige Gesichtszüge, die Wangenknochen etwas erhöht, schmale Augenbrauen, volle Lippen, die nicht geschminkt waren. Irgendwie kam sie ihm bekannt vor. Er durchwühlte seine Erinnerungen, musste aber feststellen, dass ihm kein Name zu diesem Gesicht einfiel. Oder war es das Gesicht, das er sich immer vorgestellt, nach dem er sein Leben lang gesucht hatte – die Frau seiner Träume? Walther Braun war völlig verwirrt. Sie lächelte zaghaft.

„Entschuldigung, ich hatte gefragt, ob der Platz noch frei sei."

„Äh, klar, voll okay, also ich meine... freue mich..." Oh, Gott!

Zum Glück trat die Bedienung an den Tisch. Sie bestellte ein Glas Prosecco.

„Herr Professor wünschen noch etwas?"

„Noch einmal das Gleiche... bitte."

Bevor das anschließende Schweigen unerträglich geworden war, hatte sie ihm ein paar belanglose Fragen gestellt. Ob er öfter hier wäre, was für ein Professor er denn sei und so weiter. Nach und nach hatte Walther sich in den Griff bekommen, hatte es geschafft, einen lockeren Ton anzuschlagen. Nicht nur das, ganz gegen seine Gewohnheit verfiel er ins Erzählen. Jetzt, wo sie schlafend neben ihm im Bett lag, war ihm klar, dass er so viel geredet hatte, um sie zu halten, um ihr zu gefallen, um sie ja nicht wieder zu verlieren. Er lag auf dem Rücken und betrachtete das Muster, das die Gardinen an der Schlafzimmerdecke bildeten, hervorgerufen durch den Lichtschimmer der Straßenlaterne. Er hatte sich verliebt. Ohne Vorwarnung, ohne danach gesucht zu haben, war es über ihn gekommen. Er hatte sich mit seinem Singledasein abgefunden. Schließlich wurde er nächstes Jahr 51 und lebte nur noch in seiner Bücher- und Studienwelt. Natürlich hatte er Frauen kennen gelernt, hatte sich auf Beziehungen eingelassen; aber Liebe war das nie gewesen.

Über diesen Gedanken fielen ihm die Augen zu, doch bevor er einschlief, blitzten wieder diese Bilder auf. Die Bilder, vor denen er sich so fürchtete, die ihn seit seinem zehnten Lebensjahr begleiteten, die er hasste, für die er sich hasste. Er schrak hoch, schaute zu ihr hinüber. Sie schlief tief und fest, aber nicht friedlich. Immer wieder zuckte ihr Körper, immer wieder verzog sich ihr Gesicht. Manchmal wirkte es kindlich unschuldig, dann wieder wie eine von Ekel und Hass entstellte Fratze. Leise glitt er aus dem Bett, ging in den Nebenraum, stellte sich ans offene Fenster, zündete eine Zigarette an und stieß den tief inhalierten Rauch hinaus in die schwarze Nacht.

Am nächsten Morgen saß Walther alleine am Frühstückstisch. Sie war fort. Er war aufgewühlt, freudig, glücklich, die Bilder der Nacht waren verschwunden. Seine Veranstaltung begann heute erst um 10 Uhr, also konnte er noch in Ruhe die Tageszeitung lesen. Als er den Artikel über den Leichenfund in der Neroberg-Bahn überflog, klingelte das Telefon.

„Mutter, du, so früh... Ja, habe ich gerade gelesen... Wer soll das sein? Hugo?"

Mit einem Schlag waren die Bilder wieder da. Werden sie ihn nie loslassen? Wir waren doch noch Kinder! Wir haben doch nur gespielt. Es ist schon so lange her, es ist vergessen – war vergessen.

Plötzlich waren drei Schatten hinter den Bäumen hervorgesprungen, hatten sich auf sie geworfen und zu Boden gerissen.

Bernd Schüssler war Kommunalpolitiker, und er war schwul. Bis vor zwei Jahren hatte das niemand gewusst, hatte es keiner geahnt. Seine sexuelle Befriedigung hatte er im Frankfurter Strichermilieu gesucht und meist gefunden. Dann hatte er den dünnhäutigen und schmächtigen Peter Jansen kennen gelernt, sich in ihn verliebt und sich öffentlich zu seiner Homosexualität bekannt. Der befürchtete Karriereknick war ausgeblieben: Im Gegenteil, bei den letzten Wahlen hatte er das Direktmandat gewonnen und saß seitdem im Hessischen Landtag. Peter Jansen hatte ihn längst verlassen, die Wunden der Trennung waren verheilt, aber nicht vergessen. Peter war einfach zu jung für eine echte Beziehung, für ein harmonisches Leben zu zweit, redete Bernd sich ein und legte das Bild seines Ex zurück in die Schublade. Er saß im Arbeitszimmer seiner Altbau-Eigentumswohnung im Bergkirchenviertel. Hier oben im vierten Stock hörte er nichts vom Treiben dort unten in den schmalen Gassen, kaum ein Laut drang zu ihm herauf. Neben ihm auf einem Hocker lag schlafend Hektor, eine Mischung aus Golden Retriever und Dackel und wer weiß noch was? Hektor war ihm letztes Jahr bei einem Spaziergang am Rhein zugelaufen. Trotz aller Bemühungen und Nachfragen hatte sich kein Besitzer gemeldet. Weggeworfen, vergessen oder verloren, wie ein alter Regenschirm. Hektor hatte sich sofort in Bernd verliebt und wich ihm nicht mehr von der Seite. Eine wesentlich einfachere Beziehung, dachte Bernd, während er mit der linken Hand Hektors Bauch kraulte. Er nimmt es mir nicht übel, wenn ich gehe, und er freut sich immer, wenn ich wiederkomme, egal wie lange ich fort war. Er stellt keine Fragen, vergisst nicht das Licht auszumachen oder seine Schmutzwäsche wegzuräumen...

Das Signal einer eingegangenen E-Mail riss ihn aus seinen Gedanken. Endlich. Er hatte schon den ganzen Tag darauf gewartet. Er wollte sich mit ihm treffen, heute Abend. Super. Der Treffpunkt mutete zwar etwas eigenwillig an, aber sicherlich war es die Reaktion auf seine Bitte hin, für das erste Treffen einen stillen Ort zu wählen, schließlich war er ja kein Unbekannter.

Sie will schreien, jemand hält ihr den Mund zu, sie strampelt, jemand hält ihre Beine fest, um ihre Handgelenke schlingt sich ein Lasso, jemand kniet auf ihren Armen...

Gegen 23 Uhr parkte er seinen Wagen auf dem Parkplatz des Opelbads. Die wenigen Meter hoch zur Aussichtsplattform wollte er zu Fuß zurücklegen. Der schmale unbeleuchtete Weg führte ihn an einer Hecke entlang. Rechts lag eine große Wiese, dahinter begann der Wald, der jetzt in der Dunkelheit wuchtig und undurchdringlich wirkte. Der Himmel funkelte rötlich und war leicht erhellt. Am Ende des Wegs hörte die Hecke auf und vor ihm erstreckte sich ein Lichtermeer. Wie eine gelblichrote Perlenkette spannten sich die Laternen über die Rheinbrücke, unter der gerade ein Ausflugsdampfer hindurch fuhr. Bernd spürte den Puls der Stadt, der sich mit dem Klopfen seines eigenen Herzens verwob. Dennoch hörte man nichts.

Längst waren seine Gedanken wieder bei dem bevorstehenden Treffen. Er müsste eigentlich schon da sein. Ob er genauso aussah wie auf dem Bild, ob er überhaupt so war, wie er sich beschrieben hatte und wie er sich dieses Bild in seiner Fantasie ausgemalt hatte? Oder würde es wieder eine der vielen Enttäuschungen sein? So lange schon hatte er sich mit niemandem mehr getroffen. Er blickte sich um, versuchte die dunklen Winkel auf dem Neroberg zu durchdringen. Sicherlich war es nur Zufall, dass seine neue Bekanntschaft diesen Ort für ein Blinddate ausgewählt hatte. Es war ihm immer gelungen, die Ereignisse von damals zu vergessen, als Jugendsünde abzutun. Dennoch war er seit diesem Tag nicht mehr hier oben gewesen. Über 40 Jahre war das nun her. Da stand hier noch ein Hotel mit einer Gaststätte und einem Gartenlokal. Ein beliebtes Ausflugsziel für Familien und Reisegruppen. Genauso wie die Jahresfahrt der Bärendorfer Gemeinde damals, an diesem Donnerstag im Februar, hier endete. Er verdrängte diese Gedanken. Nichts bewegte sich, keine Geräusche außer einem Rascheln in der Hecke. Wird wohl ein Vogel sein, dachte er.

„Blackbird singing in the dead of night", erklang es in seine Gedanken hinein. „Take these broken wings and learn to fly, all your life". Der angebliche Vogel im Gebüsch zog ein Messer unter der schwarzen Lederjacke hervor, sprang nach vorne und stieß so heftig zu, dass Bernd Schüssler, ohne einen Laut von sich zu geben, tot zusammenbrach.

Sie legte den Stift zur Seite.

Das war es, was sie über 40 Jahre lang verdrängt hatte, was vergessen war und dennoch jedes Gefühl in ihr zerstört hatte. Die Schande, die Schmach, der Presserummel, die unverständigen Eltern, die Schuldzuweisungen, der fluchtartige Umzug aus Bärendorf; all dies war mit einem Schlag da gewesen. War aus dem hintersten Versteck hervorgeplatzt, als er vor ihr gestanden hatte, hämisch grinsend, seine Unschuld beteuernd.

Jetzt hatte sie es aufgeschrieben. Schreibend sich der Erinnerung vergewissert, Erklärungsversuche formuliert.

Walther Braun wurde aus ihr nicht schlau. In einigen Momenten war er sich völlig sicher, dass sie das Gleiche für ihn empfand, wie er für sie. Dann wieder, ohne Grund, ohne erkennbaren Anlass, erstarrte sie zu einem Eisklotz, war abweisend und ließ sich kaum noch berühren. Sie war dann vollkommen in sich gekehrt, so abwesend, dass sie ihn vergaß, nicht mehr bemerkte, als sei er Luft. Die erste Nacht war – er konnte es gar nicht richtig fassen, beschreiben – war fantastisch gewesen. Sie war, nach anfänglicher Zurückhaltung und einigen Ausweichmanövern, nahezu explodiert.

Er saß in ‚seinem' Bistro und blätterte im Wirtschaftsteil der 'FAZ'. Allerdings schaffte er es immer nur, die Überschrift zu lesen, bevor sich wieder ihr Bild über die Druckerschwärze schob. Sie hatte ihn völlig aus seinem geordneten Singledasein gerissen, hatte sein Leben auf den Kopf gestellt, und er war glücklich darüber. Kaum war sie fort, vermisste er sie schon wieder, hätte sie am liebsten angerufen, nur um ihre Stimme zu hören. Gestern war sie nicht gekommen. Sie hätte noch eine Sitzung und es würde sicherlich sehr spät werden, hatte sie gesagt, und deshalb würde sie in ihre Wohnung gehen, um mal richtig lange auszuschlafen.

Er stippte das Croissant in den Milchkaffee, beugte seinen Kopf über die Tasse und biss schnell hinein, bevor der feuchte Teil abbrach und in den Kaffee plumpste. Mehr brauchte er nicht zum Frühstück. Bis zu seiner heutigen Vorlesung war noch etwas Zeit. Wie immer hatte er die Zeitung von hinten angefangen zu lesen und blätterte jetzt auf die dritte Seite.

„Zweite Leiche in der Neroberg-Bahn!", sprang es ihm entgegen. Er bewegte sich so ruckartig, dass er seine Kaffeetasse umstieß und die braunweiße Brühe sich über den Tisch ergoss. Gemächlich floss sie über die Zeitung und tröpfelte dann am Tischrand hinunter auf den Stuhl, auf seine Hose, auf den Boden. Der Landtagsabgeordnete Bernd Schüssler war gestern genauso wie zwei Tage zuvor der Versicherungsvertreter Hugo Frosch ermordet und mit abgeschnittenem Glied in einem Wagen der Neroberg-Bahn aufgefunden worden...

Er konnte nicht weiterlesen. In seinem Kopf überschlugen sich Bilder, ihm wurde schlecht, er stand auf, setzte sich wieder, bekam keine Luft. Er zerrte an der Krawatte, fingerte nach seiner Geldbörse und warf irgendeinen Schein auf das Gemisch aus Kaffee, Zeitung und Blätterteigbrösel. Hektisch griff er nach seiner schmalen Aktentasche, riss den Trenchcoat vom Kleiderhaken und stolperte hinaus ins Freie. Er konnte sich kaum auf den Beinen halten, stützte sich an der Häuserwand ab, bis er es nicht mehr aushielt und sich übergab.

V

Sie lag in der Badewanne ihrer kleinen Penthousewohnung in Sonnenberg. Das heiße Wasser beruhigte sie und gab ihr neue Kraft. Es war gestern ein anstrengender Tag gewesen, zwei Termine und dann noch das Treffen. Sie lächelte. Alles war so gelaufen, wie sie es sich vorgestellt hatte. Ihr Lächeln wurde zu einem Grinsen, als sie an ihn dachte. Sie strich mit beiden

Händen ihren Körper entlang, seitlich an den Unterschenkeln hinauf, über die Oberschenkel, zum Bauch. Mit beiden Händen umkreiste sie den Nabel und legte sie dann auf ihre großen festen Brüste. Es erregte sie nicht, sie spürte nichts, sie war leer und tot. Lange hatte sie sich von keinem Mann anfassen lassen können, ohne dass ihr schlecht geworden wäre, ohne dass sie ein bohrender Ekel ergriffen hätte. Erst Paul Winter, ihr geschiedener Mann, hatte es geschafft, sie für einige Zeit davon zu befreien. Er war so einfühlsam gewesen, hatte ihr alle Zeit der Welt gegeben ... aber auch diese Zeit war irgendwann abgelaufen. Er hatte eine Andere kennen gelernt, eine, die mit ihm schlief, ohne zu Eis zu erstarren. Sie war ihm nicht böse. Es war nicht seine Schuld gewesen, sie hatten sich in Freundschaft getrennt, sie hatte seinen Namen behalten. Sie stieg aus der Wanne, rubbelte sich mit einem großen weißen Handtuch ab und stellte sich nackt vor den großen beleuchteten Spiegel. Ihr durchtrainierter Körper war fest und muskulös. Für irgendwas muss die Schufterei im Fitnessstudio ja gut sein, dachte sie, während sie sich zur Seite drehte, um ihren Po zu betrachten. Sorgfältig und konzentriert schminkte sie sich. Sie knotete ihr Haar zusammen und setzte die rote Perücke auf. In aller Ruhe wählte sie ihre Kleidung aus, kontrollierte ihre Handtasche und setzte sich anschließend an den Schreibtisch. Am rechten Rand lag ein Stapel mit Gerichtsakten, der Rest des Tischs war übersät mit Zeitungsausschnitten. Sie schloss die Augen. Ohne Gegenwehr, ohne einen Versuch, den Film zu stoppen, der zum hundertsten Mal in ihrem Kopf ablief, verlor sie sich in der Vergangenheit. Sie spürte die Schmerzen, sie spürte, wie etwas zerriss, in ihrem Kopf, in ihrem Bauch...

Wie Walther nach Hause gekommen war, wusste er nicht mehr. Er hatte sich ausgezogen, seine besudelten und stinkenden Kleidungsstücke wahllos im Zimmer verteilt, sich nackt aufs Sofa gelegt und war vor Erschöpfung eingeschlafen. Immer wieder war er stöhnend aufgeschreckt, um sofort wieder in einen von Alpträumen beherrschten Schlaf zu fallen. Erst als es sieben oder acht Mal geklingelt hatte, quälte er sich hoch, warf die Schlafdecke über und torkelte zur Tür. Sie war es.

„Mir ist so schlecht, ich glaube, ich habe etwas falsches gegessen", murmelte er entschuldigend. Erneut schüttelte ihn eine starke Übelkeit, so dass er nur die Hand hob und ins Badezimmer verschwand. Sie schloss die Tür hinter sich.

Sie geht ins Wohnzimmer. Startet den CD-Player. Leise summt sie mit: „You are not alone".

Er steht vor dem Spiegel, sein Gesicht ist nass vom kalten Wasser. Er massiert sich die Schläfen.

„Zufall, das ist nur ein Zufall... das kann kein Zufall sein... erst Hugo, dann Bernd und dann... in der Neroberg-Bahn, dass mir das nicht schon gleich aufgefallen ist!"

Sie geht hinüber zur Küche, zieht ihre Handschuhe an und öffnet die Schublade.

Sie ist wieder da. Die ganze verdammte Scheiße von damals, die Erinnerungen, die Ängste, die Prügel des Vaters, die Fragen der Polizei, Fragen über Fragen und keine Antworten...

Sie schleicht durch den Flur, bleibt an der Badezimmertür stehen. Lauscht. Hört leises Reden.

„Ich war zehn Jahre alt! Zehn verdammte, unschuldige Jahre... es sollte doch nur ein Spaß sein!"

Vorsichtig bewegt sie die Klinke nach unten, langsam und gleichmäßig.

„...Bernd war elf und Hugo zwölf..."

Sanft drückt sie gegen die Tür.

„Claudia war 13. Claudia!!"

Zentimeter für Zentimeter öffnet sich die Tür.

Plötzlich sieht er sie ganz deutlich. Das dreizehnjährige Mädchen Claudia, mit der roten Perücke ihrer Mutter, mit dem kurzen Röckchen und den dicken Wollstrumpfhosen. Wie sie alleine am russisch-orthodoxen Friedhof vorbeischlenderte, ein Lied vor sich hin summend...

Die rechte Hand hält sie hinter dem Rücken.

...Wie die drei Jungs, ganz Cowboy und Indianer, hinter ihr her schlichen, wie ohne Worte, allein durch Blicke und Gesten der Plan gefasst wurde, wie Bernd losstürmte, das Lasso um sie legte, wie er ihr den Mund zuhielt und ihr, wie in vielen Filmen gesehen, einen Knebel verpasste, wie sie hinfiel, wie Bernd sie fesselte...

Sie lächelt. The way you make me feel.

...wie Hugo ihre Strumpfhose herunterzog... wie sie zappelte, sich wehrte, keine Chance hatte... wie im Rausch hielten Bernd und er sie fest... Hugo hatte sich auf sie gelegt –, und er blickte ihr zum ersten Mal ins Gesicht und sah nur aufgerissene Pupillen...

Diese Augen, das vor Schmerz verzerrte Gesicht legt sich über sein Spiegelbild, und er will nach ihm fassen...

Aus dem Mädchengesicht erwächst Claudia Winters grinsende Fratze.

...Wir waren doch noch Kinder, war das Letzte, was Walther Braun in seinem Leben dachte.

EGOISTEN

Von Sabine Pachali

Ein Zug war nicht in Sicht, aber das Pendlerrinnsal in Richtung Rhein-Main tröpfelte stetig die Treppe herunter, die von der Brücke über die Stadtautobahn direkt auf den Bahnsteig führte. Hier standen wir uns bereits als komplette Zugladung die Beine in den Bauch und waren nicht, wie üblich in Marburg-Süd, übersichtlich am Jägerzaun entlang aufgereiht.

„Was ist das heute bloß?", fragte sich jemand laut.

„Ei, es is doch als was anneres", höhnte es weiter rechts. „Betriebsstörung. Signalstörung. Bauarbeite. Suche Se sich was aus."

„Ach, das war unner Garandie wieder einer von dene Egoisde. Ich hätt gleichs Audo nemme solle", entschied ein Mann vor mir und gab auf.

„Tja", seufzte sein Nachbar neidisch und sah ihm nach.

„Och, der steht eh gleich im Stau und verpestet die Luft", versicherte der junge Mann weiter vorn, der sich auf seinen Fahrradsattel stützte.

„Im Auto isses wenigstens warm."

Schlagartig kehrte wieder Stille ein und aller Augen richteten sich nach links, wo sich drei Lichtpunkte aus dem Dunkel kristallisieren sollten. Für eine Weile war nur das stete Rauschen zu hören, das die mobilen Pendler auf ihrer Fahrt über die vierspurige Schneise mitten durch Marburg verursachten. Nur der Zaun und die kahlen Zweige eines Gestrüpps trennten uns von ihnen.

„Manche Leute stehn schon seit 'ner Stunde hier." Meine Nachbarin hatte die Schultern hochgezogen und hüpfte von einem Fuß auf den anderen. Sie war klein und blond, und ich kannte sie von ähnlichen Gelegenheiten.

„Echt?" Fast schämte ich mich, dass ich erst seit einer Viertelstunde mitmachte, und dafür, dass mir die Kälte vorerst nur in die Waden zwickte. „Und 'ne Durchsage gab's natürlich keine?", stellte ich fragend fest und zeigte auf den Lautsprecher, das nutzlose Ding.

Dann ging ein Raunen durch die vergessene Masse Mensch, und wir machten geschlossen einen Schritt vorwärts, krochen doch vom Ende des Bahnsteigs endlich die drei ersehnten Scheinwerfer heran: einer oben, zwei unten. „De Zoch kütt", ging so gar nicht Mittelhessisch im einsetzenden Quietschen der Bremsen unter, das in einem Trommelfell piercenden Kreischen kulminierte, bevor die Waggons endlich mit einem Ruck anhielten. Drinnen nahmen die Stehenden wieder eine aufrechte Position ein, und einige von ihnen strebten den Türen zu, die bereits von außen geöffnet worden waren. Draußen waren die zum Einsteigen Entschlossenen in der Überzahl und wollten nicht weichen.

Allein, bei unserem Türenpaar war selbst dann nicht ans Einsteigen zu denken, als sich auch der Letzte, dessen Fahrt zu Ende war, durchgezwängt hatte. Hier nämlich hatte sich der Fahrrad fahrende Umweltfreund mitsamt seinem Vorderrad in der Haltestange verkeilt. „Kelle, mach zu" und „Schmeiß das Dingen in de Lahn" gehörten zu den freundlicheren Aufforderungen, die laut wurden. Zupackenden Händen gelang es schließlich, das Rad zu befreien und mit reichlich Schub die Stufen hinauf zu befördern, wo sein Besitzer es sogleich parkte und fortan das Klo versperrte.

Noch hatte ich die Wahl zwischen einer strapaziösen Fahrt und der vagen Hoffnung auf einen der neueren Doppelstöcker, die gleichmäßig und ruhig dahin glitten, breite Türöffnungen hatten und viel Platz für sperrige Gepäckstücke. Dann sah ich ein, dass heute nicht der Tag für Optionen war.

„Raucher, stimmt's?", vergewisserte sich meine Nachbarin, als die Türen hinter mir zurumsten. Ich nickte, und sie wandte sich nach rechts in Fahrtrichtung. Der folgende Stoß setzte sowohl uns als auch das Museumsstück in Bewegung.

Wir landeten in einem verblichenen Farbfilm, so frühe Siebziger, die Kleidung der Jungen und das Alter der Ausstattung einkalkuliert. Manch einer erschien im harschen Deckenlicht älter und vor allem müder als er war. Mit anderen mürrischen Zeitgenossen drängten wir uns zwischen den Sitzreihen durch.

„Boah, das ist die volle Dröhnung für 'ne ganze Woche", kommentierte jemand hinter mir die Schwaden, als wir endlich das Raucherabteil erreichten. Ich drehte mich um und erkannte den Fahrradfahrer. Meine Begleiterin wurde sogleich in ein Gespräch verwickelt und blieb stehen, während ich mich für die passive Suchtbefriedigung entschied und weiterging. Dann kam ich ans Ende des Wagens.

Nur ein einziger Schritt trennte mich vom nächsten Waggon, den zu gehen ich vermied, wann immer ich konnte. Die beiden Eisenplatten schienen mir zu knapp übereinander gelegt, sie bewegten und verschoben sich und ließen stets ahnen, was wäre, wenn. In alten Zügen wie diesem waren die wirksamen Kräfte nur noch an einem Ort so präsent wie hier. Im Klokabuff waren die Fahrgeräusche genauso ungedämpft, und die Geschwindigkeit und die Gewalt, die dahinter steckte, offenbarten sich beim Blick in den Abort. Auch den Gang dorthin unterließ ich, wenn möglich.

Ich schloss die Augen, machte einen Riesenschritt und blieb stehen. Kaum hatte ich aufgeatmet, brachte mich der Fahrradfahrer fast zu Fall. „Schuldigung, hab 'n langen Bremsweg."

Der Zug fuhr jetzt deutlich langsamer, und im Weitergehen konnte ich linkerseits im ersten Licht des Tages die Umrisse eines großen Sees ausmachen. Ruhig und ernst lag er da, und etwas Bodennebel zog über ihn hinweg, ein flüchtiges, friedliches Bild.

„Wir sind ja erst in Niederweimar", beklagte sich mein Hintermann. Dann sah er sich die Sechserabteile rechter Hand genauer an. „Heute mal erster Klasse?"

Mein neuer Begleiter und ich plumpsten in die Sitze, als das Bremsmanöver abgeschlossen wurde. Wir hatten die Plätze mit dem Panoramablick gewählt, also die für Reisende mit Muße. Die beiden Plätze an der Tür für Menschen, die es eilig hatten, waren schon besetzt.

„Wieso hält der hier?“ Der Mittvierziger ließ die ‚Oberhessische Presse‘ sinken.

Sein Gegenüber mit der geschmackvolleren Krawatte, dem edleren Anzug und den graueren Haaren sah über den Rand des ‚Handelsblatts‘. „Bitte?“

„Hält der jetzt etwa überall?“

„Scheint so“, meinte der ‚Handelsblatt‘-Leser abwesend.

„Das ist aber nicht vorgesehen“, insistierte der ‚OP‘-Leser im angekrumpelten Anzug. „Ich hab mich extra erkundigt. Man hat mir gesagt, dass der Zug bis Gießen durchfährt. Und auf der Anzeige am Bahnhof stand der richtige Zug drauf.“

„An solchen Tagen sollte man sich darauf nicht verlassen“, riet man jenseits des ‚Handelsblatts‘.

„Auf alle Fälle fahren wir in die richtige Richtung“, versicherte der Radfahrer. Er hatte es sich bequem gemacht und sortierte gerade seine Füße unter den Sitz neben mir, auf dem der ‚Handelsblatt‘-Leser seinen Laptop platziert hatte. „Obwohl...“

Ein Pfiff, ein Rums, ein Ruck und weiter ging's. Die Menschen in den Wohnhäusern neben den Gleisen würden sich gleich noch einmal in den Kissen umdrehen können, um bis zum nächsten Weckbremsen einzunicken. Vielleicht waren aber auch alle längst hellwach ob der ungewohnten Stille an diesem frühen Novembermorgen.

Der ‚OP‘-Leser brachte dieweil das Thema auf eine andere Ebene: „Die würden sich ganz schön umgucken, wenn sie gegen andere konkurrieren müssten.“

Ehe jemand antworten konnte, wurde die Schiebetür aufgerissen und ein Jüngling in blauem Rock füllte den Rahmen. „Guten Morgen. Zugestiegene die Fahrscheine bitte.“ Der mit der ‚OP‘ hielt ihm gut sichtbar („danke“), der mit dem ‚Handelsblatt‘ eher nonchalant („danke, vielen Dank“), den Fahrschein des Rhein-Main-Verkehrsverbundes entgegen, zu dem wir zählten, obwohl wir an der Lahn zu Hause waren. Der kontrollierende Blick wanderte zum Bahnfreund, der ausgiebig in seinen Jackentaschen kramte, bevor er endlich sein Semesterticket zückte. Das Schnauzbärtchen des Schaffners zuckte: „Sie sitzen falsch.“

„Ist es so besser?", fragte der Gerügte, der etwa im gleichen Alter wie der Schaffner war, nachdem er sich im Sitz hoch geschoben und die Beine zu sich heran gezogen hatte.

„Ihr Ticket gilt nur in der zweiten Klasse. Das hier ist die erste Klasse."

„Aha. Und wodran merkt man das?"

„Ein Erster-Klasse-Ticket ist teurer. Ich fordere Sie daher auf, sich in die zweite Klasse zu begeben. Oder Sie müssen nachzahlen. Das gilt auch für Sie", erklärte der Bahnbedienstete nach einem kurzen Blick auf mein identisches Kärtchen. Dann sah er von mir zum Bahnfreund und wieder zurück. „Können Sie sich ausweisen?" Wir zeigten ihm unsere Personalausweise, mit denen allein unsere Tickets gültig waren. Sie wurden dennoch selten verlangt. Und so genau wie jetzt war das Foto nie zuvor mit meinem Gesicht verglichen worden.

„Nur interessehalber", lenkte mein Begleiter ab, „was für ein Zug ist das hier überhaupt?"

„Wonach sieht's denn aus?"

„Dem Zug nach, nach der Bimmelbahn. Der Zeit nach, eher nach 'nem Express."

„Ja, und was genau...?"

„Na, ich will wissen, wohin genau wir fahren, und wann genau wir da ankommen."

„Wir sind unterwegs Richtung Frankfurt am Main, und der nächste Halt ist Niederwalgern."

„Dann ist es also die Bimmelbahn. Jetzt müssten wir nur noch wissen, welche."

„Das ist eine Regionalbahn mit Halt an allen Unterwegsbahnhöfen bis Gießen."

„Und dann?", fragte der Radfahrer weiter.

„Hab ich doch grade gesagt."

„Nee, nee, alle Wege führen nach Rom, nich nach Frankfurt. Und alle Bimmelbahnen fahren nach Gießen. Und dann fahren sie entweder nach Frankfurt oder woanders hin."

Der Schaffner starrte den Bahnkundigen an.

„Sagen Sie jetzt nich, Sie wissen das nich."

„Mir wurde gesagt, ich soll mit diesem Zug wieder zurück fahren. Ich bin nämlich eigentlich in der anderen Richtung unterwegs, aber da ging ja auch nischt mehr…", er zögerte kurz, „ja, und weil ich ja aus Frankfurt komme, fahren wir wohl auch wieder da hin."

„Ich fasses nich."

Der ‚Handelsblatt'-Leser ließ die Zeitung sinken. „Ja, dann würde ich sagen, Sie klären das mal. Am besten, bevor wir in Gießen ankommen."

Mit „jawohl" und einem Rotton im Gesicht, der sich mit dem seiner Krawatte biss, floh der Schaffner aus unserem Abteil.

„Genau. Wo kommen wir denn da hin." Der ‚OP'-Leser schimpfte ein bisschen über „diesen miserablen Service" und griff sein Lieblingsthema auf: „Konkurrenz belebt das Geschäft."

„Mag sein", erwiderte der Bahnkenner. „Hat aber auch nix gebracht."

„Wie?"

„Hier ist mal 'n anderer Zug gefahren. Das hat sich für die aber nich gelohnt."

„Das kann ich gar nicht glauben. Die Züge sind doch voll, was man so sieht."

„Ja, aber nich nachmittags um drei, oder wann die hier vorbei gekommen sind. Die waren schweinebillig, also im Vergleich, und die Zugbegleiter waren easy. Ich fand's total geil."

„Meine Frau war auch ganz begeistert", schaltete sich der ‚Handelsblatt'-Leser ein, der seine Lektüre gerade zusammenfaltete.

„Ihre Frau kennt sich aus?", erkundigte sich sein Gegenüber angelegentlich.

„Meine Frau fährt nicht gerne Auto."

„Ah, ja."

Es piepte einmal leise, der Laptopbesitzer griff in seine Jackettasche, sah kurz auf das Display seines Handys, murmelte seinerseits „Ah, ja" und hielt sich das Ding ans Ohr. „Ja, Schatz. – Ja. Ja, wir fahren jetzt. – Bist du gut zurück gekommen? – Gut. Danke nochmal fürs Bringen. – Ja. Ja, ich melde mich nochmal. – Tschüs." Er tippte schnell auf einen Knopf.

„So was hab ich erst gar nicht", tat der ‚OP'-Leser kund und schien froh darüber.

Ich hingegen war dankbar, wenigstens ein mobiles Telefon zu haben und informierte sogleich meinen Kollegen, was alles auf später verschoben werden müsse. Ich sei jetzt im Zug und ansonsten wüsste ich auch nicht. „Ja, ja", kam es gedehnt zurück. Er hätte auch gleich sagen können „Denk dir mal was anderes aus".

„Ich dachte, Sie sind Studentin", wandte sich der Herr im feinen Tuch an mich, woraufhin ich freundlich lächelte, mir aber nicht sicher war, ob meine Gesichtsfarbe noch zum Pulli passte.

Auch bei uns in der ersten Klasse wurden jetzt auf dem Gang Stimmen laut, die durch die offene Tür in unser Abteil drangen. „Vielleicht gab's wieder 'ne Bombendrohung", mutmaßte jemand. „Ach", entgegnete ein anderer, „da braucht doch nur irgendein Schnarchsack 'ne Tasche vergessen. Dann haste gleich das volle Programm: Bundesgrenzschutz, Hunde, und nix geht mehr." „Na ja, is ja vielleicht au besser so, gä", meinte der Erste. „Stell dir ma vor, und dann Bum! Gä. Oder is etwa wieder son Castor unterwegs?"

„Also, beim nächsten Castor bin ich dabei", erklärte unser Umweltfreund.

„Das hier ist die Regionalbahn Nummer drei fünf drei null fünf auf der Fahrt von Marburg Hauptbahnhof nach Dillenburg. Reisende nach Frankfurt am Main haben Anschluss in Gießen." So schnell, wie der Schaffner den Kopf ins Abteil gesteckt hatte, zog er ihn auch wieder zurück, aber das entschiedene „Moment, junger Mann" meines Nachbarn hielt ihn auf.

„Vielleicht sind Sie auch mal so freundlich, uns mitzuteilen, was heute das Problem ist."

„Personenschaden", sagte der Schaffner, als sei das ganz natürlich, „irgendwo hier in der Nähe." Dann war er weg.

„Na also, geht doch", freute sich der Bahnfreund.

„...algern, Ausstieg in Fahrtrichtung rechts", hörten wir atmosphärisch verdünnt eine bekannte Stimme, als wir an den ebenerdigen Produktionsstätten für Reißverschlüsse und Salzstangen vorbeirollten. Was mochte uns neben altvertrauten Wegbegleitern, wie dem Raiffeisenzeichen bei der Einfahrt in den Bahnhof, wohl noch an Blickfängen geboten werden, fragte ich mich und erwog, mit dem Laptop die Plätze zu tauschen. Aber die menschlichen Körper auf dem Bahnsteig in Niederwalgern waren alle sehr lebendig. Sie redeten und gestikulierten, sie froren und waren sichtlich erleichtert, dass endlich was passierte.

„Selbstmörder sind Egoisten", stellte man auf dem Gang fest. „Ich mein, bloß, weil einer keinen Bock mehr hat, kriegen hundert andere 'ne Abmahnung, oder was? Das kann's doch echt net sein, gä?" Der Redner erntete viel Zustimmung, und eine neue Stimme forderte dazu auf, sich in die Lage des Lokführers zu versetzen. „Boah äih, solln se doch Tabletten nehmen. Is doch voll assi, wa?"

„Die gucken den ja auch noch an", griff unser Bahnkundiger unvermittelt das Thema auf.

„Was?"

„Ja, echt, hab ich mal gelesen. Also, der Lokführer rast auf einen zu und bremst wie blöd, aber das nutzt natürlich nix. Und dann, kurz vorher, sieht der ihm in die Augen. Das is voll fies. Ich bin bloß froh, dass ich nich in dem ersten Zug gesessen hab, also in dem, wo äh." Der Schienenfreund rutschte geschwächt im Sitz herunter. „Ich bin nämlich Ersthelfer."

„In dem Fall hätten Sie nicht viel zu tun gehabt", bemerkte mein Nachbar lakonisch und das Gespräch war beendet.

Draußen auf dem Bahnsteig stand jetzt nur noch der Schaffner und ließ den Blick am Zug entlangschweifen. Er gab ein Zeichen, dann verschwand auch er. Die Türen rasteten mit einem dumpfen Schlag ein. Die alte Bahnstation lag nun vollkommen verlassen da, nichts sprach dafür, dass ein Mensch sie in den letzten Jahrzehnten betreten hatte. In Niederwalgern war die Zeit stehen geblieben und, wie es schien, auch der Zug. Er rührte sich nicht.

„Was ist denn jetzt schon wieder los?“, klagte der ‚OP‘-Leser, der sich seit geraumer Zeit dem Lokalblättchen widmete, und blätterte um.

Der Bahnfreund gähnte, „nichts“, und schloss die Augen, um ein Nickerchen zu machen, nicht ohne vorher seine langen Beine durchs halbe Abteil gestreckt zu haben.

„Und warum fahren wir dann nicht weiter?“, quengelte sein Nachbar.

„Keine Ahnung.“ Mein Gegenüber klappte nochmal ein Auge auf. „Vielleicht müssen die noch was wegräumen.“

Irgendwo auf dem Gang verlangte jemand lautstark Durchlass. Kurz darauf erschienen Pat und Patachon in einer modernen Tonfilmvariante vor unserem Abteil. Der kleine Dicke informierte den Langen, einen gewissen Erwin, dass da noch Plätze frei seien. Sagte es und steuerte auch schon darauf zu. Mein Begleiter schreckte hoch und zog die Beine, der Graue eilig seinen Laptop weg. Patachon ließ sich fallen und atmete heftig aus. „Das is doch alles 'ne einziche Kadasdrofe.“ Der Frischluftfreund und ich langten einvernehmlich nach den Fenstergriffen und zogen das Fenster ein gutes Stück herunter. Die Katastrophe war mindestens einen ‚Asbach Uralt‘ wert gewesen und die Fahne meines Nachbarn frisch.

Pat alias Erwin hatte seinem Gefährten gegenüber Platz genommen und machte nun Zeichen in Richtung der ‚OP‘. Der andere beugte sich vor und blinzelte. „Ich hab's Spekuliereise net mit.“

Dann sah ich aus dem Augenwinkel etwas leuchtend Rotes, das sich schnell bewegte. Der schwach besetzte Doppelstöcker zog in Fahrtrichtung an uns vorbei. „Da“, war alles, was mir einfiel, „och nö, ne“, stöhnte der Bahnfreund, „na prima“, der Laptopbesitzer, und der ‚OP‘-Leser erkundigte sich verzweifelt: „Das ist aber nicht der, der durchfährt, oder?“

„Doch“, versetzte der Bahnkundige.

„Ach, sieh ma einer an, de Andreas! Ei, was machst du dann hier?“, fragte mein Nachbar erstaunt.

Der ‚OP‘-Leser, der jetzt einen Namen hatte, schwieg.

„Hast ja 'n Strick um“, redete der andere munter weiter. „In Bad Homburg lasse se dich da ja ohne gar net rein, gä. Fährsde mo wieder hin?“

„Alfred“, tadelte Erwin.

„Was dann? Me kann doch mo frage“, verteidigte sich Patachon, genannt Alfred. „Un am Bahnhof warer ja au net.“

„Ich bin in Marburg eingestiegen.“

„Ach, haste jetzt eins in Marburg?“, fragte Alfred sichtlich vergnügt.

„Nu sei doch mal ruhig. Er weisses doch noch gar net“, schaltete sich Erwin wieder ein.

„Was weiß ich nicht?“, fragte Andreas gedehnt.

„Also, es ist so“, begann Erwin zögernd, „heute Morgen hat sich hier doch einer vorn Zug geschmissen.“ Andreas nickte. „Na ja, das war dein Schwager. Der Christian war das.“ Erwin schluckte. „Ich denke, du solltest jetzt bei deiner Schwester sein.“

„Jo, da wär unser Erwin jetzt au gern“, schwätzte Alfred vor sich hin. „Ja, ja, 's Irenche.“

Erwin hob hilflos die Hände. „Das Beste wird sein, du steigst gleich wieder aus. Herzliches Beileid.“

Andreas starrte ins Leere. Dann stand er wortlos auf, nahm seinen Überzieher und die lederne Aktenmappe, klemmte sich die ‚OP‘ unter den Arm und ging. Vereinzeltes Betroffenheitsgemurmel begleitete ihn, und Alfred hielt die Klappe.

Dann sagte er ein ums andere Mal „nee“ und nestelte am Reißverschluss seiner Umhängetasche. „Nee, ich werd nie vergesse, wie de Helmut heut Morge ankam. Der brauchte erstmo e Schluck.“ Alfred klopfte auf seine Tasche. „Der Helmut, das war mo e Kollege von uns. Jetzt isser e guter Kumpel, gä?“ Er sah zu Erwin hinüber, aber der reagierte nicht. „Der is ja da nur hin, weil er dacht, er könnt helfe. Es war ja in aller Herrgottsfrüh, um viertel nach sechs oder so. Aber de Helmut, der is so, der is da hin. Un da hadder dann dem Christian sein Kobb erkannt. Da war nix mehr zu mache. Un wie die dann mit blaue Säck ankame, da hadder sich gleich wieder abgemacht." Alfred schüttelte den Kopf. „Kelle, Kelle, da darfsde nix am Herz hamm."

Der Laptop wurde aufgeklappt und langsam, fast behutsam fuhr der Zug an. Zuerst verschob sich nur der Blickwinkel auf das Stationsgebäude, dann verschwanden auch schon die letzten Häuser.

„De Helmut hat gemeint, der Lokführer war völlig fertig mit de Nerve, obwohl der das ja schon kannte. Na ja, is ja au net schön, da breddersde da irgendwo lang, dunkel isses au noch, un auf einmo liegt da einer. Da machsde nix mehr." Alfred hielt inne, lehnte sich unvermittelt zu mir herüber und fuchtelte zum offenen Fenster hin. „Hier irgendwo musses gewese sein. Gleich musses komme."

Wir fuhren durch herbstliche Felder und Wiesen, über denen noch ein Rest Dämmerung lag, und vorbei an einer Anpflanzung von Sonnenblumen, die bessere Tage gesehen hatte. Jetzt hingen die braunen, leergepickten Köpfe an verdorrten Stängeln und neigten sich dem Boden zu. Der kalte Fahrtwind fegte durch das Abteil, und mein Begleiter und ich schlossen eilig das Fenster.

Alfred reckte sich noch ein bisschen nach der vorbeifliegenden Landschaft und lehnte sich dann wieder zurück. „Eins steht jedenfalls fest, wenn de Helmut net gewese wär, hätte mir heut Morge dumm rum gestande. Von dene erfährt mer ja nix. Kelle, was willst du dann noch hier?", schloss er abrupt.

Andreas stand etwas verloren in der Tür. „Ich bin nicht mehr raus gekommen. Der ist zu früh losgefahren."

„So kann man das auch wieder nich sagen", schaltete sich der Bahnkenner ein, erhielt aber keine Antwort.

Andreas schien dankbar, sich wieder auf seinen alten Platz setzen zu können, lehnte aber das Handy des Laptopbesitzers ab. „Ich dachte nur", meinte der, „falls Sie zuhause anrufen möchten."

„Vielen Dank, aber das mache ich lieber in Ruhe, wenn ich angekommen bin."

„Wo willsde überhaupt hin?", erkundigte sich Alfred und riss seinen Blick vom Fenster los.

„Nach Frankfurt, geschäftlich."

„Aha, geschäftlich."

„Ja."

„Ja, wie? Fährsde jetzt doch weiter?" Erwin war erstaunt.

„Na ja, wo ich jetzt schon so weit gekommen bin", sagte Andreas.

„Also, arg weit bisde net gekomme", stellte Alfred klar und richtete seine Aufmerksamkeit wieder nach draußen. „Das sin grad mo 'n paar Killometer. Ich glaub, wir sin schon vorbei."

„Ich sag's ja: Der Weg ist das Ziel", philosophierte der Bahnfreund.

„Und Irene?", wollte Erwin wissen.

„Was soll mit ihr sein?", fragte Andreas. „Glaubst du, es hilft ihr, wenn ich die Firma jetzt auch noch im Stich lasse?"

Erwin sagte nichts, aber Alfred hatte noch Fragen. „Wieso fährsde eigentlich erscht nach Marburg, wenn de nach Frankfurt willst?"

„Weil ich schnell nach Frankfurt wollte."

„Hat ja brima geklabbt", meinte Alfred trocken und dann: „Sonst fährsde doch mit deinem Daimler bragdisch aufs Klo. Wieso nimmsde den dann net, wenns schnell gehn soll?"

„Hast du in Frankfurt schon mal 'n Parkplatz gefunden, auf Anhieb, mein ich?"

„Ei, jo."

„Meine Güte, Alfred", schnappte Andreas, „frag ich dich etwa, warum du neuerdings mit dem Zug zur Arbeit fährst?"

„Was meinsde dann?"

Andreas zuckte mit den Schultern. „Das interessiert mich nicht."

„Ei, ich hab halt grad kein Labbe", verkündete Alfred fröhlich und tätschelte seine Tasche.

„Tja“, erwiderte Andreas knapp, „wenn ich gewusst hätte, was mich erwartet, würde ich bestimmt nicht hier sitzen.“

„Ei, bedank dich bei deim Schwager.“

„Alfred“, mahnte Erwin.

„Ei, was dann? Stimmt doch.“

Andreas ging nicht darauf ein. „In der Zeit, die ich in Marburg warten musste, hätte ich in Frankfurt dreimal geparkt. Eine geschlagene Stunde war's.“

Der Mann im feinen Zwirn hörte für einen kurzen Moment auf, die Tastatur seines mobilen Arbeitsmittels zu strapazieren. „Waren Sie das nicht, dem meine Frau am Fahrkartenautomat geholfen hat?“

„Ach, das war Ihre Gattin? Ja, das war wirklich sehr freundlich. Ich kenne mich da ja gar nicht aus, und ganz einfach ist es auch nicht.“

„Das kannsde laut sage“, stimmte Alfred zu, vielleicht der Abwechslung halber. „Statt dass die da Leut hinstelle, die ganz normal Fahrkarte verkaufe, gä.“

Es piepte wieder kaum hörbar, und schon hatte der Graue sein Handy am Ohr. „Ja. – Guten Morgen. – Nein, nicht jetzt. – Ich rufe Sie zurück.“ Das Handy glitt zurück in die Tasche, eine flinke Hand über das Tastenfeld des Laptops. Sein Besitzer klappte das Gerät zu, erhob sich und stellte es auf dem Sitz ab. „Würden Sie bitte kurz darauf Acht geben. Ich bin gleich wieder da“, überließ er es unser aller Obhut.

Alfred hob abwehrend die Hände. „Ich pack das Ding net an.“

„Danke.“ Der Mann im knitterfreien Dreiteiler griff in seine Jackentasche, trat auf den Gang hinaus und verschwand nach rechts.

Der Zug indes verlor wieder an Fahrt, und es knisterte im Lautsprecher. Dann sprach unser Schaffner zu uns: „Nächster Halt Fronhausen, Lahn. Ausstieg...“, es knisterte ein bisschen, „steigen Sie bitte rechts aus.“

„Da hat wohl irgendson Dabbes mo de falsche Seite erwischt“, mutmaßte Alfred, „sonst würde die eim net als erzähle, wie mer aussteige soll. Un dabei hat der sich garantiert net nur e

Bein gebroche." Er fuhr sich mit dem Zeigefinger am Hals entlang und schaute interessiert auf den Getränkemarkt hinter der Bahnstation, auf deren Backsteinfront in veralteten Lettern „Fronhausen" stand. Dazu passte der Stall rechts neben dem Getränkehandel, dessen Türen zum Bahnsteig hin geöffnet wurden. Eine Frau in Reitstiefeln kam heraus.

Während ich noch grübelte, ob man in Fronhausen eine besondere Art des Schienenersatzverkehrs unterhielt, erkundigte sich Andreas nach dem Klo. „Nach links und dann durch die nächsten zwei Abteile", gab ich bereitwillig Auskunft und beschloss, die einsetzenden Signale meiner eigenen Blase zu ignorieren. Er hatte seinen Allwettermantel noch an, als er die ‚OP' auf seinen Platz legte, die Aktenmappe unter den Arm klemmte und sich trollte.

Erwin nahm sich die Zeitung und begann zu lesen. „Du Alfred, hier steht, dass..."

„Kelle, Kelle, in der Familie hamm doch alle 'ne Magge", bemerkte der Angesprochene abwesend und dann: „Was schreibe se dann?"

„Dass die Bahn weitere Mitarbeiter entlassen will."

„Hamm die überhaupt noch welche, die se feuern könne?"

Draußen ertönte von irgendwoher ein Pfiff.

„Jep", befand der Bahnkenner.

Es folgte der unvermeidliche Rums, und wir fuhren ohne Verzögerung weiter. „Es haben wirklich alle noch reingepasst", staunte der Bahnfreund, als wir langsam aus dem Ort herausrollten. Nicht auszudenken, was passiert, wenn wir entgleisen, dachte ich.

Vorerst entgleiste aber nur Alfred: „Nu sach doch ma selber, Erwin, 's Irene hätt damals doch besser dich geheirat un net dos Weichei. Obwohl, vielleicht kannsde ja jetzt..."

„Hör auf damit, das is lange her", unterbrach Erwin den Gedankengang und hielt die Zeitung ein Stück höher.

„Kelle, bis du in de Gänge kommst, sin de Heiliche fort mit 'm Wachs. Un en anneres hasde au net", versetzte Alfred. „Gib mir mo de Sportteil."

„Wenn ich fertig bin."

„Bisde etwa sauer, oder was?" Da er keine Antwort bekam, hielt sich Alfred an den Rest von uns. „Sie könne sich gar net vorstelle, was die Frau all mitgemacht hat. Depressione hadder gehabt. So sacht mer jedenfalls heut dazu. Vor Jahren warer sogar mo in Cappel deshalb. Wie der von der Beatrix, da in Holland. Aber der is ja au schon dot." Er sann seinen Worten nach. „Na gut, en bissche anners war's vielleicht schon."

„Ist das Ihr Fahrrad da hinten?" Der Schaffner war urplötzlich in der Tür aufgetaucht und sah den Bahnfreund herausfordernd an.

„Kann schon sein", gab der gedehnt zurück.

„Die Leute da hinten haben gesagt, es gehört 'nem langen Öko mit 'nem Zopf. Das sind doch Sie."

„Wenn Sie das sagen."

„Und?"

„Was, und?"

„Ist das nun Ihr Fahrrad?"

Der lange Öko mit dem Zopf nickte würdevoll. „Was ist damit?"

„Es ist unbeaufsichtigt."

„Ich hab's abgeschlossen."

„Es fällt aber dauernd um."

„Ei, in dem Zug fällt doch kein Stein mehr auf de Erd", gab Patachon zu bedenken.

„Ach, wissen Sie, vor den Toiletten ist immer schon mal was mehr Platz", erläuterte der Schaffner geduldig, schnüffelte anschaulich und zuckte angewidert zurück. „Und Sie, Sie kommen jetzt mal mit", forderte er den Bahnfreund auf. Der wand sich zu voller Länge hoch, „ich fasses nich", und folgte seinem Zugbegleiter.

„Jo, de Christian", griff Alfred seinen Faden wieder auf. „Also, in de letzte Jahre war's dann besser, das muss mer schon sage. Da konnt mer sich mit dem richtig unnerhalte. Wahrscheinlich hadder da endlich de richtige Tablette genomme. Auf jeden Fall hadder in der Zeit de Lade allein geschmisse. Da sin wir uns alle einig, gä, Erwin?“ Der blätterte demonstrativ um. „Also, ich mein net im Büro, gä“, erklärte er mir, „das hat ja 's Irene gemacht. Aber de Firma, die hat de Christian gemänätscht. Letztes Jahr sah's bei dene gar net gut aus, na ja, wie überall sonst au. Aber das hat de Christian wieder auf de Reih gekriegt. Dem hamm einige zu verdanke, dass se heut net auf de Straß sitze. Un nu“, sinnierte Alfred, „nu hadder Ruh. Obs 'n Rückfall war, ob de Tablette all warn, ich weisses net. Aber eins weiß ich. Der da“, seine Hand schnellte neben meinem Gesicht hoch und zeigte mit dem Daumen auf das Plexiglas hinter uns, also grob in Richtung Klo, „der fährt de Karre vor de Wand.“

„Es ist ja so leer hier“, kam es verwundert von der Tür her. Der Laptopbesitzer blieb stehen, sah aber schnell auf seinen Platz und vergewisserte sich, dass wenigstens sein Computer noch da war. „Wo sind die alle hin?“

Alfred, dessen Daumen schon in die richtige Richtung wies, hob den Arm etwas höher. „Da lang. Die versammeln sich anscheinend grad beim Klo.“

Der Graue sah befremdet drein. „Haben Sie den Schaffner gesehen?“

„Der is da au hin.“

„Aha“, der Herr im feinen Tuch zog die Augenbrauen hoch, „und Sie sagten, da lang?“ Er zeigte den Gang hinunter.

„Hmhm“, antworteten wir unisono.

„Würden Sie nochmal?“ Er neigte den Kopf zu seinem Laptop.

„Aber ja doch“, meinte Alfred und, als der andere gegangen war, „Kelle nee, was e Lauferei.“

Dann waren wir vorübergehend damit beschäftigt, mehreren Mitreisenden zu erklären, dass die drei freien Plätze in unserem Abteil besetzt seien, und zwar besetzt im Sinne von „Da sitzt schon jemand“ und nicht „In Gießen steigt noch jemand zu“. Der Unterschied war an diesem Morgen schwer zu vermitteln.

„Also, nochmo“, setzte Alfred wieder an. „Mit dem da hinne geht das Ganze de Bach runner. Der weiß nämlich net, wie mers Geld zusammehält, der weiß bloß, wie mers unner die Leut bringt. Er fährt zu gern mo nach Bad Homburg, gä, Sie wisse schon, in de Spielbank, gä. Das sin dem sei Geschäfte."

„Mein Gott, Alfred", Pat tauchte mit zitterndem Schnurrbart hinter der ‚OP' auf, „du bist wirklich das größte Waschweib, das bei uns rumläuft."

„Nu stell dich net so an", erwiderte Patachon versöhnlich, griff in seine Tasche und zog einen Flachmann mit größerem Fassungsvermögen heraus. „Trink erstmo e Schluck."

Erwin schüttelte den Kopf, während Alfred mir zuprostete, um seinerseits einen kräftigen Schluck zu nehmen, dessen strenges Bukett er mir im Folgenden entgegenatmete: „Also gut, mein Kumpel hier, der kennt den da hinne natürlich besser wie ich. Von früher her noch, un so. Kann ja sein, dass der ab un zu au mo was nach Haus bringt. Sonst macht mer so was ja net, gä. Aber beim nächste Mo trägt ers unner Garandie au wieder hin. Un so kann das ja nix wern."

Erwin schüttelte die Zeitung aus und zog sich unter weiterem Geraschel wieder dahinter zurück.

Alfred schickte ein „Ei, was dann?" in seine Richtung und sprach ungerührt weiter. „Un es kann au nix wern, wenn einer nix schafft un nur in der Gegend rumjuggelt, von einer Blume zur nächste." Er betrachtete liebevoll den Flaschenhals. „De Alte hat sich ja schon lang ausem Staub gemacht. Der hat alles aufgebaut, gä. Der sitzt jetzt in seiner Finga auf Mallorga. Un de Andreas soll das all mo übernemme. Schließlich is er de Sohn. Sonst aber au nix", brummte er. „In dem Fall kann mer nur sage, wenn dem sei Vadder auf de Herdbladde gewichst hätt, hädder nur einmo gestunke." Alfred setzte noch einmal die Flasche an. „Aber das mit dem Christian jetzt, das is e echter Verlust für de Firma", brütete er, „un für de Gemeinde."

Friedelhausen war als Verkehrsknotenpunkt derartig unbedeutend, dass die Station gar nicht erst angesagt worden war. Auf dem Bahnsteig drängte sich bestenfalls ein Dutzend Wartender vor dem Bushäuschen aus Beton. Die Häuseransammlung in der Ferne aber, die ich für Friedelhausen hielt, schmiegte sich für den Bahnreisenden gar pittoresk an einen Hügel. Zwischen ihr und uns dehnte sich ein Wiesengrund. Von einem Frühling zum nächsten nahm ich mir vor, an den baumgesäumten Ufern der Lahn, die sich durch das frische Grün schlängelte, spazieren zu gehen. Jetzt war Herbst, und ich musste ernsthaft über einen Gang zum Zugabort nachdenken. Und so ließ ich Pat und Patachon allein mit dem Erklärungsbedarf für ein fast leeres Abteil.

Der Zug fuhr wieder an, als ich die nikotingesättigte Zone betrat. Hier war die Stimmung auf null. „Ich glaub's ja wohl net. Da komme die als rein, trete kann mer eh net, qualme uns voll, un haue dann wieder ab." Auch die Gewaltbereitschaft meiner Mitreisenden schien mir deutlich gestiegen, und ich war richtig froh, als ich endlich auf die kleine Versammlung vor der Zugtoilette stieß.

Der Bahnfreund begrüßte mich wie eine alte Bekannte: „Na, alles roger?"

Weil ich annahm, dass jeder schon mal dran gewesen war, drängelte ich mich zur Klotür vor, vor der leider immer noch das Fahrrad stand. Als ich mich umdrehte, erklärte der Schaffner: „Das geht jetzt nicht."

„Wieso?", verlangte ich zu wissen.

„Er ist da noch drin."

„Wer?"

„Na, dieser Andreas", informierte mich der Bahnfreund.

„Hat er ein Problem?"

„Das kann man so sagen", sagte der Laptopbesitzer.

Ich sah von einem zum anderen und dann wieder zum Fahrrad, dessen Sitz in Schritthöhe unseres langen Ökos justiert war und exakt unter den Türgriff passte. Genau dort befand er sich jetzt und blockierte den Mechanismus.

„Wir haben ihn gestellt." Der Schaffner wippte auf den Zehenspitzen.

„Hmhm, aber eigentlich mehr aus Versehen“, ergänzte der Bahnfreund nicht minder stolz.

Ich verstand gar nichts und fand, dass meine Fantasie für diesen Morgen schon genug angeregt worden war. Angesichts des Zustands, in dem ich das Klo wähnte, verringerte sich mein Blasendruck schlagartig.

„Also, das war so“, begann der Schaffner.

„Als wir hier ankamen, war er schon drin“, übernahm der Bahnfreund.

„Aber das konnten wir ja nicht wissen.“

„Genau. Und dann haben wir erst mal diskutiert.“

„Diskutiert?“, fragte ich.

Der Bahnfreund nickte. „Ja. Wie das mit dem Fahrrad so ist. Ob das hier stehen kann. Und wenn ja, wie, und so.“

„Und dann ist es wieder umgefallen“, frohlockte der Schaffner.

„Und er wollte, dass ich's hier wegschaffe.“

„Ja, und er ist abgeditscht.“

„Das war ja wohl der Hammer, ich mein, wo hätt ich damit hingesollt?“

„Er hat's kurz hochgehoben und dann wieder runtergeknallt.“

„Und auf einmal stand's da wie 'ne Eins.“

„Als würd's da hingehören.“

„Weil der Sitz sich verkantet hatte.“

„Und dann ging's los.“

„Aber Hallo. Der wollte raus und ist da drin komplett ausgerastet und hat gegen die Tür getreten, und so.“

„Wir hätten ja nie gedacht, dass einer solange da hockt“, kicherte der Schaffner.

„Hmhm, aber du hast mich total angemacht.“

„Das geht ja auch nicht, einen Kunden auf dem Klo einzusperren. Wir haben dann das Rad weggeräumt und die Tür aufgemacht. Und ich habe mich natürlich entschuldigt.“

„Dass der uns nich an den Hals gegangen ist, war alles.“

„Und dann kam er", der Schaffner zeigte auf den Laptopbesitzer, „und hat ihn konfrontiert."

„Und der da", der Bahnfreund nickte zum Klo hin, „hat den Rückzug angetreten und sich eingeschlossen. Tja, und wir haben dafür gesorgt, dass die Tür garantiert nicht wieder aufgeht."

Der Graue sah meinen zweifelnden Blick und lächelte. „Also, Konfrontation würde ich das nicht nennen, aber ich habe ihn gefragt, wie es sein kann, dass er eine Stunde gewartet hat, wenn er doch erst kurz vor Abfahrt des Zuges am Bahnhof war. Als meine Frau und ich heute Morgen ankamen, war es schon deutlich nach sieben. Wir waren spät dran, und ich musste noch zum Schalter. Von da aus habe ich gesehen, wie meine Frau dem Herrn da drin mit dem Automaten behilflich war. Er wirkte ziemlich abgehetzt, wie wir auch, und nicht wie jemand, der schon eine Stunde auf dem Bahnhof verbracht hat. Sicherheitshalber habe ich meine Frau gerade nochmal angerufen, und sie hat meinen Eindruck bestätigt. Er hat sich sogar dahingehend geäußert, sagt sie."

„Der Mann hat gelogen", schlussfolgerte der Schaffner mit auf dem Rücken verschränkten Händen und vorgerecktem Kinn. „Und dass er sich verbarrikadiert hat, als das rausgekommen ist, spricht ja für sich."

Der Zugführer hatte stark abgebremst, und ich ließ das Gesagte auf mich wirken, als wir im Schritttempo durch den Bahnhof von Lollar fuhren. Die Gesichter der Stehengelassenen zogen an den ovalen Fenstern der Türen vorbei, ungläubig, empört, wütend oder einfach nur resigniert. Einige sprachen miteinander und zeigten auf uns, andere drohten mit der Faust.

Der Bahnfreund trat näher zu mir heran und raunte mir mit einem kurzen Blick zum Grauen ins Ohr: „Der Typ ist irgendwo Personalchef. Der riecht jede Scheiße meilenweit."

„Übrigens wundert es mich", ergriff der Personaler wieder das Wort, „dass Sie alle diese Toilette hier ansteuern. Es gibt doch eine direkt bei unserem Abteil um die Ecke. Nur in der anderen Richtung. Von da aus habe ich auch mit meiner Frau telefoniert. Wenn Sie da hingehen", wandte er sich an mich, „wäre es sehr nett, wenn Sie nochmal kurz nach meinem Laptop sehen würden. Ach ja, und bitte keine voreiligen Schlüsse ziehen. Aber es kann sein, dass man diesen Personenschaden in einem ganz anderen Licht sehen muss."

„Und dann standen wir noch ewig in Gießen rum", erzählte ich der kleinen Blonden am nächsten Morgen. Wir saßen nebeneinander im Großraumabteil eines Doppelstöckers, unterwegs per Express und gut in der Zeit. Auf der Höhe von Lollar, wir passierten gerade den beleuchteten Flachbau für die Heizkesselproduktion, zog uns die Zeitung unseres Gegenübers in Bann. „Schilddrüsenerkrankungen – häufig so unnötig wie ein Kropf – Depressionen bei Unterfunktion" titelte die ‚OP' und: „Selbstmord war brutaler Mord – Personenschaden legt Pendlerverkehr lahm". Schon nach wenigen Zeilen des zweiten Artikels war eines sicher: Christian, „der Mann auf den Schienen", hatte in den letzten Sekunden seines Lebens keinen Blickkontakt zum Lokführer gesucht. Er hatte eine schwere Kopfverletzung und war halb tot auf die Schienen geschleppt worden. Wir beugten uns weiter vor.

Im Folgenden war viel die Rede von „dem Schwager" und „seiner Spielernatur". Mit satten Gewinnen habe er sogar einmal die Firma vor dem Bankrott retten können, stand da. Aber dann habe ihn „das Glück verlassen". Offenbar stand Andreas inzwischen dermaßen in der Kreide, dass nur der endgültige Verkauf der Firma ihm noch helfen konnte. Christian war für diese Lösung nicht zugänglich gewesen. Außerdem hatte ‚der Alte' sein Testament zugunsten von Christian und seiner Frau geändert. Kurz und gut, es war zum Streit gekommen, in dessen Verlauf sich Christian die Verletzung „zugezogen" habe. Es sei keine Absicht gewesen, beteuerte Andreas, der Schwager sei „unglücklich gestürzt".

„Was ein Arsch", schimpfte meine Begleiterin, „warum hat er ihn dann nicht ins Krankenhaus gebracht, sondern... Und so was erzählt der auch noch."

Die halbe Stunde im Klokabuff hatte seinen Redefluss offensichtlich angeregt. „Der war total mit den Nerven am Ende. Das war voll krass", hatte der Bahnfreund berichtet, als er gestern ins Abteil zurückkehrte. Ich an Andreas' Stelle hätte denen alles erzählt.

Andreas sei in Panik geraten, lasen wir, habe Angst gehabt, dass man ihm den „Unfall" nicht glaube. Und da sei er dann auf die Idee gekommen, einen Selbstmord vorzutäuschen, weil sein Schwager ja auch entsprechend vorbelastet sei. Er hatte auch gedacht, dass es nicht weiter auffiele, wenn er in der anonymen Menge am Bahnhof fehlte.

„Tja, wär er mal mit dem Auto gefahren", stellte meine Nachbarin fest und unmittelbar darauf: „Anschlusszug ade. Hier stehn wir jetzt erst mal 'ne Weile." Der Zug hatte außerplanmäßig angehalten. In der einsetzenden Dämmerung konnte ich Buschwerk und Bäume der kleinen Schlucht kurz vor Gießen Hauptbahnhof erkennen.

Meine Begleiterin starrte nachdenklich auf die Schlagzeilen der ‚OP'. „Ob der Christian es mit der Schilddrüse hatte?", überlegte sie laut. „Aber das ist ja jetzt auch egal. Ich glaube, wir haben Zeit, noch eine zu rauchen."

Auf dem Weg in die Raucherecke stiegen wir über ein Fahrrad, das mir sehr bekannt vorkam.

WAS VERBIRGT SICH HINTER WÄRRERA?

Von Marianne Reuther

Hinterm Tresen im 'Kühlen Krug' wienert der Wirt die Schankplatte aus Edelstahl und schielt zum Ecktisch hinüber, wo der Richter eindringlich auf den Anwalt einschwatzt. Es sind die letzten Gäste. Das Stöffche und etliche Klare sind nicht ohne Wirkung auf die beiden geblieben, dennoch sprechen sie so leise, dass Georg Klein hinterm Tresen ihre Worte nicht verstehen kann.

„Christian! W-wer es auch sein mag, der k-kann dir gar nix. Dich gibs gar nich. Deine Identität is in Anführungs-Schtriche. Erst d-dein Curriculum Vitae entscheit, ob du wann bist. Ob de dann du bist, erhellt de Schnaps."

„Hannes, du spinnst."

„Heut obend wiederholste dich ständig."

„Drum geh'n mr jetz."

Christian rutscht vom Hocker. Die Wirtsstube wirbelt im Kreis. Dennoch landet er kerzengerade auf den Fliesen. Hannes schwankt ein wenig, kritzelt seinen Namen auf die Bierdeckel, schiebt sie über den Tisch und ruft zum Wirt: „Ville Strich, begleich die mosche, zusamme mit mei'm Kraut un Stich. Upps." „Ist okay", sagt Schorsch. Georg Klein ist froh, dass er seine Kneipe dicht machen kann, ohne dass er die honorigen Herren rausschmeißen muss. Die waren noch nie so „newer de Kapp".

Es ist halb eins. Feiner Nieselregen tröpfelt auf Friedberg. Die zwei Zecher schwanken die sieben Stufen abwärts. Hannes fordert Christian ein letztes Mal auf, sich ihm anzuvertrauen. „Ich will net de Dreck an deim Stecke wisse, awwer den Kerl, der dich erpresst."

Die frische Luft tut gut. Sogar die Regentropfen, die Sekunde um Sekunde dicker werden. Christian legt seinen Kopf in den Nacken, die Nasenspitze zum Himmel gestreckt, und blinzelt in die undurchdringliche Schwärze. Er weiß, alles, was er jetzt zu tun hat, ist schweigen. Er schweigt, sackt langsam zusammen und längelang aufs Kopfsteinpflaster, direkt unterm Blechkranz vom 'Kühlen Krug'.

Der Chef hat einen hochbrisanten Termin, und der Chef ist nicht gekommen. Die Kanzlei steht Kopf. Das hat es im Anwaltsbüro Dr. Christian Tauber noch nicht gegeben. Die Herren Gutzkov, Esser und Breitmöller von der „Elimox-AG" warten seit geschlagenen 20 Minuten im Konferenzzimmer vor ihren Kaffeetassen. Die Sekretärin füllt sie soeben neu und versichert, dass Dr. Tauber gewiss gleich eintreffen wird. Kurz darauf knallt Frau Lieblein, im Grunde eine gleichmütige Person, den Hörer so kraftvoll auf die Gabel, dass eine Ecke absplittert und denkt sich: ‚Die haben verschlafen'. Noch immer ist in Taubers Wohnung der automatische Anrufbeantworter eingeschaltet!

„Karlheinz!" Referendar Schweizer fährt von seiner Arbeit hoch. Er ist dabei, auf dem Fotokopierer einen Stapel Dokumente abzulichten. Lieblein hatte eigentlich nicht schnauzen wollen. Sie entschuldigt sich sofort und reicht ihm ihren Autoschlüssel. „Bitte, holen Sie den Chef ab, Sie kennen ja seine Adresse. Klingeln Sie Sturm. Falls er noch pennt." „Hmhm..." Unsicher schielt Schweizer zur Kopiermaschine. „Das kann Frau Eichborn fertig machen, ich veranlasse es", versichert Lieblein." „Weil... – die Kopien sollen um zehn bei..." „Ich weiß, nun gehen Sie schon. Bitte."

Als Schweizer vor der Jugendstilvilla aus dem VW steigt, sitzt Christian auf der Bettkante und reibt sich den Schädel, über den kürzlich eine Lokomotive gerumpelt sein muss. Er beschließt, sich einer Wechseldusche zu unterziehen, ganz gleich, wie schwer es ihn ankommt, und schlurft Richtung Badezimmer. Seine Helga ruft von der Küche herauf: „Bist du endlich wach, und kann ich jetzt den Frühstückstisch decken?" Sie hatte vergeblich versucht, ihren Mann zur gewohnten Zeit zu wecken. Er schlief wie ein Toter. Die Kinder sind längst in der Schule. Nun setzt sie zum zweiten Mal Teewasser auf. Da schrillt nonstop die Haustürklingel. „Elende Bälger!", schimpft Helga Tauber, schnappt den Plätscher, rennt aus dem Hinterausgang und ums Haus herum, „diesmal entwischt ihr mir nicht!" „Schellekloppe" ist mal wieder Mode in Friedberg, und nicht jedermann findet das lustig. Ganz und gar unlustig findet der Referendar das Platschen des Teppichklopfers auf seinen Allerwertesten im Verein mit dem zornigen Ausruf: „Un aach noch so'n lange Lulatsch!" Er legt eine Pirouette aufs Trottoir, erwischt im ersten Halbkreis das Handgelenk der Angreiferin und schüttelt ihr im zweiten den Klopfer aus der Hand. „Entschuldigung, aber ich soll Herrn Dr. Tauber abholen, es pressiert!" „Herr Schweizer? Sie? Tschuldigung, das war 'n Irrtum. Kommen Sie mit, hab den Haustürschlüssel nicht hier." Er trottet hinter ihr her ums Haus. Heute hagelt es nur so irrtümliche Attacken! Weiber! In Sekundenschnelle vollzieht sich ein Wandel seiner Gesichtszüge. Claudias Vespa steht im Schuppen. Sie ist daheim! Vielleicht habe ich Glück und kriege sie zu Gesicht. Karlheinz Schweizer ist, so gründlich es ihm gegen den Strich geht, gnadenlos in die Tochter des Hauses verknallt. Er betritt hinter Frau Tauber die gute Stube von der Gartenterrasse her, lässt sich auf dem Sofa deponieren und die vielen Geräusche auf sich einwirken. Claudias Lieblingsrhythmen pulsieren durchs Haus, ein Teekessel pfeift, und Frau Tauber müht sich redlich, durch ihre gegen die Badezimmertür pochenden Fäuste zusammen mit ihrem Rufen das Zischen der Dusche zu übertönen: „Christian, Christian, in der Kanzlei pressiert's!"

Zu diesem Zeitpunkt schlendert Richter a. D. Johannes Bosovski zur Usa hin und an der Usa entlang, wie allmorgendlich nach dem Frühstück. Heute kommt die gewohnte Beschaulichkeit nicht so recht auf. Da ist ein Quälgeist. Er heißt Gewissen und beißt. Ich hätte das nicht tun sollen, Christian zum Trinken animieren. Er verträgt das so schlecht. Verruchte Tat! Hannes bereut aufrichtig. Aber er ist auch verärgert, dass ihm

Christian seine Geschichte nur zur Hälfte erzählt hat. Wer A sagt, sollte auch B sagen, ganz entschieden dann, wenn er einen Freund veranlasst, ihn am Abend im „Kühlen Krug“ zu treffen, weil er seinen Rat braucht. Sie hatten sich in einem abseitigen Eckchen dicht gegenüber gesessen und Christian war zögerlich damit herausgerückt, dass ein Halunke 180 000 Euro von ihm verlangt und das Problem darin liegt, wie er das Geld locker machen soll, ohne dass seine Familie Wind davon bekommt. Am Schluss, als er sagte: „unterschrieben hat ein…“, hielt er plötzlich inne und sprach wie aus weiter Ferne: „Vergiss das Ganze“ – und verstummte. Allzu willig ließ er sich auf einen weiteren Schnaps ein und noch einen. Hannes nutzte die Situation schamlos aus, in der Hoffnung, ihm die Zunge zu lösen, brachte aber zu dem Thema keine Silbe mehr aus ihm heraus. Auch jetzt noch, während er einer Entenschar auf der Usa hinterher träumt, interessiert es ihn brennend, wer den Freund derart in die Tinte taucht, vielleicht kann er dem Kerl das Handwerk legen.

Er staunt nicht schlecht, als er selbst in seinem Briefkasten ein mörderisches Menetekel vorfindet.

„Richter a. D. Johannes Bosovski! Die Zeit der Aufrechnung ist gekommen. Eine alte Schuld ist zu begleichen. Zwar sind hundertfünfzigtausend Euro nur ein läppischer Gegenwert, dennoch soll es damit sein Bewenden haben, wenn Sie erstens das Geld bis zum Monatsende auf das Konto

PERFETTO 703,
Bankhaus Hartwin, Zürich

überwiesen haben und zweitens vor dem Fünften des kommenden Monats weder Polizei noch sonst irgendwen von dieser Abmahnung in Kenntnis setzen.

Für den Fall der Nichtbefolgung einer der beiden Auflagen erlebt Ihre Enkelin Claudia nicht das baldige Weihnachtsfest.

Die Angelegenheit ist ernst.

Hochachtungsvoll Kurt Wärrera

PS.: Behalten Sie „Kurt Wärrera" im Sinn. Im Munde geführt oder niedergeschrieben wäre er Dynamit. K.W."

Zerreißen den Wisch und vergessen? Das unterläuft dem alten Richter kein zweites Mal. Solches hat vor vielen Jahren Tochter Elisabeth und Schwiegersohn Robert das Leben gekostet. Damals wollte man von ihm einen Freispruch erpressen. Claudia war gerade drei Jahre alt geworden. Der Mörder ihrer Eltern entkam unerkannt.

Die Worte auf dem Stück Papier in seiner Hand, die jetzt heftig zittert, ziehen ihn an wie ein Magnet. Immer wieder liest er den Text, bis seine Augen tränen, und der tiefe Seufzer aus altem Frust, und der Gedanke, den Beruf des Strafrichters auszuüben, war der größte Fehler in meinem Leben, hilft nicht weiter. Wärrera. Welchen Geist vergangener Zeit beschwört dieser Mensch? Welches der Urteile meiner 23-jährigen Amtszeit als Strafrichter? Wärrera. Wer missbraucht den Namen unserer Landschaft zwischen Vogelsberg und Taunus mundartlich als Pseudonym? Hat das einen speziellen Grund?

Johannes steigt in sein Studierstübchen unterm Dach, schaltet den Computer ein und schiebt die Diskette mit der Auflistung seiner verhandelten Straffälle ein, kopiert sie auf die Festplatte, um Freisprüche, Kleinfälle, Verstorbene und derzeit Einsitzende zu löschen und den Rest unter die Lupe zu nehmen. Aber der Umfang des Materials macht ihm bald klar, dass ihm eine gründliche Prüfung und Analyse der Daten innerhalb der Frist bis zum Verfall des Ultimatums nicht möglich ist. Das hatte er wider alle Vernunft zunächst nicht wahrhaben wollen. „Das schaff ich nicht! Dazu braucht's einen Routinier wie Konrad Konrad", erklärt er der Fliege, die ihr enervierendes Summen, die Scheibe herauf und herunter, endlich eingestellt und sich auf der Fensterbank niedergelassen hat, wo sie ihre Vorderbeine aneinander reibt. Weit in den Sessel zurückgelehnt, trommelt er mit den Fingerspitzen eine Quadrille auf die Armlehnen. Dabei blinzeln seine Augen der sechsbeinigen Stubengenossin zu, dieweil seine Gedanken um Wärrera kreisen. Zahlen oder nicht zahlen, das ist hier nicht die Frage, sondern, zahlen und laufen lassen oder zahlen und fangen. Er kommt zu dem Schluss: Ich werde zahlen, und Konrad soll ihn fangen und womöglich die Mäuse dazu. Ich ruf ihn gleich an. Er greift nach dem Telefonhörer, legt ihn sofort wie elektrisiert zurück und weist sich zurecht: Doch nicht hier von meinem Apparat aus! Der Schreck über das Beinahe fährt ihm durch alle Glieder. Hiltrud ruft zum Mittagessen. Er galoppiert treppab und zaubert gute Laune in sein Gesicht. Claudia ist dabei, den Tisch fertig zu decken. „Schwänzt du heute die Vorlesung?" „Erraten, Opapa, und morgen und übermorgen ebenfalls. Muss mich auf eine Klausur vorbereiten. Die steigt am Freitag und ist immens wichtig." „Und du glaubst, dass dir das bei dem Lärm gelingt, der unentwegt durch dein Zimmer braust?" „Du weißt doch: Mit Musik geht alles besser..." Opa klimpert mit den Wimpern. „Musiiiik?"

Die Gemüseplatte ist hervorragend und ebenso das Vilbeler Wasser. Zum Nachtisch gibt es Ananas pur. Hiltrud absolviert im Zuge diverser Alterswehwehchen ein ernährungsberatendes Seminar. Die Familie lebt darum nach all den sündhaften Jahren endlich gesund, und Hannes hat sich überdies davon überzeugen lassen, dass in Anbetracht seiner üppigen Figur ein Spaziergang nach dem Mittagessen für ihn ebenso wichtig ist, wie der nach dem Frühstück. Er macht sich auch heute auf den Weg 'Zum Kühlen Krug'. Zu Sauerkraut und Stich. Hannes betritt die Wirtsstube, und Schorsch ruft ihm zu: „Ihr Essen ist gleich fertig – ein Bier vorneweg?" „Nein, eins dazu. Inzwischen telefoniere ich mal kurz." Die alte Telefonkabine mit den massiven Holzwänden neben dem Niedergang zu den Toiletten ist schalldicht. Johannes ruft Konrad Konrad an, Rechtsanwalt und Inhaber der „Detektei Nussknacker" in Frankfurt am Main. „Hallo Koko, Hannes hier. Bist du morgen Nachmittag ab drei in deinem Büro?" „Ja." „Prima. Ich auch." „Bis dann." So ist Koko. Er versteht auf Anhieb, wenn es brennt. Hannes verlässt das Kabäuschen und sieht den Mann nicht, der eine Bockwurst verspeist und ihn aus seiner düsteren Ecke gelangweilt mustert. Die Platte Gesolbertes mit Kraut dampft vor seinem Gedeck, und Schorsch zapft hinterm Tresen sein Pils. Ohne diesen Wärrera wäre die Welt in Ordnung.

Auf dem Heimweg hadert Richter Bosovski mit seinem Tun. Findet es nicht recht, seine liebe Frau so zu foppen. Schließlich ist sie um meine Gesundheit besorgt. Andererseits ist mein Abstecher über den 'Kühlen Krug' besser, als eine Diskussion mit ihr über einen Bärenhunger, von dem sie nichts versteht. Aber ich werde sie für die Hinterlist entschädigen. Er fährt sich unversehens mit seiner Linken übers Kinn und stellt fest, dass er sich heute noch rasieren muss. Morgen nehm ich sie mit nach Frankfurt. Das freut sie bestimmt. Er wird ihr nicht sagen, dass er Konrads Detektei aufsucht. Er wird einen Termin beim Zahnarzt vorschützen, seinem Freund Gregor Küchler, dessen Praxis sich im Parterre des gleichen Gebäudes befindet, in dem in der 14. Etage Koko niedergelassen ist. Hiltrud kann währenddessen ihre Lieblingsecken in Buchläden, Boutiquen und sonstwo durchstöbern. Danach treffen wir uns zu einem Imbiss und gehen anschließend in ein Konzert. Oder in die Oper. Oder so.

Der Gedanke beflügelt seine Schritte. Bei Hiltrud kommt sein Vorschlag erwartungsgemäß gut an. „Ei Hannes, ich weiß gar net, was ich sagen soll, unser 45. ist doch erst in vier Wochen!“ Hiltrud ist ganz aus dem Häuschen, nicht, weil sie sich so sehr auf morgen freut, das tut sie auch, in erster Linie aber, dass Hannes nach so langer Zeit endlich auftaut, endlich mal wieder etwas mit ihr zusammen unternimmt. Die Hoffnung auf so ein Ereignis hatte sie schon fast aufgegeben. „Für den Hochzeitstag habe ich ganz was anderes in petto“, prahlt er, blass um die Nase und rot um die Stirn. Er hätte diesen Tag auch in diesem Jahr glatt wieder vergessen. Die geistesgegenwärtige Schwindelei hat seine Verlegenheit wunderbar überspielt, aber das wird jetzt teuer. Teneriffa – mindestens. Doch, was will das im Vergleich mit dem Ärgernis „Wärrera“ schon heißen!

Hiltrud zieht die Vorhänge zur Seite, öffnet weit das Fenster, erfreut sich der frischen Luft und des Sonnenscheins und spürt in ihrer Hochstimmung seine Sorgen nicht. Das wird ein Tag! Und ein Abend! Liesel Christs Volkstheater! „Der verkaufte Großvater“. Ein Vergnügen, das längst vergangene Tage aufleben lässt. Ein Blick in den Veranstaltungskalender hatte Hannes zu dem Treffer verholfen. Und in dieser Sekunde verpasst ihm ein Blick durchs Fenster einen Hieb in die Magengrube: Claudia überquert den Rasen, Schnurro auf dem Arm, den vierjährigen Kater. Hiltruds strahlende Augen folgen seiner Blickrichtung. „Sie sieht Elisabeth von Jahr zu Jahr ähnlicher, findest du nicht auch?“ Das hätte sie besser nicht gesagt. Hannes trifft fast der Schlag. Er nickt versonnen. Woher soll sie ahnen, was für Wolken sich über uns zusammenbrauen. Apropos! Tun sie das, die Wolken, oder ziehe ich sie herbei? Er presst die Lippen aufeinander. Böse Zweifel suchen ihn heim. Bohren seine Entscheidung an, die am Ende, auch in Anbetracht Konrads unübertroffener Fähigkeiten, eine Gefahr für Claudia heraufbeschwören kann. „Ich geh den Kaffeetisch decken. Es gibt Bienenstich.“ Hiltruds Stimme reißt ihn aus seinen Gedanken. „Ja, tu das, ich komme gleich nach.“ Er geht rauf in seine Bude, um die Sache mit der Bank zu regeln. Das wird den Feind erst mal ruhig stellen, so er denn mithört: Richter a. D. Johannes Bosovski ruft Herrn Kronach in der Effektenabteilung der Hypo-Vereinsbank in Frankfurt an und veranlasst dreierlei: Verkauf seiner Suez-Aktien, Transfer von 150 000 Euro auf das Konto „Perfetto 703“ beim Bankhaus Hartwin in Zürich und die Überweisung der Restsumme aus dem Verkaufserlös auf sein Girokonto bei der Sparkasse Wetterau in Friedberg. Hiltrud will er sowohl über die Bedrohung als auch Transaktionen jeglicher Art erst nach dem 5. Dezember informieren, denn wenn sie aufgeregt ist, verheddert sie sich, ohne dass es ihr bewusst wird. Und das kann tödlich sein. Ja, tödlich. Todbringend. Claudia. Mein Gott!

Johannes durchlebt eine schlaflose, eine peinvolle Nacht. Mal linksseitig, mal rechtsseitig, hin und wieder in Rückenlage. Durchwebt von dem immer wiederkehrenden Wachtraum um Elisabeths Tod vor vielen Jahren. Wie sie sie hereintragen, mit dem Spieß durch den Hals. Im Traumverlauf wandelt sich Elisabeths Gesicht in das von Claudia. Johannes schnellt in die Höhe, sitzt aufrecht im Bett. Seine Hand fährt über die schweißnasse Stirn und durchs schüttere Haar. Der Halbmond schickt ein fahles Licht in Streifen durch die angekippten Lamellen der Jalousie auf Hiltrud. Ihren Mund umspielt ein Lächeln. Seine Unruhe überträgt sich nicht auf sie, sein Herumgewälze tut dem Schlaf seiner Hiltrud nichts an, seiner richtigen Entscheidung vor 45 Jahren. Und jetzt darf er keine Falsche treffen. Er kann es drehen und wenden wie er will: Koko einschalten ist eine Zuwiderhandlung gegen eine der beiden Auflagen, da beißt die Maus kein' Faden ab. Und es ist sehr fraglich, ob es Wärrera verborgen bleibt, wenn er die Detektei aufsucht. Im Handumdrehen könnte er dahinter kommen. Am Ende gar lässt er mich beschatten! Im Brustkorb des alten Richters setzt heftiges Klopfen ein. Er ringt nach Luft, springt auf, ist mit zwei Schritten am Fenster, atmet schwer und mühsam. Nach endlosen Sekunden gelingt es ihm, tief ein und aus zu atmen. Er sieht den Wolkenfetzen hinterher, wie sie unter der Mondsichel vorbeieilen. Die Zweige der Tanne über dem Schuppen am Ende des Gartens wiegen sich sachte im Wind, demselben, der ihm ins Gesicht weht. Er verspürt im gleichen Moment einen Stich im Unterkiefer. Bosovski beschließt und gelobt, morgen nicht den Detektiv, sondern tatsächlich den Zahnarzt zu konsultieren und von da telefonisch den Termin bei Konrad Konrad auf den 6. Dezember zu verschieben. Ruhe kehrt in sein Gemüt ein. Es ist halb fünf. Johannes rollt sich unter die Bettdecke und schläft endlich ein.

Der Lautsprecher in der S-Bahn ist eine Katastrophe, überboten lediglich vom Zustand der Sitzpolster. „Wie lautete eben die

Durchsage? Bawibbe?" „So ähnlich", antwortet Hiltrud, „gemeint ist Bad Vilbel." Sie ordnet im Spiegelbild der zerkratzten Scheibe ihren Pony. Der Wind hatte ihn auf dem Bahnsteig verwirbelt. „Du kannst ruhig weiter in deiner Zeitung lesen. Ich pass schon auf, wann jeder von uns aussteigen muss, du bist eine Station vor mir dran." Er bedankt sich durch zustimmendes Grunzen und tut wie geheißen, allerdings nicht ruhig, sondern in ziemlicher Unruhe. Woher kennt er dieses Gesicht auf Seite drei? Irene Müller. Der Name sagt ihm nichts. Ein Allerweltsname. Irene Müller aus Hungen. Ihr Mann, der Schreiner Herbert Müller, steht da zu lesen, wurde erdrosselt in seiner Werkstatt aufgefunden. Da fällt ihm ein: Die Meldung über diesen Fall kam gestern schon im Radio, beim Schorsch in der Kneipe. Ist nicht mehr sein Bier, andere müssen sich damit rum schlagen. Dennoch: Die Geschichte lässt ihn nicht los. Dieses Gesicht! Die 'Wetterauer Zeitung' sinkt auf seinen Schoß. Er starrt auf den leeren Sitz gegenüber, auf den dicken braunen Fleck, den kleine braune Satelliten umgeben.

„Hannes, der nächste Halt ist Galluswarte." Hiltruds Anpassung gefällt ihm nicht. „Früher sagte man dazu Station." „Was hast du gesagt?" „Ach, nichts. Denk dran, dein Mobiltelefon einzuschalten. Wenn ich die Tortur bei Gregor hinter mir habe, ruf ich dich an und wir treffen uns im Café Hauptwache." „Ja, aber geh endlich, die Bahn hält bereits!" Sie schüttelt den Kopf. „Wir haben das zigmal besprochen, du hältst mich wohl für blöd!" Das sagt sie nur zu seinem Rücken und auch so leise, dass er es nicht hört. An so einem Tag soll man sich das Keifen verkneifen. Er guckt von draußen zu ihr ins Abteil, sie winken einander zu, und die Bahn rollt an. Hiltrud fährt eine Station weiter. Zum Hauptbahnhof.

Konrad legt den Hörer auf die Gabel des schwarzen Nostalgietelefons, dem Direktanschluss für bevorzugte Anrufer. Seine Stirn liegt in Falten. Des Richters Aufgeräumtheit war zweifelsohne aufgesetzt, dafür hat er einen Riecher. Außerdem will die nonchalante Verschiebung des Termins überhaupt nicht mit der kategorischen Verabredung für heute unter einen Hut passen. Koko durchmisst sein Büro mit verhaltenem Schritt und hält irgendwann inne. Er schaut, wie immer, wenn ein Rätsel ihn fordert, durch die Glaswand auf die Stadt zu seinen Füßen. Mit der Silhouette, auf die Neu-Frankfurter so stolz sind, und die mit seinem Frankfurt-Verständnis überhaupt nicht im Einklang steht. Seine Lippen formen tonlos seine Gedanken, wie um sie festzuschreiben. Mit dem Hannes stimmt was nicht. Ich kenne seine ernste Sprache, und ich kenne seine heitere Sprache, jetzt eben das war eine Sprache der Panik. Ich muss zu ihm!

Für seine 'Detektei Nussknacker' lohnt es sich bald, eine Filiale in der Wetterau einzurichten. Vor dreieinhalb Jahren klärte Konrad die spektakuläre Affäre um einen Hufeisenmord in Wölfersheim auf. Seitdem wächst ständig seine Klientel aus der Region, in der es in allen Ecken brodelt. Seit Neustem treibt dort ein Erpresser sein Unwesen. Und es sieht fast danach aus, als wolle der Halunke nun auch noch dem besten Freund seines Vater zu Leibe rücken. Höchste Zeit, ihm das Handwerk zu legen.

Johannes Bosovski breitet die große Leinenserviette diagonal über seiner Brust aus und steckt eine Ecke in den Kragen, damit die Soße keine verräterischen Spuren auf sein Wams verteilt. „Sie sind zehn Minuten zu früh", sagt Schorsch, „aber der Sauerbraten ist gleich gut. Ein Bier vorneweg?" Johannes nickt abwesend, denn in dem Moment löst sich aus der lauten Gruppe in der Nische hinter dem Eingang eine vertraute Figur und eilt auf ihn zu. „Christian? Um diese Tageszeit im Krug?" „Nur um dich zu treffen, bin gleich wieder weg. Du warst gestern den ganzen Nachmittag und den ganzen Abend nicht zu Hause, hatte das einen Grund?" „Du verblüffst mich, was..." Er hält inne. Was geht dich das an, hat er sagen wollen, stattdessen sieht er zu der Gruppe hinüber, deren Unterhaltung immer hitziger wird. „Was sind das für Leute?“ „Journalisten und Reporter. Es geht um die Vergabe des ’Maulkorb 2004‘, der dem Vorstand der Butzbacher SPD verpasst werden soll. Der mit dem Pferdeschwanz ist mein Neffe. Nun sag schon, bist du etwa meinetwegen unterwegs gewesen? Was habe ich vorgestern abend im Suff gequatscht?“ „Also: Ich war nicht deinetwegen unterwegs. Gequatscht hast du von einem, der dich abzocken will, aber ums Verplatzen wolltest du mir sonst nichts verraten. Warum nicht? Hattest du selber ’n Maulkorb um?“ „Ja. Und du wirst lachen, hab ich noch. Hannes, meine Kinder sind in Gefahr. Oh, das war schon wieder zu viel gesagt.“ „Ich bin dein Freund. Vertraust du mir denn nicht?“ „Hannes, die Trautmann hatte Angst um Ihren Mann, hat mir vertraut, und jetzt ist sie Witwe.“ Bevor bei Johannes der Groschen fällt, fliegt die Tür auf und Claudia stürzt aufgeregt in die Gaststube: „Endlich hab ich dich! Hab mir schon die Hacken nach dir abgerannt! Komm mit, du musst…“ Opa unterbricht sie abrupt: „Du, sag der Oma nicht, dass du mich hier…“ „Ach was. Komm schnell! Sie hat ein aufregendes Fax aus Amerika bekommen und mich an die Usa geschickt, dich holen. Komm, schnell, sie flippt sonst aus!“ Der Schorsch kommt mit dem Sauerbraten. „Herrje“, Hannes wendet sich an Christian: „Den spendier ich dir, oder, wenn es dir lieber ist, deinem Neffen. Wir sprechen uns später. Ich komm nach Feierabend in deine Kanzlei. Dann bereden wir das Neuste in der Wärrera.“ Claudia zerrt ihn zum Ausgang, im Vorbeigehen sieht er, dass ihm der Freund mit aufgeklapptem Mund hinterher sieht, kreidebleich im Gesicht. Für den alten Richter ist nun gewiss, ihre Brüche haben den gleichen Nenner: Wärrera.

Tief im Wald zwischen Wohnbach und Münzenberg steht eine alte, aber stabile Hütte. Hier treffen sich in unregelmäßigen Abständen die „Eber“. Sie studieren sorgsam jede Kleinanzeige in der Wochenzeitung der Gemeinde Wölfersheim, ’Der Gemeindespiegel‘, auf der Suche nach einem bestimmten Signal. Ist es gegeben, finden sie sich tags drauf am Abend um acht zur Sitzung ein. Letzten Samstag war es die vierte unter Sebastian, dem neuen Anführer, dem sie die gleiche Gefolgschaft erweisen wie seinem Vorgänger Bruno, der sich veranlasst gesehen hatte, zu emigrieren. Es sind 13 Männer, Spitzenleute, disziplinierte Elite. Ganze Kerle. Es ist Verlass auf sie. Sie führen mit Begeisterung aus, was Sebastian anordnet, je brutaler, je lieber, mit dem vorgeschobenen Ziel, Ordnung in den Sauhaufen Gesellschaft zu bringen. Die Zusammenhänge verstehen sie nicht. Darauf kommt es ihnen auch nicht an, sondern nur auf den Bandengeist und auf die Gaudi, und es genügt, dass Sebastian weiß, wo es langgeht auf dem Weg zu dem Ziel, das für sie den Himmel auf Erden bereithält.

Was sie nicht wissen, ist, dass Sebastians Ziel ein völlig anderes ist als das, wofür sie sich freudvoll engagieren und ahnen auch nicht, dass Sebastian nicht Sebastian ist. Der aber ist außerordentlich erbaut von der kleinen Gruppe großer Dummköpfe.

Wie immer überzog auch am vergangenen Samstag seine Visage nach Verabschiedung der Kumpane ein garstiges Grinsen.

An zwei Büschen sind die Christrosen schon erblüht, und an den anderen sprießen die jungen Knospen aus den Herzen der Pflanzen, der Wächter über den Winterschlaf, blühende Brücken vom Herbst zum Frühling. Hiltrud entfernt die abgestorbenen Stiele drumherum und richtet sich auf, blickt die Butzbacher Chaussee hinunter. Wo bleibt Claudia mit Johannes? Vor mehr als einer Stunde hat sie sich auf den Weg gemacht, ihren Opa zu holen. Es ist kalt. Hiltrud geht ins Haus. Das Warten macht sie kribbelig. Ihr Blick fällt auf den Mantel in der Garderobe, den sie gestern anhatte. Sie bringt ihn zum Kleiderschrank zurück und spürt dem Erlebnistag nach.

Er hat Anspruch darauf, alle Zeit in Erinnerung zu bleiben, er war einfach herrlich, aber nachhaltig anstrengend. Drum wollte sie heute ausnahmsweise ein Mittagschläfchen halten. Kaum aber hatte sie sich behaglich auf der Couch zurechtgeruckelt, da läutete das Fax-Telefon. Sie ist gleich nachsehen gegangen. Das hat sie um ihre Ruhe gebracht. Tante Vera aus Ohio sitzt jetzt gerade in einem Flieger, der heute abend kurz nach sechs in Frankfurt landet. Ihr Sohn Bill, Hannes' Cousin, bittet ihn, die Mutter am Flughafen abzuholen, weil sie, auf sich allein gestellt, möglicherweise Probleme haben könnte, nach Friedberg zu finden.

Der bevorstehende Besuch liegt Hiltrud schwer im Magen. Was soll sie mit der schrulligen Tante anfangen? Laut Hannes war sie schon zur Zeit ihrer Ausreise in den 60-er Jahren ziemlich spinnert. Mittlerweile hat selbst ihre Tochter vor ihr Reißaus genommen, von Ohio bis nach Hamburg. Ich muss doch etwas vorbereiten zu ihrem Empfang, und Johannes muss mich zum Einkaufen fahren! Herrgott noch mal, warum habe ich nie einen Führerschein gemacht? Endlich knirscht der Haustürschlüssel im Schloss. Sie eilt in den Flur und überfällt ihren Mann, bevor der auch nur seinen Hut ablegen kann sofort mit: „Johannes, deine Tante Vera ist im Anmarsch!" „Heiliger Strohsack! Die hat mir gerade noch gefehlt! Reg dich aber nicht auf, die bring ich im Hotel Trapp unter, ich ruf da gleich an. Zeig mir erstmal das Fax."

Erlöst und erschöpft holt Hiltrud die vorgesehene Mittagsruhe nach, schläft so gründlich ein, dass sie erst wieder aufwacht, als das Telefon klingelt und nicht aufhört. Es ist Johannes, und er ruft vom Frankfurter Flughafen an. „Vera ist gut angekommen. Sie freut sich auf dich. Morgen in aller Frühe fährt sie nach Hamburg weiter zu einer großen Familienfeier ihres Schwiegersohns. Sie übernachtet heute Nacht in unserem Logis unterm Dach. Bestell bitte das Zimmer im 'Trapp' wieder ab. Mach keine Umständ für's Abendessen. Es gibt Fleischwurst mit Senf, Brötchen und Äppelwoi, darauf hat sie sich schon die ganze Reise hierher gefreut, und das bring ich alles von hier mit."

Wenig später stehen sie auf der A 5 im Stau, Johannes Bosovski und Konrad Konrad. Sie hatten sich vor Hannes' Telefongespräch mit Hiltrud bei einer Tasse Kaffee auf dem Flughafengelände ein Viertelstündchen unterhalten, hauptsächlich über die bedrohliche Post. Konrad krabbelts unter der Kapuz, das heißt, unter der Tante-Vera-Perücke. Kleidung und Schuhe, nach Art der Miss Marple gewählt, passen gut für die Rolle und sind bequem. Johannes Bosovski hatte, als Konrad Konrad mit dem Freudenausruf „Johannes, mein Junge!" auf ihn zugestürzt kam, nicht den geringsten Zweifel, dass er Tante Vera in seine Begrüßungsarme schließt. Jetzt betrachtet er Koko von der Seite, und das erfüllt ihn, bei allem Ernst der Lage, mit Heiterkeit. „Es ist nicht zu fassen, wie alt dein Gesicht unter der Perücke aussieht." „Ein Männergesicht hat alle Merkmale einer doppelt so alten Frau. Binde einem Jüngling ein Kopftuch um und rasiere gründlich sein Gesicht, und es steht eine Frau mittleren Alters vor dir. Aus einem Mann wie mir lässt sich mit etlichem kosmetischen Geschick, wie du sieht, eine uralte Oma herrichten. Papp umgekehrt einer Mitdreißigerin ein Lippenbärtchen an und versteck ihre Haartracht unter einer Batschkapp, und du hast einen Burschen so um die 18 vor dir." „Was machen wir mit deiner Stimme?" Koko führt es Hannes vor: „Ich hatte eine Kehlkopf-Operation und kann nur noch flüstern." Endlich setzt sich die Autoschlange wieder langsam in Bewegung. „Ehrlich gesagt, geht es mir gegen den Strich, Hiltrud dauernd hinters Licht zu führen. In letzter Zeit sehe ich mich dazu ständig genötigt." „Was deine Fressorgien im 'Kühlen Krug' angeht, kann von Nötigung keine Rede sein, mein Alter! Hier geht es um Leben und Tod, das ist ganz was anderes. Ich hatte die Maskerade inklusive Fax aus Ohio eigentlich für eure Zugehfrau, eventuelle Besucher, Nachbarschaft und so weiter erdacht. Aber wenn sich Hiltrud in der Aufregung leicht verplappert, ist es besser, sie hält den Besuch der Tante für die Wahrheit. Sobald alles vorbei ist, werden wir ihr gemeinsam beichten." „Meinst du, Wärrera ist in..." Koko wehrt vehement ab. „Ich mein noch gar nix, Hannes. Und so bald doch, behalte ich es so lange für mich, bis es zerrinnt oder Hand und Fuß hat." „Kannst du mir wenigstens sagen, wer deine drei anderen erpressten Klienten aus der Wetterau sind." „Ja. Sobald ich Gewissheit für die Annahme habe, dass bei ihnen ebenfalls Wärrera dahinter steckt, ihr also alle im gleichen Boot sitzt. Noch weiß ich das nicht, die drei haben mir die Erpresser-Briefe ohne Unterschrift gefaxt." „Ich hätte zu gerne gewusst, ob Christian dazu gehört." „Christian Tauber?" „Ja." „Jetzt bin ich aber platt. Die Antwort ist nein. Aber Tauber hat Irene Müller mit ihrer Erpresser-Post zu mir geschickt. Und ihr Weg zu der Detektei hatte den Mord an ihrem Mann zur Folge, wie es der Unterzeichner für den Fall eines Verstoßes gegen seine Auflagen angedroht hatte. Du hast sicher davon gehört oder gelesen. Wie er darauf kam, dass sie mit seinem Brief bei Tauber war oder bei mir, liegt im Dunkeln." Johannes Bosovski greift sich an den Kopf. Es fällt ihm wie Schuppen von den Augen und klickt kaleidoskopisch im Kreis: S-Bahn – 'Wetterauer Zeitung', Seite drei – das Gesicht – Irene Müller, die früher Trautmann hieß, Irene Trautmann! Hannes haut sich gegen die Stirn: „Das Gesicht in der Zeitung, die Radiodurchsage und Christians plötzliches Verstummen, sein Ausspruch, als Claudia in die Gaststube stürzte, ‚Und jetzt ist sie Witwe'! „ – „Hannes, wie wär es mit Klartext?"

„Natürlich, entschuldige, ich bin wie vom Donner gerührt", antwortet er und schildert Koko das zweimalige Zusammentreffen mit Christian im Kühlen Krug. Dem kleinen Bericht folgt großes Schweigen. Koko bricht es kurz hinter der Ausfahrt Friedberg: „Hannes, von meiner Stippvisite für diese Nacht darf kein Aas, kein einziges Aas auf der ganzen Welt, etwas erfahren, bevor Entwarnung angesagt ist. Halt an! Wir müssen kurz unsere Strategie besprechen, bevor wir bei dir daheim ankommen. Ich darf gar nicht daran denken, was wäre, wenn du gestern in mein Büro gekommen wärst. Deine nahezu weiblich perfekte Intuition, es nicht zu tun, hat garantiert eine Katastrophe verhindert. Gratuliere."

Sie haben eine Parkbucht erreicht. Bosovski lässt den BMW langsam ausrollen. Konrads letzte Worte haben seinen Rücken mit einer Gänsehaut überzogen. Er stellt keine Fragen mehr und ist zu allen Antworten bereit. Er weiß, dass er so Konrads Arbeit am besten unterstützt. Koko sagt: „Zur Strategie: Die Tante aus Ohio ist sehr müde. Sie verzieht sich nach dem Abendessen ins Logis – es ist direkt neben deiner Studierstube, richtig?“ „Stimmt. Und es gibt eine Verbindungstür. Die ist mit einem Schrank zugestellt. Den rücken wir zur Seite. Ich bringe die Tante selbstverständlich nach oben.“ „Gut. Sehr gut. Ich wiederhole meine Feststellung von vorhin auf dem Flugplatz mit dem gleichen Erstaunen wie beim ersten Mal: du hast deine Strafprozesse allesamt protokolliert und auf Disketten konserviert. Wieso eigentlich?“ „Ich wollte irgendwann die interessanten Fälle herausfischen und mit ausgetauschten Namen und Orten verlegen lassen. Vielleicht tu ich das auch noch. Irgendwann.“ „Während ich also offiziell schlafe, entlocke ich deinen Disketten die Infos, die ich brauche. Ich denke, dass mir das innerhalb von zwei bis drei Stunden glückt, vielleicht dauert es auch etwas länger. Du schleichst dich jedenfalls zu mir in deine Bude, sobald Hiltrud schläft, falls Fragen aufkommen.“ „Noch was?“ „Ja. Ich werde mich nach dem Abendessen von euch verabschieden, und morgen in aller Frühe, wenn ihr noch schlaft, per Taxi verduften. Ich will rechtzeitig im Büro sein, es darf keine Zeit verloren gehen. Wie gesagt: Tante Vera muss um 6.15 Uhr am Hauptbahnhof in den ICE nach Hamburg einsteigen.“ „Ganz wonnebar. Noch was?“ „Ich denke, das war's. Fahren wir.“ Johannes startet den Motor. „Sag mal, wie bist du auf die Tante-Vera-Masche gekommen?“ „Du hast mir mal von dieser extravaganten Dame erzählt und über ihre Familie. Hiltrud kennt sie doch nicht persönlich, oder? Siehst du. Mich hat im Zuge der Erpresser-Welle deine Terminverschiebung nachdenklich gestimmt, und ich dachte mir, ich überfall dich inkognito.“

Gegen zehn schleicht Hannes in sein Dachstübchen. „Alles paletti“, erklärt er Koko, „Hiltrud ist nach dem Äppelwoi und zwei Klaren, zu denen du sie überredet hast, vor dem Fernseher immer wieder eingenickt und jetzt endlich ins Bett gegangen. Sie schläft wie ein Murmeltier." „Was grinste denn dabei so?" „Zieh die Perücke ab und wasch dir die Schminke und die Pergamentfolie aus dem Gesicht. Weißt du, was Hiltrud vor dem Einschlafen gesagt hat? ‚Deine Tante sieht aus wie eine Tunte', hat sie gesagt." Unten geht die Haustür. „Das ist Claudia. Ich glaub, sie war mit einem Freund oder einer Freundin im Kino." „Hast du sie etwa eingeweiht?", fragt Koko, der sein Gesicht an dem kleinen Waschbecken im Logis nebenan einseift. „Wo denkst du hin! Ich weiss, dass junge Mädchen ihrer besten Freundin oder ihrem besten Freund gern Geheimnisse anvertrauen." Koko muss rubbeln, bis die Haut brennt. Er tupft sie auf dem Rückweg in die Computerbude behutsam trocken. Johannes platzt vor Neugierde, ob er dem Täter bereits auf der Spur ist, fragt aber nur: „Bist du mit dem Rechner klar gekommen?" „Bestens. Ich habe alles herauskopiert, was ich brauche und in mein Büro gefaxt. Meinen Spezialisten für derlei habe ich nicht erreicht, aber den krieg ich noch an die Strippe, der kommt meistens spät heim. Der soll sich heute Nacht noch darüber hermachen. Gibt es von deiner Seite noch etwas hinzuzufügen?" „Nein. Bis auf die Hoffnung auf deinen Erfolg, der mir meine Ruhe zurückgibt und nebenbei vielleicht noch mein Geld. Ich geh jetzt ins Bett, leiste mir aber einen Umweg über die Küche. Zur Stärkung mit einer Tasse von Hiltruds einzigartiger Hühnerbrühe. Willst du auch eine? Ich bringe sie gern herauf." „Nein, danke, ich nehm noch einen Cognak und hau mich in die Falle, sobald ich den Kollegen Schell eingespannt habe. In viereinhalb Stunden scheppert mein Wecker. Gute Nacht und auf Wiedersehen, mach's gut und halt dich bedeckt, bis wir den Halunken hinter schwedischen Gardinen haben. Bis dahin null Kontakt."

Johannes erhebt sich, reckt sich, drückt die Schulterblätter zusammen, dehnt sie wieder auseinander, gähnt und sagt: „Die Schminke ist ab, aber dein Gesicht ist mir immer noch fremd." Koko spekuliert: „Kann es sein, dass du die zwei Büschel vermisst? Ich habe meine Augenbrauen für die Maskerade drastisch stutzen müssen." „Mein Gott, ja! Nein, so was! Ich schleich mich jetzt, gute Nacht!"

Es ist 00.03 Uhr. Die Küche ist erfüllt von Zigarettenqualm, Kaffeeduft und Claudia. Ihr hübsches Gesicht gleicht einem Schlachtfeld. Verschmiert mit rotem Lippenstift und schwarzer, mit hellblauem Lidschatten vermischter Wimperntusche; durch die Farblandschaft mäandern kleine Tränenbäche. „Was ist um Gottes Willen los?" Sie hält mit Weinen inne, schnäuzt sich und seufzt. „Ich war mit Anna in der Stadthalle. Heimzu hat uns ein Rudel Hautköpfe überfallen, die wollten uns an die Wäsche, wir haben uns gewehrt und gekämpft wie Löwinnen, aber die waren vier und wir nur zwei, und ich..." Johannes unterbricht sie erschrocken: „Ist dir was passiert, Kind?" „Nein, nein, ich bin okay, zufällig kam Karlheinz Schweizer mit zwei Kumpels daher, wir haben zu fünft die Hautköpfe verdroschen. Aber vorher war ich mit meinem neuen Mantel in den Matsch gefallen, und die Schufte haben mir die Bluse zerrissen und sind mit meinem Medaillon abgehauen, das mit den Bildern von Papa und Mama!" Und nun heult sie wieder los. Bosovski schmunzelt erleichtert, streicht ihr trostvoll übers Haar. „Der Mantel kommt in die Reinigung, die Bluse wirst du verschmerzen, und das Medaillon, genau das Gleiche, schenk ich dir noch mal, mit denselben Fotos – Oma besitzt die Negative noch." Claudia hüpft vom Stuhl, umarmt ihn, drückt ihr Gesicht an seine Brust und verschmiert seinen hellgrauen Wams mit der zerlaufenen Schminke. Sie müssen beide lachen. „Was ihr Mädchen euch so alles ins Gesicht schmiert, heutzutage, dunnergickel aber auch! Was mich irre interessiert (im Umgang mit ihr bevorzugt er mitunter ihr Vokabular) ist: „Was sind denn Hautköpfe?" „Was schon, Kahlgeschorene. Auf 'Skinheads' heben die bloß ab, da sind die noch stolz drauf. 'Hautköpfe' pullt sie down." „Tz, tz... man lernt nie aus. Geh schlafen jetzt. Es ist spät."

Hannes kann nicht umhin, Koko noch mal kurz zu stören. Der ist eben dabei, die Tante-Vera-Requisiten in den Koffer zu stopfen, aus dem er Anzug und Hemd für morgen früh herausgenommen und ordentlich aufgehängt hat. „Entschuldige, muss dir schnell noch was berichten, auch wenn's vielleicht bedeutungslos ist. Claudia hatte eine ärgerliche Begegnung mit Hautköpfen."

„Mit Hautköpfen?"

Hannes jagt Koko mit der Schilderung einen neuen Schreck ein und verabschiedet sich zum zweiten Mal. Seine Tritte verlieren sich nach unten, und Konrad tippt auf sein Funktelefon ein. „Wer stört denn da nach Mitternacht?", fragt Heinrich Korn und gähnt ihm kräftig ins Ohr. „Konrad. Sorry. Eine junge bildhübsche Dame muss ab sofort diskret zu ihrem Schutz observiert werden. Sie übernehmen das ab morgen früh um sechs, mit Kelley zusammen. Rufen Sie meine E-Mail mit ihrem Foto ab. Ihr werdet um 14 Uhr abgelöst. Dringlichkeitsstufe eins." „Wird gemacht, Chef, die Adresse, bitte".

Danach versucht Konrad es wieder bei Theodor Schell. Niemand schafft am Computer so effektiv wie er. „Gott sei Dank, du bist endlich daheim. Es gibt Arbeit." „Moment, ich muss die Glotze ausschalten – wo ist denn wieder die Fernbedienung – ah, hier. Was sagtest du, Arbeit? Etwa sofort?" „Exakt." „Mann, ist das ein Job! Nun leg schon los!"

„Du findest im Büro die Protokolle von 92 Schuldsprüchen vor, eine Auslese aus X Verurteilungen, die ich vor einer Stunde rübergefaxt habe. Du musst sie einscannen und mit deiner Akrobatik am Rechner den Wetterauer Erpresser herausfinden. Es ist ein neuer Fall hinzugekommen, Richter a. D. Bosovski. Dem verdanken wir die Protokolle. Ich denke, dass wir den Karl damit zu fassen kriegen." „Das ist ein Argument. Bin schon unterwegs. Wo steckst du gerade?" „In Friedberg. Im Hause besagten Richters. Bin gegen sieben im Büro." „Bis dahin bin ich längst weg. Ich leg mein Resultat auf deinen Schreibtisch."

Die vielen Lichter der Stadt leuchten empor wie die Sterne vom wolkenlosen Himmel herab. Der Tag hat längst begonnen, doch die Nacht hat sich bis jetzt, kurz nach sieben, noch nicht zurückgezogen. Konrad verlässt den Stehplatz hinter der Glaswand und kehrt an seinen Schreibtisch zurück. Theodor hat aus dem Wust der tausend Möglichkeiten zwei hochbrisante Fälle herausgelöst. Die Kopfarbeit ist geleistet, die Beinarbeit steht bevor. Für Konrad Konrad und die anderen Mitarbeiter. Die Praxis muss nun eine der zwei Hypothesen bestätigen. Oder beide widerlegen, und sie stehen wieder am Anfang.

Die erste Hypothese zielt auf Peter Strolle ab. Der Kinderschänder wurde von Bosovski vor 16 Jahren als Wiederholungstäter in sieben Fällen zu vier Jahren und drei Monaten Haft verurteilt. Der Richter hatte ein Erpressungsschreiben mit der Aufforderung, Strolle freizusprechen, ignoriert. Bosovskis Tochter wurde ermordet. (Verspricht sich, dass der Richter diesmal gefügig sein wird. Wieso nach so langer Zeit? Prüfen, ob Strolle wieder rückfällig geworden, bis vor kurzem in einer Psychiatrie eingesperrt war.)

Die zweite Hypothese ist noch vielversprechender, obwohl sich Segemüller, der hier im Mittelpunkt steht, nach der Urteilsverkündung „lebenslänglich" angeblich in seiner Zelle erhängt hatte. Es gibt laut einem Post Scriptum eine Version, nach der es sich um ein vorgetäuschtes Manöver gehandelt haben soll, bei dem Segemüller der Gefangenschaft entkommen und ins Ausland geflohen ist. Interessant sind die Pfeile, mit denen er, sollte er der Erpresser sein, selbst auf sich zeigt, indem er in toto die Mitwirkenden beim Zustandekommen des Urteils gegen ihn am 20. August 1987 erpresst:

1. Otto Heimann, Hungen, Staatsanwalt.
2. Johannes Bosovski, Friedberg, Richter.
3. Hugo Lortzing, Gießen, Schöffe.
4. Dr. Christian Tauber, Friedberg, Rechtsanwalt.
5. Irene Trautmann, heute Irene Müller, Hungen, Zeugin (vom Erpresser bereits abgestraft, aber weiterhin bedroht, das Leben ihrer Schwester ist in Gefahr)

Kokos Anmerkung: 'Ausgespart ist der Schöffe Werner Aurich, Wölfersheim, sei es, dass er ungeschoren geblieben ist, sei es, dass er zahlt und schweigt oder anderweitig Rat sucht. Bei mir liegt nichts an.'

Es ist noch eine Stunde Zeit, bis die Bürozeit beginnt. Vorher treffen hoffentlich die beiden Schatten ein, die sein Team in Hungen für drei Stunden zur Verstärkung angefordert hat und die heute mittag um zwei seine Männer in Friedberg ablösen sollen. Hardy und Oskar, zwei Freischaffende, deren Dienste er schon oft mit erfolgreichen Resultaten in Anspruch genommen hat. Da erscheinen sie auch schon auf dem Monitor, Konrad drückt den Summer. Dem herzkranken Richter hat Konrad verschwiegen, dass Müller, der Schreinermeister aus Hungen, kurz vor seiner Ermordung von Skinheads zusammengeschlagen worden war. Claudia muss rund um die Uhr beschützt werden, und das schaffen Hardy und Oskar. Unsichtbar. Sie reden nicht viel, stecken die Adressen für Hungen und Friedberg ein sowie Claudias Foto und sind schon unterwegs in die Wetterau, als Frau Schröder das Büro betritt. Es ist 20 nach sieben. Sie ist früher gekommen, um die Debitoren zu überprüfen, ehe der Tagesrummel einsetzt. Konrad jedoch, überaus erfreut, überrumpelt sie schon im Flur. „Der Tag beginnt mit einer wichtigen Arbeitsbesprechung zum Wetterau-Projekt."

Sie weiß, was zu tun ist, macht sich sofort an die Vorbereitungen und fragt zwischendrin: „Gibt es neue Aufregungen?"

„Sie treffen den Nagel immer auf den Kopf. Ja, die gibt es. Aber auch aufschlussreiche Neuigkeiten. Nehmen Sie unsere Kolleginnen und Kollegen am Eingang in Empfang und dirigieren Sie sie direkt an den langen Tisch. Alles andere bleibt stehen und liegen. Während Konrad auf das Eintreffen seiner Mitarbeiter wartet, ruft er als periphere Maßnahme den Kollegen Günter Hönig in der Spezial-Detektei für Flugreisen an und erteilt ihm den Auftrag, die Buchungen für Flüge aus Deutschland heraus und auch aus der Schweiz vom 1. bis 4. Dezember inklusive zu ermitteln und ihm die Listen schnellstens zu mailen.

„Nach Tarif A, B oder C, Herr Konrad?"

„Schnellstens, sagte ich, also A. Besser noch Doppel-A, falls es das gibt".

„Schon verstanden, veranlasse Doppel-A, berechne A".

Um viertel nach acht sind die acht Mitarbeiter eingetroffen, um den langen Tisch versammelt und fertig mit Stuhlrücken und Räuspern. Jeder hat seine Folientasche 'Wetterau/Erpresser' vor sich auf dem Tisch, von Frau Schröder zeitanalog geordnet und obenauf mit einem Übersichtsblatt versehen. Knisternde Spannung liegt im Raum, und Konrad kommt sofort zur Sache.

„Wie wir wissen, wurden gestern die Kollegen, die vor Ort am Tatort Hungen arbeiten, auf die Umtriebe einer Bande Skinheads aufmerksam gemacht. Es ist nicht auszuschließen, dass diese Typen unserem Erpresser zuarbeiten. Einer ist spitznamentlich bekannt. Heute früh erhielt ich eine SMS von Reichwein, dass er nahe daran ist, den Treffpunkt der Gang aufzustöbern. Das nebenbei. Warum wir jetzt hier versammelt sind, und warum alle für heute vorgesehenen Aktivitäten zurückgestellt werden müssen, ist die Dokumentation eines neuen Opfers in der Wetterau-Serie, die uns unter Umständen ein rasches Zuschlagen ermöglicht. Die des Strafrichters a. D. Johannes Bosovski aus Friedberg. Bosovski hat alle Fälle aus seiner langjährigen Amtszeit aufgezeichnet. Die Straftäter sind samt und sonders erfasst. Der Wortlaut des Erpresser-Briefes an den Richter ist, von der Höhe der geforderten Summe abgesehen, identisch mit allen uns innerhalb einer Woche zur Kenntnis gelangten Erpresser-Post aus der Wetterau. Ganz gewiss enthält die Liste den Erpresser, den wir seit einer Woche suchen. Kollege Schell hat von Mitternacht bis sieben Uhr heute früh nach seiner exzellenten Methode das Material bearbeitet und zwei Fälle heraus kristallisiert, die wir in Angriff nehmen. Sie heißen Peter Strolle und Karl Segemüller. Wir gehen nun folgendermaßen vor: Ich fliege um 11.30 Uhr wie geplant nach Zürich, um Helmut Kronauer bei seinen Nachforschungen im Bankhaus Hartwin unter die

Arme..." Schrill unterbricht das schwarze Telefon seine Ansprache. Kollege Herbert Klein ist in der Leitung, der in Hungen mit Reichwein zusammen im Fall Irene Müller ermittelt. Konrad drückt den Konferenzknopf, damit alle mithören können. „Ich rufe aus Wölfersheim an. Skinheads haben hier kurz nach Mitternacht den Sohn einer Familie Aurich krankenhausreif geschlagen. Reichwein hat mich zur Ausforschung des Skinhead-Treffpunktes hierher geschickt, und da bin ich zufällig in die Blaulicht-Szene geraten." „Danke für die Meldung. Das bedeutet zusätzliche Arbeit für euch. Ich ruf nachher Reichwein an." Konrad legt auf. „Wo war ich stehen geblieben? – Ah, ja: Ich fliege also nach Zürich, und Sie beackern die Fälle Strolle und Segemüller. Hintergrundinformationen dazu finden Sie in den Folienmappen. Wir stellen drei Teams zusammen. Vier von Ihnen leiten hier im Büro die Ermittlungen im Internet und am Telefon bei ständigem Kontakt mit den zweien, die in Sachen Strolle unterwegs sind sowie den beiden anderen in Sachen Segemüller. Über die Zusammenstellung der drei Teams einigen wir uns während der jetzt folgenden Besprechung, in der auch Fragen gestellt werden können und die wir auf eine Stunde begrenzen müssen, danach geht es an die Arbeit. Zuvor machen wir eine kleine Pause. Frau Braun hat inzwischen nebenan eine Häppchenplatte angerichtet." Stühlerücken. Kaffeeduft. Pausenmurmeln.

Es klingelt und klingelt, und endlich wacht Johannes Bosovski davon halb auf. Er denkt intensiv darüber nach, wozu er für heute in aller Frühe den Wecker gestellt hat, ob er etwas Wichtiges tun oder irgendwohin fahren muss. Er kommt nicht drauf und wundert sich als nächstes, warum das Ding in Intervallen rasselt. Darüber wacht er vollends auf und erkennt, dass der Lärm nicht vom Wecker herrührt, sondern vom Telefon. Das steht nachts auch auf dem Nachttisch. Der Schreck ist groß, denn er meint, dass etwas Schlimmes passiert sein muss, weil wegen nichts kein Mensch kurz nach

Mitternacht bei ihm anruft. Er keucht in den Hörer: „Ja?" „Es ist alles gut, nicht aufregen, bitte. Ich hol dich in anderthalb Stunden ab." „Alles klar." Die Verwirrung ist perfekt. Er legt auf und sieht auf die Uhr. Kurz nach Mitternacht ist zwar übertrieben, aber immerhin ist es erst halb sieben. Und klar ist auch nicht gerade alles, eigentlich überhaupt nichts, bis auf den Punkt, dass er kapiert hat, dass Koko ihn um Uhre acht abholt. Im Moment ist es ihm völlig wurscht, zu welchem Zweck. Er wundert sich bloß, dass Hiltrud nicht längst aus dem Schlaf heraus hochgefahren ist, dreht sich nach ihr um und – der Platz neben ihm ist leer! Jetzt nimmt er gedämpfte Mozartmusik wahr. Hiltrud hört morgens im Bad immer 'HR 2'. „Ich bin also wieder mal das Murmeltier vom Dienst", sagt er, gähnt ausgiebig und schnickt das Plumeau über die Bettkante. „Oder auch nicht!" Eine Blitzidee macht ihn munter, seine Beine indes nicht, morgens beim Aufstehen quietschen sämtliche Gelenke. Er stakst in die Küche, stellt Kaffeewasser auf und deckt den Frühstückstisch. Unentwegt beschäftigt ihn die Frage, was Koko in aller Herrgottsfrühe mit ihm vor hat. Im Hintergrund lässt er leise das Radio laufen. Plötzlich stutzt er, dreht es lauter, „...heute früh seinen Verletzungen erlegen. Der 17-jährige Sohn des Ehepaares Werner und Erika Aurich aus Wölfersheim wurde gestern nach Mitternacht auf dem Heimweg von einer Disko von Unbekannten zusammengeschlagen und ins Krankenhaus eingeliefert." Die Kaffeekanne fällt klirrend zu Boden und zerspringt in tausend Stücke. Bosovski stürzt aus der Küche, über den Flur und in Claudias Zimmer, dreht das Licht an und hört Hiltrud, die soeben die Treppe heruntergerannt kommt, rufen: „Hannes, bist du übergeschnappt?" Claudia sitzt im Bett, reibt sich die Augen und fragt: „Was ist denn los?"

„Was ist denn los?", fragt auch Johannes auf der rasanten Fahrt zu Tauber, während er sich auf dem Fahrersitz anschnallt, „sag bloß, du hast Wärrera am Kanthaken!" „Hab ich, mein lieber Freund!" Johannes ist schier am Platzen vor Neugier, will Koko aber nicht drängeln, damit er sich aufmerksam auf die närrische

Fahrerei konzentrieren kann. Vor Taubers Haustür haben zwei Männer Posten bezogen. „Es sind Peter und Paul aus meiner Detektei, du kennst sie von früher", sagt Koko, „sie stehen da für den Fall, dass einer türmen will, wenn er unser ansichtig wird."

Im Anwaltsbüro Dr. Christian Tauber nimmt zum zweiten Mal innerhalb dieser Woche der Tag einen chaotischen Anfang. Frau Lieblein ist total irritiert. Der Terminablauf kracht zu einem Teil ein und gerät zum anderen Teil ins Wanken. Der fest vereinbarte Besuch Dr. Taubers in der JVA Butzbach platzt, und alle anderen Termine verschieben sich ins Ungewisse. Das alles, weil dieser Rothaarige unangemeldet, nur weil Richter a. D. Bosovski ihn begleitet, vom Chef empfangen wird. Offensichtlich sind auch die anderen von allen guten Geistern verlassen. Frau Eichborn verschüttet eine halbe Kanne Kaffee auf dem hellen Teppichboden, einer meldet sich krank, ein anderer verlässt grußlos und ohne ein Wort der Erklärung das Büro. „Nun gut, was reg ich mich auf!" Sie stöpselt die Stecker in ihre Ohren und haut in die Tasten.

Der Anwalt schließt hinter Konrad und Bosovski die Tür, ringt verzweifelt die Hände und flüstert laut: „Um Himmels Willen, wenn Wärrera erfährt, dass ihr in meine Kanzlei gekommen seid, dann..." „Dann nix, Christian, Wärrera hat ausgespielt." Der Anwalt sieht ungläubig von einem zum anderen und Hannes verlegen zu Konrad. Der Richter fühlt, wie sein Kragen feucht wird. Spontan verunsichert, fragt er: „Wollen wir uns nicht setzen?" Christian spürt Hannes' Nervosität. Er antwortet: „Selbstverständlich, o mein Gott, hoffentlich irrt ihr euch nicht!" Ein leiser Piepser in Konrads Rocktasche löst die Spannung, die selbst ihn erfasst hatte. Der Piepser ist das Signal dafür, dass alles nach Plan abläuft. „Tun wir nicht. Wärrera ist entlarvt und in festen Händen, meine Männer bringen ihn gleich herein. Es ist der Sohn Karl Segemüllers, der '87 zu lebenslänglicher Haft verurteilt wurde und sich danach in seiner Zelle erhängte. Gewiss erinnern Sie sich an den Fall. Seine Frau heiratete später den Malermeister Kurt Schweizer, der den Jungen adoptierte und studieren ließ.

Die Augen Dr. Taubers sind weit aufgerissen, und er haucht: „Karlheinz Schweizer!“ Er muss dreimal schlucken und einmal tief ein- und ausatmen, dann drückt er den Knopf der Sprechanlage und sagt mit ruhiger Stimme: „Frau Lieblein, schicken Sie mir Schweizer. Sofort.“ Ehe Konrad imstande ist, etwas zu sagen, erschallt tonverstärkt und zornig Liebleins Stimme durch den Raum: „Der ist weg, Chef.“ Tauber springt wie von der Tarantel gestochen in die Höhe, schreit in Panik. „Weg? Wohin?“ Konrad spricht schnell in sein schwarzes Kästchen: „Bringt den Kerl jetzt rein.“ Es wird totenstill im Raum, bis auf das Ticken der alten Standuhr. Die Tür geht auf, Peter und Paul mit einem Kahlgeschorenen in ihrer Mitte, treten ein, ordentlich durch Handschellen miteinander vereint. Paul schwingt mit seiner freien Hand Karlheinz Schweizers hellbraune Perücke.

„Ein Hautkopf!“, ruft Johannes Bosovski bass erstaunt, und Konrad ergänzt: „derselbe, der Claudia aus den Klauen der Schläger befreite, nachdem er den Überfall zuvor arrangiert hatte.“

„Mein Referendar. Skinhead, Schläger, Erpresser und Mörder!“, konstatiert Tauber fassungslos.

Karlheinz Schweizer deklamiert in arroganter Pose: „Ich habe an keiner Schlägerei teilgenommen und auch keinen Mord begangen!“

„Nein! Nicht mit diesen sauberen Händen. Sogar einer der drei Totschläger von Wölfersheim schwört Stein und Bein, dass er und seine Kumpels Ihnen alle Drecksarbeit abnehmen. Auch, dass Sie ihn und die zwei anderen beauftragten, den jungen Aurich nicht tot, sondern nur krankenhausreif zu prügeln. Aber wie war das mit dem Schreinermeister Müller in Hungen? Lassen Sie nur, erzählen Sie's der Polizei. Ich höre draußen den Streifenwagen ankommen, den ich für Sie bestellt habe. Noch eine Frage vor dem Abgang: Was hatten Sie in Johannesburg vor, wollten Sie von dort aus nach Pretoria, wo es ein Konto auf Ihren Namen gibt, oder noch ganz anderswo hin? Keine Antwort? Auch gut. Ihre Buchung für den Lufthansa-Flug 507 am 4. Dezember können Sie jedenfalls getrost stornieren. Ah! Eh ich's vergesse: Ihr „Perfetto-Konto 703“ wird beschlagnahmt, und die Beträge nach Klärung der Sachverhalte den rechtmäßigen Eigentümern zurück überwiesen.“

Kommissar Ludwig und zwei Uniformierte betreten die Stube, und als sie kurz darauf wieder gehen, nehmen sie den Hautkopf mit.

Richter a. D. Johannes Bosovski sieht dem langen Lulatsch versonnen hinterher und erinnert sich an Karl Segemüller. „Manchmal fällt der Appel tatsächlich nicht weit vom Stamm“, sagt er, und Rechtsanwalt Dr. Christian Tauber denkt: 'aber den Appel verteidige ich nicht.'

„Man hatte ihm das Lesen
mit Revolverschüssen beigebracht"
Hans-Jürgen Hilbig

EIN REGNERISCHER TAG

Von Christian Schäl

Der Auftraggeber hatte gesagt: in der Nähe vom E-Klo, ganz in der Nähe vom E-Klo. Mehrmals hatte der Auftraggeber das E-Klo erwähnt, aber Cloft hatte es kein einziges Mal auf dem Gießener Stadtplan entdeckt. Schon viele Male hatte er den Stadtplan mit den Augen und dem Finger abgesucht, von Norden nach Süden, von Westen nach Osten, aber das E-Klo hatte er kein einziges Mal gefunden. Cloft wusste auch nicht, was dieses „E" bedeutete, wofür es stand. Er konnte sich unter dieser Bezeichnung nichts Rechtes vorstellen. Cloft hatte sich nur gewundert, wieso überhaupt ein Klo auf einem Stadtplan eingezeichnet werden sollte, denn schließlich war so ein Klo etwas anderes als der Main-Tower oder der Sears-Tower. Das Geheimnis musste also in diesem „E" liegen. Bei seinem letzten Telefonat vor fünf Tagen hatte Cloft endlich gefragt, wofür dieses „E" stand und sein Auftraggeber hatte gesagt: „E" steht für Elefanten. Dadurch wurde die Angelegenheit natürlich nicht weniger rätselhaft, denn was – gottverdammt – hatten Elefanten in einer mittelhessischen Stadt zu suchen und warum bekamen die Elefanten ein eigenes Klo? Cloft hatte also angefangen auf dem Stadtplan nach einem Zoo zu suchen, aber alles, was er entdeckt hatte, war ein Botanischer Garten, wo es vielleicht Grashalme mit wissenschaftlichen Namensschildchen gab – aber Elefanten?

Cloft hatte beschlossen, nicht weiter nachzufragen. Er würde dieses Elefanten-Klo schon finden. So etwas Großes (womöglich Stinkendes) würde auch für einen Fremden kaum zu übersehen sein. Wenn er erst einmal dieses Elefanten-Klo entdeckt hatte, würde er auch das Antiquariat „Academica" finden, das ganz in der Nähe vom E-Klo war, wie sein Auftraggeber gesagt hatte. Und genau dort musste Cloft hin. Dort sollte er den Antiquar Nagel töten.

Dies alles ging Cloft durch den Kopf, während er auf dem Frankfurter Hauptbahnhof herumlief, auf der Suche nach Gleis 14. Dort sollte um 11 Uhr 22 der Zug nach Gießen abfahren. Gießen – der Name dieser Stadt ließ sich für Cloft nicht mit der Vorstellung eines Verbrechens verbinden. Der Name Elefanten-Klo schon eher. Cloft war eingenommen von diesem Wort, was seltsam war, denn gewöhnlich sagten ihm Wörter recht wenig. Er interessierte sich eher für Architektur. Aber dieser Name klang vielversprechend. Zumindest klang er merkwürdig. Eine merkwürdige Verbindung von Exotik und Bedürfnis. Jedenfalls war dies seine erste Assoziation. Elefanten-Klo – ja, das gefiel Cloft. Das klang nach Dschungel, nach Großstadtdschungel.

Der Zug stand schon abfahrbereit am Gleis. Diese Pünktlichkeit erfreute Cloft, rief ihm aber gleichzeitig in Erinnerung, dass er drei Tage zu spät war. Eigentlich hätte er am Montag schon in Gießen sein müssen, aber Zahnschmerzen hatten ihn aufgehalten. Nun war es bereits Donnerstag und sein Auftraggeber hatte sich seit fünf Tagen nicht mehr gemeldet. Cloft konnte nicht anrufen. Er empfing immer die Aufträge, er saß immer am anderen Ende der Telefonleitung. Er empfing immer aus einem Schließfach eine Pistole, von der er hoffte, dass sie sauber war, einen Stadtplan, von dem er hoffte, dass er aktuell war. Cloft war viel unterwegs, bewegte sich zwischen den Kontinenten – und nun Gießen, nun Elefanten-Klo, um dort in der Nähe einen Antiquar umzulegen. Kein besonders lohnendes Objekt. Viel lieber würde er einen Elefanten umlegen, um dann aus dessen Stoßzähnen eine Billardkugel zu gewinnen, eine Elfenbeinkugel, mit der man den perfekten Stoß machen konnte, die exakt geformt war. Ha, einen Elefanten erschießen? Dafür war seine Waffe viel zu schwach.

Mit seiner Pistole würde er den Elefanten nicht mal zum Zucken bringen. Aber für einen zerbrechlichen Bücherwurm würde es reichen. Da musste er nicht einmal präzise schießen.

Kurz nachdem der Zug aus dem Frankfurter Bahnhof gefahren war, fing es an zu regnen. Cloft hoffte, der Regen würde bis Gießen nachlassen, denn seine Kleidung würde dem Regen keine Gegenwehr bieten, und er wollte sich nicht erkälten, nicht jetzt, nach dieser elenden Zahngeschichte und kurz vor dem Auftrag. Sein ganzes Leben hatte er die Sonne geliebt und nun Gießen. Palermo, Rio de Janeiro, Kapstadt – das waren Städte, in denen man jemanden umlegen konnte, aber doch nicht in Gießen. Warum keinen Bücherwurm in Brasilien umlegen? Gab es dort überhaupt Buchhandlungen oder las man nur in Städten, in denen es regnete?

Allein der Name Elefanten-Klo konnte die ganze Geschichte noch retten, konnte Dschungelatmosphäre schaffen. Cloft wusste wenig über Gießen. Er wusste, dass es dort eine Universität gab (deshalb wohl der Bücherwurm), einen Fluss (ideal für eine Wasserleiche) und einen Basketballverein (Eishockey wäre ihm lieber gewesen, weil näher an der Gewalt). Egal – er würde die Stadt schon kennen lernen, ein bisschen herumlaufen. Und sollte der Regen nicht aufhören, würde er eben die U-Bahn nehmen. Falls es in dieser Stadt eine gab.

Cloft schaukelte vorsichtig auf seinem Sitz hin und her, ihm war kalt. Er wollte seinen Blutkreislauf in Gang bringen. Dann rieb er sich mit beiden Händen seine Oberschenkel, die kräftig waren. Cloft war athletisch, aber ohne die Unförmigkeit des Muskulären. Sein Körperbau war fast quadratisch, der runde Kopf saß direkt auf dem Oberkörper. Wozu brauchte er so etwas Elegantes wie einen Hals? Er hatte kräftige Finger, die nur selten Buchseiten umblätterten. Als er davon in Kenntnis gesetzt wurde, dass sein neuer Auftrag mit Büchern zu tun hatte, war er etwas verwundert. Cloft kannte nur einen Autor: Herman Melville. Er kannte sich mit Waffen aus. Waffen waren kein Problem für ihn. Er kannte sich in moderner Architektur aus. Gebäude waren kein Problem für ihn. Literatur war ein Problem für ihn. In Clofts Kreisen lief die Kenntnis eines Buches wie „Moby Dick“ auf eine Selbstanzeige hinaus, dass man im Gefängnis war, und zwar lange. Seine einzige Verbindung zur Literatur bestand genau genommen darin, einmal jemanden umgelegt zu haben, der gerade in einem Buch las. Cloft glaubte nicht an Literatur. Cloft glaubte an andere Dinge. Er glaubte an Stahlskelettbauten. Er glaubte an Schalldämpfer, Kaliber 45 und die Nacht. Er glaubte an Regeln. Regel Nr. 1: versuche dich aus allem Ärger herauszuhalten. Das sollte heißen: in welche Gebäude geht man und in welche nicht, wen quatsche ich an und wen nicht. Bei Buchhandlungen hatte er keinerlei Erfahrung. Da musste er aufpassen, sich konzentrieren, durfte er keine Fehler machen. Bücher: ein unsicheres Terrain für ihn. Cloft hatte noch nie ein Buchantiquariat betreten. Diesmal musste er, aber es würde ein kurzer, berufsbedingter Aufenthalt werden, dort in der Nähe des Elefanten-Klos. Er würde zuschlagen und verschwinden, so wie er immer verschwunden war, unerkannt. Er war ein Meister des Verschwindens, trotz seiner kräftigen Statur (in einem brennenden Wolkenkratzer wäre er einer von denen gewesen, die sich als Frau verkleidet hätten, um gerettet zu werden). Cloft würde diesen Antiquar Nagel erschießen. Er wusste wenig von diesem Mann. Eigentlich nur, dass es ihn gab, dass er das Haus nicht räumen wollte, in dem sein Geschäft lag, und das der Hauseigentümer abreißen wollte.

Kurz nach zwölf Uhr hielt der Zug in Gießen. Der Bahnhof war klein und angenehm. Es gab wenig Geschäfte. Cloft kaufte sich in einem Tabakladen Zigaretten. Im Bahnhof gab es kein Restaurant, nur eine Kaffee- und Kuchentheke und einen Imbisswagen. Cloft war es gewohnt, bei der Erledigung seiner Aufträge am Flughafen Enthaarungscreme zu kaufen. Und nun Gießen, nun Salamibrezel. Er stellte sich in eine entlegene Rauchernische, von wo aus er die Bahnhofshalle überblicken konnte. Es gab nur wenige Touristen. Gießen schien eine Stadt ohne Sehenswürdigkeiten zu sein. Nur wenige kamen anscheinend hier her, um das Elefanten-Klo zu sehen.

Während Cloft seine Salamibrezel aß, näherte sich eine Taube. Er schnippte etwas Wurst auf den Boden. Er konnte Tauben nicht leiden, sie machten alles schmutzig, kackten auf Häuserfassaden, aber er fütterte sie trotzdem gerne. Es war eine seiner wenigen Beschäftigungen. In Washington hatte die Stadtverwaltung einmal zwei Wüstenbussarde eingesetzt, um die Tauben zu vertreiben. Er hatte einen vom Himmel geschossen.

Cloft rauchte zu Ende und beschloss, den Buchladen im Bahnhof zu betreten, um sich gewissermaßen fit zu machen für den Auftrag, um etwas Atmosphäre zu schnuppern. In der Buchhandlung wusste er nicht, wohin mit seinem Blick, denn für ihn gab es dort nichts zu sehen. Seine Augen wanderten zwischen den Regalen umher wie zwischen weißzerklüfteten Eisbergen. Bücher – mit Ausnahme einiger Fotobände – sandten eindeutig keine Botschaft an seine Killeraugen. Cloft verließ die Bahnhofsbuchhandlung ohne Buch, obwohl er für einen Moment überlegt hatte, nach diesem russischen Liebesschmöker zu fragen – Doktor Shi... – aber er erinnerte sich nicht mehr an den genauen Titel. Und da er nicht auffallen wollte, ging er schweigend und trat vor die Bahnhofshalle.

Der Regen war heftiger geworden. Gießen steckte in einem Grau fest, das Licht schien wie geraubt. Cloft hatte keinen Regenschirm. Er nahm nie einen Schirm. Das versperrte die Aussicht. Cloft musste seinen Blick schweifen lassen. Ihm war sofort klar gewesen, dass Gießen eine Stadt ohne U-Bahn (aber mit E-Klo) war. Das war ärgerlich. Nicht nur wegen des Regens. Cloft war es gewohnt, sich im Untergrund zu bewegen. Immerhin gab es Taxis in dieser Stadt und sie scheuten sich auch nicht, bei diesem Wetter zu fahren. Cloft überlegte, kurz in eines der bereitstehenden Autos zu steigen, um sich zum Elefanten-Klo fahren zu lassen, entschied sich dann aber, den Weg alleine zu finden. Cloft ging aber nicht weit, denn schon nach wenigen Metern leuchtete ihm eine Neonschrift entgegen: „Mr. Jones“. Dies schien ein Ort mit einem hohen Grad an Gemütlichkeit zu sein. Cloft hatte einmal einen Mr. Jones umgelegt. Die Launen des Schicksals sind manchmal seltsam, dachte Cloft, wechselte die Straßenseite und kehrte bei „Mr. Jones“ ein. Es gab zwei Etagen. Cloft setzte sich an einen Ecktisch im unteren Bereich. Zweiter Stock war – bei seinem Beruf – immer ein Problem. Überall waren Frontscheiben, so dass er nach draußen blicken konnte in den Regen, zu den Bussen und den Gemüsehändlern. Als die Kellnerin kam und fragte: „Was kann ich für Sie tun?“, hätte Cloft gerne geantwortet: „Mir erklären, warum ich in diesem verregneten Gießen bin?“, aber dann hatte er ein Bier und eine Kartoffelsuppe bestellt. Nach und nach füllte sich das Lokal mit fröhlichen jungen Leuten (die meisten mit kurzen Haaren und bunten Klamotten oder mit bunten Haaren und kurzen Klamotten). Während Cloft seine Suppe löffelte, lauschte er dem Gespräch zweier Mädchen am Nebentisch. Alles klang so gesund, so gutgelaunt, so falsch. Irgendetwas stimmte an solchen Bars nicht, dachte Cloft. Die Theke war eindeutig zu groß, zu schick. Es fehlten die Erwachsenen, die einsamen Trinker, nirgends war ein aufgedunsenes Gesicht zu sehen, nirgends ein Whiskyglas randvoll mit Selbstironie und für einen Augenblick wünschte sich Cloft, dass dieser Typ – dieser Mr. Jones – den er damals erschossen hatte, sich neben ihn setzen würde und sie würden zusammen einen trinken und sich über den Tag unterhalten, als Cloft ihn erwischt hatte. Die Sache mit Jones war übrigens ärgerlich gewesen, da Cloft ihn traf, während er gerade an einem Baum stand und pinkelte.

Immerhin gab es im „Mr. Jones“ Deckenventilatoren und eine Tageszeitung, aus der Cloft erfuhr, das am gestrigen Tag in Gießen ein Juwelierladen ausgeraubt worden war. Das gefiel Cloft. Juwelierläden sollten immer im Frühling überfallen werden. Diese Stadt schien Menschen zu haben, die wussten, was sich gehört. Cloft bestellte einen Kaffee, zahlte, trank aus. Gerne hätte er ein zweites Bier bestellt, aber er vertrug nicht viel. Er hätte gerne viel vertragen. Dennoch spürte er auf Grund des einen Bieres jene Leichtigkeit, die ihm helfen würde, den Auftrag mit der nötigen Gelassenheit anzugehen. Das Loch in seinem Mund schmerzte, erinnerte ihn an den verlorenen Zahn. Bald würde er keine Zähne mehr haben. Bald würde er eine Glatze im Mund haben. Cloft schmunzelte, zählte seine Tabletten mit fachmännischer Zärtlichkeit – sie würden reichen. Und so verließ Cloft das „Mr. Jones“ ohne zweites Bier, ohne Regenschirm und ohne jemanden gefragt zu haben, wo das Elefanten-Klo sei. Der Regen hatte nachgelassen. Es kann nicht immer regnen – auch nicht in Gießen. Cloft wendete sich nach links, überquerte die Straße und kam an einem großen, hellen Gebäude vorbei: „Mathematikum“. Cloft konnte sich nichts Rechtes darunter vorstellen, aber der Name erinnerte ihn irgendwie an Zahlen, und Zahlen mochte er. Genauer: er mochte ihre Verbindung mit Waffen, die Kaliberangabe, das Geschossgewicht, die Länge des Laufs – überall tauchten Zahlen auf. Waffen wurden mit ihnen getauft, erhöht, gaben ihnen etwas Präzises. Gern hörte er sich „Kaliber 45“ sagen, oft murmelte er es vor sich hin – als Beschwörungsformel gegen den Tod.

Cloft bog nach rechts ab, irgendwie seinem Instinkt folgend, obwohl er nicht wusste, ob sein Großstadtinstinkt in diesem feuchten Nest funktionieren würde. Er blieb vor einem Pornoladen stehen. Wenigstens das gab es hier. „Mr. Jones“, „Mathematikum“, Pornoladen: Für einen Moment schien er sich mit Gießen anzufreunden, wenn nur nicht wieder dieser Regen wäre. Kleine Plink-Geräusche kamen von seinem Metallkoffer, seinem einzigen Gepäck. Der Regen begann der ganzen Szene (Einsamer-Mann-mit-Koffer-vor-einem-Pornoladen) zu viel an Bedeutung zu geben, begann ihn auffällig zu machen. Cloft war inzwischen beschämend nass und beschloss, nun endgültig einen Passanten nach dem Elefanten-Klo zu fragen.

„Das E-Klo? Nur wenige Gehminuten entfernt. Gehen Sie vorne links, dann sehen Sie es schon.“

Gerne hätte Cloft den Passanten, der übrigens eine rote Nase hatte und Cloft irgendwie an einen Clown erinnerte, und Clown erinnerte ihn an Zirkus und Zirkus an Elefanten, und genau deshalb hatte Cloft ihn auch angesprochen, also, gerne hätte Cloft noch gefragt, was er denn da vorne an der Ecke sehen würde, aber er wollte nicht nachfragen. Ihm war jedoch aufgefallen, dass der Passant E-Klo gesagt hatte, genau wie sein Auftraggeber. Während er immer Elefanten-Klo sagte. Vielleicht sollte er sich angewöhnen, auch E-Klo zu sagen, um nicht aufzufallen, um nicht sofort als Fremder identifiziert zu werden. Und – so Clofts zweite Überlegung – vielleicht kam sein Auftraggeber aus Gießen oder hatte mal hier gelebt. Details waren wichtig, überlebenswichtig. Man musste sich an sie erinnern, ein gutes Gedächtnis haben, ein Elefanten-Gedächtnis (ein E-Gedächtnis). Als Cloft die Frankfurter Straße hinunterging, sah er schon von weitem eine Fußgängerzone. Ohne Zweifel näherte er sich dem Zentrum. Die Rolltreppe an einer Überführung war defekt, so dass den Menschen zugemutet wurde, hinaufzumarschieren. Oben angekommen, versuchte Cloft sich zu orientieren. Vor sich eine trostlose Betonfläche, die an drei Stellen durchlöchert war, mit Blick auf den darunter fließenden Verkehr. Es gab verschiedene Wege, dieses Betondach zu verlassen: Treppen nach rechts und links, einen Fahrstuhl seitlich, andere Rolltreppen, die ebenfalls nicht funktionierten. Cloft suchte nach einem Hinweisschild, aber hier oben gab es nur Blumenkübel. Das Elefanten-Klo konnte sich in jeder Himmelsrichtung befinden. Cloft musste erneut fragen.

„Können Sie mir sagen, wo das Elefanten-Klo ist?"

Er war noch nicht soweit, E-Klo zu sagen. Der Passant schaute ihn ungläubig an. Cloft überlegte kurz, ob der junge Mann ebenfalls ein Fremder war und über welchen Teil des Wortes er eher verwirrt war, über die Elefanten oder über das Klo.

„Sie stehen mitten drauf", sagte er lächelnd und ging weiter. Cloft ging zu einem der riesigen Löcher, die von halbhohen Geländern umzäunt waren. Um den direkten Blick nach unten zu vermeiden, schaute er sich um: das war es also, das E-Klo, das gottverdammte Elefanten-Klo; eine Straßenüberführung, ein breites Betonmassiv mit drei Löchern. Cloft wanderte zwischen den Löchern umher, die Kratern ähnlich waren, eckigen Kratern. Alles schien so konzipiert, um ja keinen Reiz auf die Betrachter auszuüben, alles bedrückend funktional.

Ein Klo eben. Ein Ort, der nicht schön war. Doch er war schön. Nur nicht auf den ersten Blick. Dieser Ort war grau, windig und gleichzeitig, nach Maßgabe seines Killerblickes, durchaus akzeptabel. Ihm gefiel dieser spröde Ort, an dem man sitzen und warten konnte. Es gab drei Löcher (wie in seinem gezogenen Zahn) und es gab mehrere Fluchtwege in alle Richtungen. Auch durch die Löcher konnte man fliehen.

Das Elefanten-Klo: dieser Ort war sein Ort. Cloft war dankbar für dieses bodenlose Grenzland, irgendwo schwebend zwischen Himmel und Erde; eine architektonische Wiedergabe seiner eigenen traurigen Existenz. Er war die ideale Besetzung für die wenigen Quadratmeter luftigen Beton. Zudem erinnerten ihn die Löcher daran, warum er in Gießen war. Cloft schaute sich erneut um, versuchte so unauffällig wie möglich das Terrain zu sondieren. Irgendwo in der Nähe sollte das „Academica" sein. Der Beton zog ihm alle Wärme aus den Schuhen, er musste weiter, durfte nicht zu lange auf dieser freien Fläche stehen, durfte nicht erkennbar werden, nicht sichtbar werden. Cloft verließ das Elefanten-Klo und wandte sich der Fußgängerzone zu, dem Seltersweg, wie er auf einem Schild las. Schon nach wenigen Metern entdeckte er Bücher in einem Schaufenster: „Ferber'sche Universitätsbuchhandlung". Immerhin, hier konnte er nach einem alten Buch fragen, in der Hoffnung, die Mitarbeiter der „Ferber'schen" würden ihn dann an das Antiquariat verweisen. Wie hieß doch bloß dieser russische Liebesschmöker mit Omar Sharif, Doktor Shi..., ein Buch, das bestimmt nicht vorrätig war – es fiel ihm nicht ein. Für Bücher hatte er kein Gedächtnis. Cloft ging weiter, wollte sich auch hier nicht verdächtig machen durch ungeschicktes Fragen.

Der Seltersweg hatte sich nach dem Regen wieder schnell gefüllt, gedrängt heiter zogen die Menschen ihre Bahnen. Die Fußgängerzone war keine Straße zum Schlendern. Cloft musste vorsichtig sein mit seinem Metallkoffer und ging am Rand. Ein Thekentisch stand plötzlich vor ihm. Zwei Jugendliche aßen Pommes, die direkt aus einem Schaufenster verkauft wurden. Es gab noch mehr von diesen Tischen. Die Leute aßen im Stehen, hatten keine Zeit, wollten schnell wieder nach Hause, ihre Anrufbeantworter abhören, ihre E-Mails abrufen. Cloft ging weiter, sah in den Auslagen der Geschäfte das Übliche: zwischen „Tchibo"-Läden gab es Modeboutiquen und Handygeschäfte. Die Menschen hier waren wie überall: in immer neuen Klamotten Kaffee trinkend telefonieren. Danach Fisch essen. Die Gießener schienen nicht sehr reich zu sein. Kein „Gucci", kein „Prada", kein „Jil Sander". Döner machte hier die Leute schöner. Und immer noch kein „Academica". Später kamen leere Schaufenster, die früher gefüllt waren, als die Geschäfte noch liefen. Cloft ging weiter, obwohl er das Herumlaufen-Spiel nicht länger spielen wollte. Baustellen häuften sich, eine in vielen Ecken geschundene Stadt zeigte sich ihm, ganze Stadtviertel waren längst auf Abbruch verkauft. Er würde dieser Stadt eine weitere Kränkung hinzufügen. Er würde diesen Antiquar noch heute umlegen, damit eine weitere Baustelle entstehen konnte. Cloft befand sich schon längst nicht mehr in der Nähe des Elefanten-Klos. Er musste zurück. Wieder kämpfte er sich durch die Fußgängerzone, an „Tchibo" vorbei, an Modeboutiquen vorbei, an Handygeschäften vorbei. Vorbei am Seltersweg. Wo war nur dieses „Academica"? Da musste er hin. (Vorbei Bücherwurm – peng!) Aber nun stand Cloft wieder auf dem Elefanten-Klo, diesem grauen Kontrapunkt zu den Empfehlungen der Warenwelt. Hier oben gab es nichts Buntes, nichts Grelles, kein Panoramacafé. Was war dieses Gießen nur für eine Stadt, wo eine große Konsummeile auf einem Klo anfing? Oder endete. Dort eine Linie des Wachstums und hier eine durchlöcherte Versteinerung. Aber ihm gefiel dieses löchrige Grau. So war das Leben. Manche Leben wenigstens. Seins. Es begann wieder zu regnen. Der verdammte Regen. Immer zur falschen Zeit. Man plant, irgendetwas zu unternehmen, zum Beispiel Eis essen oder einen umlegen – und es regnet. Jedes gottverdammte Mal.

Cloft ging an den Rand der Plattform, schaute sich erneut um, begann die Umgebung gewissermaßen zu scannen. Auf der einen Seite die „Dresdner Bank" (lohnte sich ein Überfall?), auf der anderen Seite ein Elektro-Geschäft (ein E-Geschäft), eine Versicherung...

Da lag die Straße während des Regens, glänzend, mit einem feuchten film-noir-look. Und da lag das Antiquariat „Academica", und das Antiquariat war Dreck, Materie am falschen Platz. Cloft ging nach rechts zu dem kleinen Fahrstuhl. Er wollte wenigstens kurze Zeit im Trockenen verbringen. Auf der Straße stand eine Puppe als Taucher angezogen. Für einen Killer in Gießen genau die richtige Verkleidung, dachte Cloft. Kurz vor dem Schaufenster blieb er stehen. Er war es nicht gewohnt, vor einem solchen Buchfenster zu stehen. Die einzigen Schaufenster, vor denen er sonst stehen blieb, waren die von Waffengeschäften. Cloft schaute an einem kleinen Regal vorbei in den Buchladen. Von dem Antiquar Nagel war nichts zu sehen. Auch kein Kunde war im Laden. Cloft spürte das lastende Schweigen im Antiquariat, spürte, dass verbrecherische Strömungen an diesem Ort bislang vorbeigezogen waren. Es war eine Stille, als könnte jeden Moment ein Tier geschlachtet werden. Cloft hatte Tiere gern. Jedenfalls aß er sie gerne; also musste er sie wohl lieb haben.

Er trat ein paar Schritte zur Seite und schaute die angrenzende Straße hinunter: Bleichstraße. Wie geschaffen für eine Kugel Kaliber 45. Dann ging er wieder zurück zum Schaufenster und entdeckte Nagel. Der Antiquar saß auf einem Sessel, rauchte, trank Wein und hielt ein Buch in der Hand. Nagel sah nicht unbedingt aus wie ein jammernder Pechvogel, Bücherwurm, Schlaumeier und die Art, wie er rauchte, gefiel Cloft. Ihm gefiel überhaupt, dass in diesem Laden geraucht werden durfte. Cloft nahm sein Gesicht von der Scheibe, suchte nach einer Zigarette, fand eine in der Jacke, suchte nach einem Feuerzeug, fand es in der Hosentasche.

Nach einigen vergeblichen Versuchen zündete das Feuerzeug endlich. Eine Bewegung, die er aus den Augenwinkeln wahrnahm, veranlasste Cloft, erneut durch das Fenster zu schauen. Diesmal sah er etwas, dass ihm vertraut vorkam. Er sah einen jungen Mann, der schnell in den Buchladen gestürmt war und der sich nun drohend vor dem Antiquar aufbaute, mit der säuerlichen Miene eines Verlierers. Wahrscheinlich – hey, welche Überraschung – stammte er aus schlechten Verhältnissen und versuchte durch das Erlernen von Kampfsportarten und kleinen Deals sein kaputtes Leben in den Griff zu bekommen. Der Eindringling stand breitbeinig, etwas ungeschlacht vor Nagel, der inzwischen seine Zigarette ausgedrückt hatte und aufgestanden war. Natürlich hatte Nagel ebenfalls registriert, wer da vor ihm stand, dennoch ließ seine Körperhaltung keine Angst erkennen. Nagel hielt sich gut, fand Cloft, aber dann war er da, plötzlich, unerwartet – ein todbringender matt schimmernder Revolver. Nun war klar: es war mehr als ein kleiner Taschendiebstahl. Und noch etwas war klar: es waren keine guten Zeiten für Buchhändler. Damit aber noch nicht genug: es waren auch keine guten Zeiten für Killer. Wenn ein solcher Kerl einen solchen Revolver besaß, dann hatte sich gegenüber früher eindeutig etwas verändert. Eine andere Zeit war angebrochen. Und wenn dieser Provinzfighter jetzt noch abdrücken würde, dann hatte dies alles nichts mehr von der tapferen, hart erkämpften Lauterkeit des Samurais, sondern nur noch etwas von der billigen Brutalität eines Mörders. Es waren auch keine guten Zeiten für die Polizei. Der Revolver in den Händen dieses Mannes war aber auch ein deutliches Zeichen, dass Cloft Gießen unterschätzt hatte. Hier gab es ebenfalls die Körperhitze der Metropolen. Die Bösen waren keine Profis mehr, sie kamen aus Provinznestern, guckten schief und schossen womöglich schief, irgendwohin, ohne Sinn. Sie waren das Allerneuste hinsichtlich Tod und Bedrohung. In Anbetracht des Überfalls, der Situation, des Revolvers hielt sich der Antiquar immer noch gut. Er erinnerte an jemanden, der schon vor Jahren angefangen hatte zu trinken und fest entschlossen war, den Punkt der Selbstaufgabe zu erreichen. Nagel schien sich wenig Hoffnung zu machen, nicht auf die Situation bezogen, sondern auf das Leben allgemein. Und genau das irritierte den Eindringling. Er hob die Waffe und zielte auf Nagel – hey, war das nicht genau die Szene, die Cloft spielen sollte? – und sah, wie sich ein interessiertes Lächeln über Nagels Gesicht legte. Dann fummelte der junge Mann ein bisschen am Revolver herum, schüttelte ihn in seiner Hand, als wäre diese matt schimmernde todbringende Waffe zu magisch, um sie ruhig und gelassen zu halten. Richtig böse und wild machte er das und versuchte dabei den Antiquar in Grund und Boden zu starren. Nagel hielt diesem Gehabe stand, diesen Bewegungen aus dem Genre Hongkong-Action, Play-Station, Gewaltvideo. Da das mit dem Blick und dem Kopf-cool-zur-Seite-Getue nicht klappte, wischte der junge Mann einige Bücher – „eh, den-Scheiß-da" – vom Regal, um den Eindruck von Gefährlichkeit aufrechtzuerhalten. Schließlich ging Nagel ruhig, sehr ruhig, zu einem altmodischen Ding, das anscheinend die Kasse war und zeigte ein leeres Plastikgehäuse.

Der Eindringling war verblüfft, – schließlich war es schon Nachmittag, – dass die Kasse leer war, war erstaunt – hey, welch eine Überraschung – dass Bücher kein Geld brachten. Er fing an, ein paar Bücher an die Wand zu werfen, aber auch davon kam kein Geld in die Kasse. Schließlich hatte der Schwachkopf es geschnallt. Er fuchtelte ein letztes Mal mit dem Revolver in der Luft herum, versuchte ein letztes Mal eine tödliche Pose hinzukriegen, nahm dann wahllos ein Buch aus dem Regal – hey, findet man die besten Bücher nicht ohne Empfehlung im Vorübergehen – steckte es in seine Jackentasche und trat auf seinen Turnschuhen mit den riesigen Laschen und den fetten Schnürsenkeln den Rückzug an. Wo er herkam, musste man so aussehen, wenn man nicht auffallen wollte: Kapitulationsklamotten. Auch hier hatte er kapituliert. Er musste seinen Frust wieder mitnehmen, hinaus ins verregnete Gießen. Immerhin hatte er ein Buch erbeutet. Vielleicht wollte er ja das geklaute Buch gegen Heroin, Crack, Ecstasy tauschen.

Cloft ging vom Fenster weg in Richtung Bleichstraße. Kurz darauf kam der Mann aus dem Laden, schaute noch mal kurz nach links und rechts, weil er wahrscheinlich immer nach links und rechts schaute. Dann ging er los, schaute sich ein weiteres Mal um, als ob ihn jemand hier vermuten würde – hey, alte Leseratte, dachte mir, dass du im Antiquariat bist. Und bevor Cloft es sich erklären konnte, verließ er seine Beobachtungsposition und folgte dem Bücherdieb, der dermaßen mit seinem missglückten Überfall beschäftigt war, dass er weder den Regen noch seinen Verfolger zu bemerken schien. Cloft wusste nicht, warum er den Mann verfolgte. Vielleicht wollte er einfach nur wissen, wer da beinahe seinen Job getan hätte. Die beiden überquerten das Elefanten-Klo, verließen es über eine Treppe, hasteten eine Straße entlang, bogen um eine Ecke, bis der junge Mann seitlich in einem Hinterhof verschwand.

Cloft folgte behutsam und sah, wie der Mann zu einem Abfallbehälter ging, das Buch vorsichtig mit zwei Fingern aus seiner Jackentasche nahm, als handele es sich um eine vollgeschissene Windel und fallen ließ. Er war genau acht Minuten im Besitz eines Buches gewesen, was genau genommen Rekord für sein Pechvogel-Leben war. Er hatte das Buch nicht einmal angesehen. Cloft wartete etwas, ging zum Abfallbehälter und hielt inne. Er lauschte dem Regen, der gegen seinen Metallkoffer plätscherte und er lauschte einer Stimme, die in seinem Kopf ertönte, eine bislang unbekannte Stimme: es machte ihm etwas aus. Seltsam, es machte ihm etwas aus, dass das Buch hier lag. Er hatte sich noch nie nach einem Buch gebückt. Er fischte das Buch aus dem Müll heraus. Eine Bewegung ohne Vorgeschichte, die er nicht verstand, die nicht eingeübt war. Wie der amoklaufende Teil einer Maschine. Cloft hatte noch nie in seinem Leben etwas aus dem Müll geholt, auch wenn er Hunger hatte und nun, bei Regen, in einem Gießener Hinterhof, holte er ein Buch zwischen Dreck hervor, schob es unter seine Jacke und kehrte um. Er kam allerdings nicht weit, denn schon wieder erreichte ihn eine Stimme, diesmal jedoch nicht aus seinem Inneren. Die Stimme kam eindeutig von außen und eigentlich war es keine Stimme, mehr ein Zischen.

„Nah, suchst'e was Hübsches."

Cloft drehte sich um. Vor ihm stand der Bücherdieb. Er hatte sich auf seinen „Reeboks" – hey, geile Turnschuhe – unbemerkt genähert. Dann nahm er wieder eine seiner Posen ein, diesmal aus dem Genre Bandenkrieg, Straßenkampf, Ghettogehabe. Er hielt den Kopf schief, kniff die Augen in gespielter Konzentration zusammen. Er wollte Cloft niederstarren, auf seinen Platz verweisen, und wo konnte der anders sein, als unter seinen Turnschuhen.

Cloft beschloss, jedenfalls für den Augenblick, nichts zu sagen. Er blieb einfach nur ruhig im Regen stehen.

„Was fummelst Du in meiner, eh... Biblothek, Bibliotheke herum?"

Cloft schwieg weiter, lauschte dem Regen.

„Du hast ein Buch aus meiner Bibliothek geklaut."

Diesmal sprach er das Wort tatsächlich fehlerfrei aus.

„Ich dachte, Sie hätten es weggeworfen."

„Weggeworfen? Sehe ich so aus, als werfe ich Bücher weg?"

„Wenn Sie es wieder haben wollen, gebe ich es gerne zurück."

Cloft holte das Buch vorsichtig hervor. Gerne hätte er seine Pistole hervorgeholt, aber die war in seinem Koffer. Der junge Mann war in der Zwischenzeit auch nicht untätig geblieben, denn plötzlich war er wieder da, genau in Clofts Blickfeld, mythisch und gefährlich zugleich, der todbringende matt schimmernde Revolver. Nun ging es nicht mehr allein darum, Worte abzuschießen. Der Revolver war in den Mittelpunkt der Welt gerückt, als eine Art gewichtiges Argument. Beide Männer hatten das allgemeine Geschwafel nun hinter sich und waren bei den Dingen angelangt, die weh taten. Cloft kannte das Wehtun, er kannte es von beiden Seiten, aber nie hätte er gedacht, wegen eines Buches Schwierigkeiten zu bekommen. Es war klar, dass er in etwas steckte, was er so nicht gewollt hatte.

„Leg es auf den Eimer, langsam."

Cloft legte das Buch langsam auf den Abfalleimer. Der Mann kam näher, nahm es verächtlich zwischen zwei Finger, hob es vorsichtig nach oben, tat so, als rieche er daran und verzog sein Gesicht.

„So einen Dreck willst du mir zurückgeben? Das soll ich wieder in meine Bibliothek stecken?"

Cloft blieb einfach nur ruhig im Regen stehen.

„Was soll ich mit dem Dreck? Und soll ich dir noch etwas verraten? Hey, ich kann nicht mal richtig lesen."

Was für ein lausiger Tag. Zwei Typen im Regen, die mit einem Buch hantierten, wie der Mann in dem Liegestuhlwitz.

„Hey, steht da etwas Wichtiges drin?"

„Ich kenne es nicht", sagte Cloft.

„Dann wird es Zeit, es kennen zu lernen." Er gab das Buch mit einem Grinsen an Cloft zurück. Hätte aber auch ein Lächeln sein können. So ein verrutschtes Lächeln, das schlechte Nachrichten ankündigt. „Es ist ein Jammer, dass nicht mehr, äh, gelesen wird. Und nun reiß eine Seite raus und ess sie auf, Schlammbeißer."

Cloft zögerte. Schlammbeißer war gut. Nun kannte er, seitdem er in Gießen war, schon zwei lustige Namen: Schlammbeißer und Elefanten-Klo.

„Mach schon, Papier reinigt den Gaumen."

Cloft schlug das Buch irgendwo auf und begann langsam eine Seite herauszutrennen.

„Du musst nicht so verdammt vorsichtig sein. Ich brauche das Buch nicht mehr lesen. Ich bin jetzt schon ganz hingerissen davon."

Cloft lies seine Augen zwischen Papier, Revolver und dem Gesicht des Mannes hin und her gleiten. Der junge Mann starrte geradeaus, aber er sah Cloft nicht, er sah niemanden. Seine zusammengekniffenen Augen blickten ins Leere. Jetzt, da er endlich zur Sache kam, der sich-mal-kennenlernen-Teil durch war, interessierte ihn die ganze Angelegenheit schon nicht mehr. Er schaute sich nach imaginären Silhouetten um, schaute ins Irgendwo. Er war in einem Zustand freudiger Verzückung. Er war mit sich selbst – hey, bin ich cool – und der Wichtigkeit seines Tuns – hey, wer kennt das kitzelige

Geschäft mit Waffen besser als ich, Bruder? – beschäftigt. Er hielt sich für wahrhaftig und beeindruckend und unerreichbar. Keiner konnte ihm etwas. Er sah nur sich. Sah die Kinofassung seines Lebens. Das Buch sah er nicht. Auch er hatte noch nie einen Blick für Bücher. Und genau das war ein Fehler. Denn während er so ins Irgendwo schaute, klatschte ihm das Buch ins Gesicht und seine Turnschuhe – hey, haben die nicht rutschfeste Sohlen? – verloren jeglichen Halt auf dem Boden. Die Verblüffung, die er in diesem Augenblick empfand, war größer als jede Angst. Und während ihm langsam dämmerte, dass er einen Fehler gemacht hatte – hey, nobody is perfect – schlug er auch schon auf dem Asphalt auf. Schmerz ist nur eine andere Form der Information.

Der Schmerz, der sich in seinem Kopf ausbreitete, kündigte ihm eine schlechte Nachricht an. Er sagte ihm, wenn du nicht sofort etwas unternimmst, bist du am Ende, aber er sagte ihm nicht, was er unternehmen sollte, bis ihm der Revolver einfiel, aber da war inzwischen kein Revolver mehr, da war nur noch eine leere Hand, und er fragte sich, wo der Revolver wohl sei, und plötzlich war er wieder da, genau in seinem Blickfeld, mythisch und greifbar zugleich, todbringend und matt schimmernd. Blöd war nur – hey, dumm gelaufen, – dass der Revolver auf ihn zielte, sein eigener Revolver war auf sein Gesicht gerichtet und deshalb fing er an zu lächeln, aber irgendwie verrutschte sein Lächeln schon wieder und er öffnete seinen Mund etwas, und dann bekam er Papier hineingestopft und er erinnerte sich wieder an das Buch. Es war das erste Mal in seinem Leben, dass er sich an ein Buch erinnerte. Er ahnte, dass er den Geschmack von Büchern nicht lieben würde. Er begann zu husten, aber das Papier wurde unaufhaltsam nachgeschoben. Er würgte, spuckte. Dann schloss er die Augen. Er hörte ein fernes Autohupen, den Regen. Er öffnete seine Augen wieder und sah, wie ein aufgeschlagenes Buch langsam auf sein Gesicht zukam, sich zwischen ihn und den Revolver schob – hey, Moment mal, sind das Schwarzweiße nicht die, äh, Buchstaben? – aber er konnte nichts lesen. Er sah das Buch, roch es, schmeckte es, kaute die Sätze durch, stotterte Löcher in die Sprache, aber er konnte nichts lesen, sah nur bedruckte Linien. Und er fragte sich, was da wohl stand und was auf der Seite stand, die er gerade durchkaute und dann – hey, du machst dir zuviel Sorgen, alles wird gut – explodierten die Buchstaben ihm geradezu ins Gesicht. Kurz darauf war er bereits kein Mensch mehr, sondern ein lebloses Ding, auf das der Regen fiel.

Als der Typ auf dem Boden lag, das Buch als dünne Trennwand zwischen Revolver und Gesicht, dachte Cloft zunächst, es reicht. Aber es reicht eben nie, und dann hatte Cloft geschossen. Zuerst hatte er es nicht geglaubt. Später glaubte er es immer noch nicht. Eine unerwünschte Entgleisung, die Cloft sich nicht erklären konnte, einer dieser Momente, die man aus seinem Leben streichen möchte. Er konnte sich nicht erinnern, wann er das letzte Mal so nervös abgedrückt hatte. Und er konnte sich nicht erinnern, wann er das letzte Mal so nass geworden war, aber er war ja noch nie in Gießen gewesen. In der vom Regen gereinigten Luft tönte jedes Geräusch ungleich heftiger und Cloft spürte eine zitternde Panik, dass jeden Augenblick jemand von der Straße kommen konnte: Da lag der Hinterhof nach einem Regen, glänzend, mit einem feuchten film-noir-look. Und da lag ein Mann, und der Mann war tot, Materie am falschen Platz. Cloft zerrte die Leiche an eine Hauswand unter eine Treppe. Alles war ruhig. Alles schwieg. Bis auf das Loch in seinem Mund. Es schmerzte.

Das Wenige, dass Cloft von Büchern wusste: sie dürfen nicht nass werden. Und so nahm er das zerschundene Buch an sich. Eine fürsorgliche Geste in einem schlimmen Moment. Üblicherweise nahm er keine Bücher in die Hand. Üblicherweise schoss er nicht einfach so. Der Schuss in diesem Gießener Hinterhof war eindeutig unter seinem Niveau, das Buch darüber. Er wischte es an der Hose des Toten trocken und steckte es ihm umständlich in die Manteltasche. Es dauerte. Seine Unbeholfenheit im Umgang mit Büchern machte sich bemerkbar. Dann fiel ein weißer Briefumschlag aus der Innentasche des

Toten; Geld kam zum Vorschein. Viel Geld. Cloft steckte den Umschlag ein und verließ vorsichtig den Hinterhof, hatte jedoch auf der Straße das Gefühl, er wäre für alle erkennbar geworden, gleich einem Elefanten. Ach, was heißt erkennbar? Cloft glaubte, sichtbar geworden zu sein: ein grüner Elefant, der durch das verregnete Gießen stapfte. Wo Wasser ist, ist auch Schlamm. Sind auch Elefanten. Aber niemand sprach ihn an, niemand hielt ihn fest. Er war aus diesem Hinterhof entkommen. Gießen war gut zu ihm. Cloft hatte keine Ahnung warum. Er hatte das Gefühl, sich bei den Menschen entschuldigen zu müssen, weil er in ihrer Stadt sinnlos gemordet hatte. Bei diesem Zackbum-Mord war er von den Regeln abgewichen. Cloft war es nicht gewohnt, seine Rituale, seinen Ganovenkodex, seine Markentreue zu verletzen und sich einfach so von einem wehenden Straßenregen überwältigen zu lassen, von einer Augenblicksentscheidung. Dieser blödsinnige Zackbum-Mord war eine Verhöhnung seines Gewerbes. Dieser Tat war nichts, aber auch gar nichts Gutes abzugewinnen. Notwehr? – ein finsterer Trost. Es war ihm, als hätte er an Format eingebüßt. Cloft streifte umher, nur um wieder beim Elefanten-Klo anzukommen. Er schaute von schräg unten durch die Löcher nach oben.

Immer mehr verwischte sich in ihm der Grund, warum er in Gießen war. Seine Entschlossenheit war weg. Er würde den Auftrag nicht zu Ende führen, die Aktion war aus dem Ruder gelaufen. Er hatte Schmerzen im Mund und im rechten Knie. Hatten Elefanten Knie? Und wenn ja, wie viele? Er würde jetzt gerne über Elefanten reden, aber man würde spüren, dass er noch nie einen gesehen hatte. Er passte nicht in dieses Provinznest, ebenso wenig wie ein Elefantenhintern, auch wenn er noch so fett war, auf eines dieser Löcher passte.

Cloft ließ sich in den abendlichen Seltersweg treiben. Er versagte es sich, vor den Auslagen eines Fischgeschäfts stehen zu bleiben, ging weiter, immer weiter und entdeckte schließlich einen kleinen Laden, in dem man Fußballwetten platzieren konnte: Penalty. Cloft setzte sich auf einen Hocker und holte den weißen Umschlag hervor, den er bei dem Toten entdeckt hatte. Seine Überraschung war groß: über 1000 Euro. Dann saß er einfach nur da, schaute sich um. Auf einem großen Monitor sah man ein Fußballspiel. Überall waren Männer. Es roch nach geborgtem Geld und Zigarettenrauch. Neue Tipper kamen, andere standen auf, schoben Wettscheine über die Theke. Hier kam man her, um verlorenes Geld wieder hereinzuholen. Cloft lenkte seinen Kopf nach links, bald nach rechts, bis auch diese Bewegung verschwand. Dann schaute er nur noch nach unten auf das Wettformular. Er entschied sich, ein Spiel zu tippen, bei dem er keine der beiden Mannschaften kannte, und setzte 1000 Euro auf den Außenseiter. Ein Sieg dieser Mannschaft würde ihm 8000 Euro einbringen, die übliche Klimpergeldmenge. Mittels Fußballwetten ein anständiges Leben zu führen, würde ihm gefallen. Es hatte aufgehört zu regnen. Es kann nicht ständig regnen. Auch nicht in Gießen.

Abermals schlenderte er durch die Fußgängerzone, kehrte in einem Bogen zurück zum Elefanten-Klo, wo er sich einigermaßen wohl fühlte. Er glaubte den Beton rascheln zu hören, aber er konnte immer noch nicht E-Klo sagen. Im „Academica“ brannte noch Licht. Cloft verließ das Elefanten-Klo über eine Treppe und ging zum Antiquariat. Die Taucherpuppe war mittlerweile verschwunden. Er blieb vor dem Schaufenster stehen. Als er Nagel rauchend und trinkend im Sessel erblickte, wusste Cloft mit absoluter Gewissheit, dass er ihn nicht töten würde. Er hatte keine Ahnung, warum. Vielleicht, weil der Antiquar auch keine Zukunft hatte, so wie er selbst. Wieder war kein Kunde im Laden. Nagel würde bald schließen, seinen Laden dicht machen. Dann konnte das Haus abgerissen werden. Cloft überlegte kurz, ob er in den Laden gehen sollte, um nach diesem russischem Buch zu fragen, Doktor Shi..., aber dann ging er, ohne den Antiquar erschossen zu haben, ging, ohne nach dem Buch gefragt zu haben, ging, ohne einen guten Tag gehabt zu haben. Gute Tage sind anders. In wenigen Stunden würde er im Zug sitzen. Er mochte Züge. Sie waren ein Stück der Nacht. Bald schon würde er Gießen vergessen, bald schon würde er wieder in den Metropolen der Welt verschwinden, nach Amsterdam würde er reisen, nach Moskau, nach Chicago. Ja, Chicago: das war's. Das war es, wonach er gesucht hatte. Cloft ging rasch dem Bahnhof entgegen, schüttelte das Regenwasser ab und betrat die Bahnhofsbuchhandlung. Er würde zum ersten Mal in seinem Leben nach einem Buch fragen. Er würde nach diesem russischem Liebesschmöker fragen. Er würde fragen nach – Doktor Chicago.

WIE DU MIR, SO ICH DIR

Von Karin Tränkner

„Ah, Sie sind wohl die neuen Nachbarn?"

Anne hob gerade eine Umzugskiste hoch. Schnaufend drehte sie sich um. Als sie den Mann sah, der sich für die neuen Nachbarn interessierte, ließ sie abrupt den Karton fallen und rannte ins Haus, knallte die Tür hinter sich zu und lehnte sich von innen an die Tür. Ihr Herz hämmerte. Sie hatte das Gefühl, dass ihre Haare zitterten. Der große Flur, von dem aus vier Türen in die einzelnen Zimmer abgingen, schien immer kleiner zu werden, bis er auf sie bedrohlich wirkte.

„Anne, was ist denn los mit dir?"

Die Stimme ihres Mannes drang wie aus Meerestiefe zu ihr. Florian nahm sie in die Arme und streichelte ihren Rücken.

„Ich hab dir gleich gesagt, dass dieser Umzug zu viel für dich ist. Komm, leg dich ein bisschen hin".

Fürsorglich führte er sie durch das chaotische Wohnzimmer zur Couch. Sie legte sich hin. Ein Gefühlschaos machte sich in ihr breit. Dieser Mann da draußen war der Mensch, den sie nie mehr in ihrem Leben sehen wollte. Und nun war er offenbar ihr Nachbar. Wie sollte das weitergehen? Florian durfte auf keinen Fall erfahren, dass sie den Nachbarn kannte. Sie waren vom hektischen Frankfurt in diesen kleinen Vorort von Bad Homburg gezogen, um Ruhe und Entspannung zu finden. Und nun das. Sie musste später in Ruhe darüber nachdenken.

Nach einer Weile stand sie auf und ging wieder nach draußen. Als sie durch den gepflegten Vorgarten schlenderte, sah sie, wie Florian sich angeregt mit diesem niederträchtigen Mann unterhielt. Es war auffällig, wie unterschiedlich beide Männer waren. Florian, groß, drahtig gebaut, blondes kurzes Haar, offene Haltung, offener Blick. Und dann Georg Schöller. Groß, derb, lichtes Haar von einer zwischenzeitlich undefinierbaren Farbe. Früher hatte er mal dichtes braunes Haar und war nicht unattraktiv. Jetzt sah er eher schlampig an

Körper und Kleidung aus. Seine Seele hatte diese Schlampigkeit schon immer. Aber sie hätte ihn wiedererkannt, selbst wenn er 100 Jahre wäre. Selbstsicher trat sie zu den beiden Männern.

„Anne, das ist Georg Schöller, er wohnt mit seiner Frau drei Häuser weiter. Herr Schöller, das ist meine Frau Anne".

„Oh, wir hatten schon das Vergnügen."

Er lächelte freundlich. Die Wachsamkeit in seinen Augen sprach jedoch eine andere Sprache.

„Ja, wir hatten schon das Vergnügen", sagte Anne kühl und blickte Georg Schöller starr in die Augen.

Er verabschiedete sich überhastet, nicht ohne zu erwähnen, dass man sich bald mal zusammensetzen müsse. Darauf kannst du Gift nehmen, dachte Anne und ihre anfängliche Angst und Wut waren einer Kälte gewichen.

„Netter Mann", sagte Florian und freute sich offensichtlich, so schnell Kontakt bekommen zu haben. Anne schwieg nachdenklich.

Das Haus war eingerichtet und Anne begann, die Gegend zu erkunden. Im Ort, der malerisch zwischen Bad Homburg und Frankfurt liegt, gab es alles, was ein Haushalt so auf den ersten Blick benötigt. Einen kleinen Supermarkt, eine Apotheke, etliche Gaststätten, zwei Banken, ein Wasserhäuschen und eine Tankstelle. Für weitere Bedürfnisse musste man nach Bad Homburg.

An einem sinnlichen Frühsommertag erforschte Anne die Stadt, die von sich behauptet, sie verfüge über Champagnerluft, was auch immer das bedeuten mag. Ihr erstes Ziel war der Kurpark. Sie genoss die verschiedensten Düfte der blühenden Bäume und Sträucher. Sie wusste bislang nicht, dass es ein solches Kleinod vor den Toren Frankfurts gab. Die Russische Kirche, der Siamesische Tempel, das Kaiser-Friedrich-Bad und die Spielbank, die Mutter des Casinos von Monte Carlo, waren ihr völlig unbekannt. An dem idyllisch gelegenen Ententeich ließ sie sich auf einer Bank nieder, streckte die Beine von sich, lehnte sich zurück und genoss die wärmenden

Sonnenstrahlen. Sie schloss die Augen. Von einer Sekunde zur anderen wurde sie unruhig. Ihr Herz schlug schneller. In diesem Moment ertönte die Stimme, die sie aus tausenden heraus erkannt hätte.

„Hallo Frau Nachbarin, na, machen wir ein kleines Nickerchen?"

Anne riss die Augen auf, und vor ihr stand Georg Schöller mit einer Frau an seiner Seite, offenbar der Seinigen. Ein dralles Etwas, mit schwarz gefärbten Haaren, deren grauer Ansatz nicht zu übersehen war. Sie trug eine beige Lederhose, die viel zu eng saß und dazu ein rotes Jackett. Über dem Busen schienen die Knöpfe sich jeden Moment selbstständig zu machen. Alles in allem sah sie aus wie eine Pellwurst. Anne registrierte dies in Bruchteilen von Sekunden.

„Na, Marga", spöttisch wandte er sich an die Frau, „so schön möchtest du es auch mal haben?" Er lachte meckernd. Dann stellte er Anne seine Frau vor. Er erwähnte wohlweislich nicht, dass er Anne und Florian bereits näher kannte. Anne fiel sofort auf, wie lauernd der Blick von Marga Schöller war. Anne folgerte daraus, dass sie wohl ihre Erfahrungen, egal welcher Art, mit Georg gemacht hatte. Georg wollte Anne in ein Gespräch verwickeln, aber sie verabschiedete sich unter einem Vorwand. Der geplante Einkaufsbummel war ihr gründlich vergangen und sie fuhr nach Hause. Wenn sie daran dachte, dass die Begegnungen mit diesem Menschen fortan zu ihrem Alltag gehören würde, stieg Unwohlsein und Hilflosigkeit in ihr hoch.

In der Folgezeit mäkelte sie in Gegenwart von Florian öfters, dass ihr dies und jenes am Haus nicht behage, bemängelte Kleinigkeiten, die es nicht wert waren. Der Ort sei mehr als nur Provinz. Wegen jeder Kleinigkeit müsse sie nach Bad Homburg fahren. Ein Einkaufsbummel in Frankfurt mit öffentlichen Verkehrsmitteln sei immer eine Weltreise. Auch deshalb müsse sie immer mehr auf kulturelle Veranstaltungen verzichten. Sie wollte Florian unbedingt dazu bewegen, zumindest nach Bad Homburg zu ziehen. Aber Florian schaltete auf stur. Er konnte logischerweise nicht begreifen, warum Anne auf einmal so vehement aus Ober-Erlenbach weg wollte. Ihre Gründe leuchteten ihm nicht ein. Wie sollten sie auch. Zum ersten Mal in ihrer zehnjährigen Ehe hatten sie heftige Streitereien. Florian war verwirrt. Im Laufe dieser schier endlosen Diskussionen erklärte er so nebenbei, sie könnten schon aus einem anderen Grund zur Zeit nicht umziehen. Er müsse in absehbarer Zeit für einige Monate in die USA. Seine Aufgabe sei es, den Aufbau einer Filiale zu leiten. Finanziell würde es sich als sehr lukrativ erweisen. Er versuchte Anne zu erklären, was dies für ihre gemeinsame Zukunft bedeuten würde. Auch das Haus würde viel früher abbezahlt sein, als sie beide es sich vorstellen könnten. Er schien zu diesem Zeitpunkt froh über diese Abwechslung zu sein. Anne war gekränkt, fühlte sich bei dem Gedanken an seine Abwesenheit noch hilfloser, schwieg aber.

Florian war in den USA. Anne hatte sich angewöhnt, jeden Abend noch ein bisschen an die Luft zu gehen. Sie konnte bei diesen Spaziergängen nicht an Georgs Haus vorbeigehen, ohne stehen zu bleiben. Bei ihm waren nie die Rollläden heruntergelassen. Anne hatte ungehinderten Einblick in das Wohnzimmer. Georg saß meist in einem verschlissenen Sessel vor dem Fernseher. Marga saß, in täglich wechselnden, babyfarbenen Hausanzügen auf der Couch; beschäftigt mit Fingernägeln, Fußnägeln oder irgendwelchen Yellowpress-Zeitschriften. Warum Anne ständig stehen blieb, wusste sie selbst nicht. Es war keine Neugier, es war, als ob eine unbekannte Macht sie an dieser Stelle festhielt.

Florian war erst eine Woche weg, als es an der Haustür klingelte. Anne öffnete die Tür, und zu ihrem Erschrecken stand Georg dort und forderte, eintreten zu dürfen. Anne war unentschlossen, gab dann aber nach. Georg setzte sich selbstbewusst in Florians Lieblingssessel. Anne schnürte es bei diesem

Anblick den Hals zu. Aber sie war nicht fähig, diese Selbstgefälligkeit zu unterbinden.

„Ich habe gehört, dass dein Mann für eine Weile weg ist. Und da dachte ich, wir müssten mal miteinander reden".

Er gab sich sehr jovial. Anne schaute ihn spannungsgeladen an. Sie wappnete sich, wofür, wusste sie noch nicht.

„Ich meine, wir müssten mal über die Vergangenheit reden und sie begraben", sagte er arrogant. Anne schwieg noch, aber sie wurde zunehmend argwöhnisch.

„Weiß dein Mann, dass wir uns kennen?" Anne schwieg.

„Jetzt sag doch mal etwas, du machst mich ganz nervös, wenn du so stumm dasitzt".

Er jammerte. Anne wurde es fast übel. Sie wartete nur auf den richtigen Moment, um eingreifen zu können.

„Schau, wir müssen die Vergangenheit doch endlich mal vergessen. Wir können nichts rückgängig machen". Er stockte. „Ich bin mir irgendwie auch keiner Schuld bewusst. Deine Mutter und ich haben uns damals ausgesprochen. Was dann geschah, kannst du mir nicht anlasten. Dass du das vielleicht anders siehst...", er stockte wieder und sah Anne auffordernd an. Das war der Moment, in dem Anne der Kragen platzte.

„Was heißt da ausgesprochen? Rede nicht immer von wir", brüllte sie. „Um wen geht es hier? Du hast meine Mutter vergewaltigt, du bist verurteilt worden. Ich weiß bis heute nicht, ob du Ungeheuer mein Vater bist oder nicht. Du hast doch die Vaterschaft abgestritten. Du hast meine Mutter unter Druck gesetzt, damit sie keinen Vaterschaftstest hat machen lassen. Du hast unser Leben zerstört. Und dann wagst du zu sagen, du seiest dir keiner Schuld bewusst?" Anne konnte sich kaum noch beherrschen.

„Hast du das vergessen? Das würde zu dir passen. Weiß eigentlich deine Frau davon? Weiß sie, dass du wegen Vergewaltigung vorbestraft bist? Weiß sie, dass du eine Frau, meine Mutter, in den Selbstmord getrieben hast? Weißt du, wie ich meine Kindheit, meine Jugend verbracht habe? Dass ich bei meiner leicht demenzkranken Großmutter aufgewachsen bin? Dass ich schon in jungen Jahren Fürsorge geben musste, anstatt sie zu erhalten. Soll ich ihr vielleicht mal davon erzählen? Und jetzt drängst du dich wieder in mein Leben. Aber das werde ich nicht zulassen. Darauf kannst du dich verlassen. So, und jetzt hau ab und versuche ja nie wieder, mit mir irgendwelche Vergangenheitsbewältigung zu betreiben. Und wenn du hier nochmals auftauchst, werde ich ein Gespräch mit deiner Marga führen. Auch darauf kannst du dich verlassen. Und wenn ich erst diese ganze Geschichte meinem Mann erzähle, wirst du dein blaues Wunder erleben. Eines noch zum Schluss, unterschätze mich nicht. Ich kann dir das Leben so schwer machen, dass es für dich kein Leben mehr ist."

Anne war erschöpft. Sie wollte diesem Mann noch so viel ins Gesicht schleudern. All ihre Qualen, die sie die ganzen Jahre hatte aushalten müssen, die vielen Nächte, in denen der Schlaf nicht kommen wollte, ihre Gedanken an Rache und Gerechtigkeit, wobei sie sehr wohl wusste, dass Rache kein Ausweg war und Gerechtigkeit in ihrem Falle sich nie würde herstellen lassen können. Sie hatte die ganzen Jahre festgesessen und konnte sich nicht entwickeln. Sie war bislang eine warmherzige Persönlichkeit. Trotzdem war der Gedanke an Rache das Mittel, welches sie aufrechterhielt. Die Vergangenheit war immer präsent. Umso mehr litt sie darunter, dass dieser Mann nun in ihrer Nachbarschaft wohnte.

Georg verzog zunächst keine Miene. Anne bemerkte jedoch, dass es in seinem Hirn arbeitete. Dann fing er an zu grinsen.

„Du hast offenbar die Labilität deiner Mutter geerbt. Und ich hoffe oder ich glaube, dass ich nicht dein Vater bin. Und ich sage dir auch noch zum Schluss: lege dich nicht mit mir an".

Anne spürte die Entschiedenheit in diesen wenigen Worten, ließ sich aber nicht einschüchtern.

„Raus!"

Georg lümmelte sich aus dem Sessel und schlenderte scheinbar siegesgewiss davon. Anne begleitete ihn nicht zur Haustür. Sie saß noch eine ganze Weile aufgewühlt da und suchte verzweifelt nach einem Ausweg aus ihrem Dilemma. Sie konnte nicht ahnen, dass eine Lösung bereits bevorstand.

Florian war nun schon vier Wochen in den USA. Anne machte ihren allabendlichen Spaziergang Es war immer die gleiche Strecke. Den kurzen Beudeweg entlang, am Schluss des Weges ging es rechts ins Feld, dann wieder rechts in Richtung Hauptstraße und dann wieder in den Beudeweg hinein, ein kleiner Rundkurs. An diesem Abend sollte es anders werden. Anne spürte es schon, als sie das Haus verließ. Sie war unruhig. Wie üblich blieb sie vor dem Haus von Georg stehen, geschützt von mannshohen Büschen, um die Atmosphäre im Wohnzimmer einzufangen. Der Raum war sehr groß und für Annes Geschmack viel zu überladen mit allerlei Nippes, Trockenblumensträußen und -kränzen geschmückt. Vitrinen mit Gläsern und überall Familienfotos rundeten das Bild vom biederen Haushalt ab. Vom Wohnzimmer aus ging eine Wendeltreppe ins Obergeschoss und eine Treppe in die unteren Räume, wo sich ein Haushaltszimmer befand sowie die Waschküche und ein Gästezimmer, wie in einigen dieser Fertighäuser in der Gegend. Georg saß auf der Couch und Marga ihm gegenüber in einem Sessel. Beide gestikulierten heftig. Immer wieder stand Georg auf und stapfte rastlos im Wohnzimmer hin und her. Marga holte sich von Zeit zu Zeit etwas Alkoholisches aus der Hausbar. Dies schien Georg noch mehr zu reizen, denn er entriss Marga ein ums andere Mal das Glas, was diese dazu veranlasste, aufzustehen und sich ein neues Getränk zu holen. Anne hatte das Gefühl, dass die Eskalation nicht fern war. Georg redete sich offensichtlich in Rage. Anne konnte erkennen, dass sein Gesicht hochrot war. Marga verzog des öfteren ihr Gesicht zu einem geringschätzigen Grinsen. Dann wurde es ihr anscheinend zu bunt. Sie stand auf und ging zur Treppe, die ins Untergeschoss führte. Georg wollte sie davon abhalten und riss sie am Oberarm zurück. Anne fröstelte. Die Situation schien ihr nicht mehr ganz geheuer. Marga stand mit dem Rücken zur Treppe, die heftige Diskussion ging weiter. Georg stand nun ganz dicht vor ihr. Anne konnte sein wutverzerrtes Gesicht deutlich sehen. In diesem Moment spuckte Marga ihm ins Gesicht. Er erstarrte einen Moment und dann – Anne glaubte ihren Augen nicht zu trauen – gab er ihr einen Stoß vor die Brust. Marga strauchelte und fiel rückwärts die Treppe hinunter. Anne schluckte die aufkommende Übelkeit und Hysterie hinunter. Auch den Schrei, der sich in ihrer Kehle formte, konnte sie unterdrücken. Georg bewegte sich nicht von der Stelle und starrte regungslos die Treppe hinunter. Nach endlos scheinenden Sekunden ging er mit vorsichtigen Schritten die Treppe hinab und entschwand somit aus Annes Blickfeld. Sie wartete unruhig ab. Ihr erster Gedanke war, bei Georg zu klingeln und ihre Hilfe anzubieten. Doch sie blieb wie unter Zwang stehen. Die Übelkeit verschwand so schnell wie sie gekommen war und sie wurde ganz ruhig. Es war, als ob sie einen Film sähe. Georg kam schleppend die Treppe wieder hoch – ohne Marga. Seine Gesichtsfarbe glich der von frisch gefallenem Schnee. Wenn Anne nun glaubte, er würde zum Telefonhörer greifen und Hilfe holen, hatte sie sich getäuscht. Er ging zur Hausbar und goss sich einen Cognak ein, und nicht zu wenig. Er wanderte angestrengt im Wohnzimmer umher. Sie musste sehen, was Georg unternahm. Auch musste sie aufpassen, ob denn nicht ein anderer Nachbar sie beobachtete. Da diese Wohnstraße eine Sackgasse ist, war zumindest nicht zu befürchten, dass um diese Uhrzeit viel Verkehr zu erwarten war.

Anne musste dringend zur Toilette, aber lieber hätte sie in die Hosen gemacht, als ihren Beobachtungsposten zu verlassen.

Nach etwa einer Stunde telefonierte Georg. Anne eilte nach Hause. Nach wenigen Minuten sah sie den Rettungswagen in ihre Straße einbiegen. Er hielt vor Georgs Haus. Nach einer Weile fuhr er wieder davon. Anne konnte nicht erkennen, ob mit oder ohne Marga. Sie hatte große Lust Georg anzurufen, unterließ es aber dann.

Am nächsten Tag war die Aufregung in der Straße und im Ort riesengroß. Ihre direkte Nachbarin, eine pensionierte Lehrerin, klingelte bei Anne und überfiel sie mit der vermeintlichen Neuigkeit.

„Wissen Sie schon, was mit der armen Frau Schöller passiert ist?"

Die Augen der Nachbarin glänzten, als ob sie im Lotto gewonnen hätte. Anne gab sich ahnungslos.

„Die arme Frau ist die Treppe hinuntergestürzt. Herr Schöller war oben in seinem Arbeitszimmer und hat davon nichts mitbekommen. Als er später nach unten kam, hat er sie tot vorgefunden. Der arme Mann, er ist fix und fertig. Was für eine Tragik. Es ist ein großer Verlust für ihn. Wissen Sie", plapperte sie weiter, „die beiden haben eine vorbildliche Ehe geführt. Und die Schöllers sind hier im Ort sehr angesehen. Hilfsbereit, freundlich, in vielen Vereinen ehrenamtlich tätig. Beinahe wäre Herr Schöller letztes Jahr Ortsvorsteher geworden. Und nun dieses Unglück".

Anne murmelte etwas von schrecklich und komplimentierte die sensationsheischende Nachbarin hinaus.

Dieses Miststück, dachte sie entsetzt, nicht nur, dass er sie die Treppe hinuntergestoßen hatte, man hätte sie wahrscheinlich noch retten können, wenn er sofort den Notarzt gerufen hätte. Ein eiskalter Mörder, das war er. Und sie war Zeugin. Auf einmal kam ihr ein Gedanke. War das ihre Chance? Ein Plan begann in ihr zu reifen. Für eine Anzeige war es zu spät. Jeder Polizist würde sie fragen, warum erst heute. Außerdem würde Aussage gegen Aussage stehen. Georg würde es, wenn überhaupt, als Unfall darstellen. Selbst wenn ihm der Mord nachgewiesen werden könnte, die Leute in der Straße und im Ort würden sie und Florian auf ewig meiden. Sie mussten zwischenzeitlich feststellen, dass auf dem Land mit zweierlei Maß gemessen wurde. Menschen wie Georg konnten sich viel erlauben, hingegen einfache Leute, oder solche, die aus der

Stadt zugezogen waren, hatten es bedeutend schwerer, akzeptiert zu werden. Das galt nicht nur für Ober-Erlenbach, sondern generell für ländliche Regionen. Der Ort war geprägt durch ein streng strukturiertes Umfeld.

Am nächsten Tag klingelte sie bei Georg. Er bat sie mit weinerlicher Stimme herein und wollte gerade anfangen, über das Unglück zu reden, als Anne ihn schroff unterbrach.

„Vor mir brauchst du nicht den trauernden Witwer zu spielen".

Georg schaute sie erstaunt an.

„Was willst du damit sagen?"

„Ich will damit sagen, dass ich gestern Abend alles mit angesehen habe. Ich will damit sagen, dass ich gesehen habe, wie du deine Frau umgebracht hast."

Anne genoss sein Entsetzen. Sein Blick wurde hektisch und er rang nach Worten.

„Du spinnst ja." Er versuchte krampfhaft, überlegen zu lächeln.

„Warum bist du dann nicht zur Polizei gegangen?

„Ich werde wohl meine Gründe haben." Anne kostete ihre Überlegenheit aus.

„Du wirst von mir hören". Anne ging, ohne Georg noch eines Blickes zu würdigen. Sie spürte jedoch seinen bohrenden, vielleicht auch ängstlichen Blick in ihrem Rücken.

Nach etlichen schlaflosen Nächten hatte Anne einen Plan gefasst. Vielleicht wäre alles anders gekommen, wenn sie sich Florian hätte anvertrauen können. Aber sie war nun zum Ergebnis gekommen, dass nur sie dieses Problem allein lösen musste. Sie dachte oft an ihre Mutter. Sie vermisste sie immer noch. Du wirst noch deine Ruhe finden, versprach sie ihr. Ihr war auch bewusst, was es heißt, den Weg zu Ende zu gehen.

Anne ging auf Margas Beerdigung. Als sie Georg am offenen Grab kondolierte, flüsterte sie ihm, für andere nicht hörbar, zu: „Wir sind noch nicht miteinander fertig."

In der Folgezeit rief sie Georg ab und zu an und verlangte jedes Mal eine für ihn demütigende Gefälligkeit. Er solle doch bitte den Rasen mähen, er möchte ihr doch bitte etwas Ausgefallenes aus Frankfurt besorgen oder sie bat ihn darum, ihr Auto durch die Waschanlage zu fahren. Anfangs war er noch empört, konnte sich aber der Schlinge, die ihm Anne anlegte, nicht entziehen. Anne machte ihm unmissverständlich klar, dass er keine andere Wahl hätte. Zwischendurch versuchte er immer wieder, ihr deutlich zu machen, dass Anne keinerlei Beweise dafür hätte, dass er Marga umgebracht hätte. Anne blieb unbarmherzig.

„Ich an deiner Stelle würde mich nicht so darauf verlassen. Außerdem, nur zu deiner Information, damit du nicht auf dumme Gedanken kommst; ich habe einen Brief beim Notar hinterlegt, falls mir etwas passieren sollte." Anne spürte, dass Georg immer nervöser wurde.

Eines Tages bekam er Damenbesuch. Anne hatte bei ihrem abendlichen Spaziergang gesehen, dass ein schwarzer Golf vor Georgs Haus hielt. Eine aufgetakelte junge Frau, die um einiges jünger war als Georg, stieg aus. Georg schien schon auf sie gewartet zu haben. An der Eingangstür umarmte er sie. Die junge Frau fuhr am nächsten Morgen weg. Sie hatte bei Georg übernachtet. Anne rief ihn umgehend an und forderte ihn unmissverständlich auf, die Beziehung zu beenden. Georg war fassungslos.

„Was erwartest du von mir? Hör endlich auf. Ich verstehe dich nicht. Was willst du eigentlich von mir?"

Anne ließ sich auf keine Diskussion ein.

„Wenn der schwarze Golf das nächste Mal in den Beudeweg fährt, werde ich der jungen Dame einiges zu erzählen haben. Basta."

Anne sah den schwarzen Golf nicht mehr. Gelungen, dachte sie befriedigt.

Die Ortsbeiratswahlen standen an. Georg hatte sich wieder als Kandidat für den Posten des Ortsvorstehers aufstellen lassen.

Wieder griff Anne zum Telefon. „Ich brauche dir wohl nicht zu sagen, dass ich will, dass du deine Kandidatur zurückziehst. Irgendwelche Einwände lasse ich nicht gelten. Stell dir nur mal vor, was ich bei deiner nächsten Wahlveranstaltung zu sagen hätte." Georg war fassungslos. Er bat, er bettelte, er drohte. Anne merkte, dass er bald am Ende war. Gewissensbisse hatte sie keine. Ein paar Tage später stand im Ortsblättchen, dass Georg Schöller seine Kandidatur aus persönlichen Gründen zurückgezogen hatte. Die Bürger von Ober-Erlenbach hatten Mitleid mit ihm. Sie vermuteten, dass er den Tod seiner Frau immer noch nicht verkraftet hatte. Große Anteilnahme war angesagt.

Zwischenzeitlich war es Sommer geworden und das alljährliche Straßenfest stand an. Das Straßenfest war eine Initiative eines jungen Ehepaars. Ziel war es, die Nachbarschaft zu fördern, die Nachbarn der Straße zu einer gewissen Einheit zusammenzuführen. Florian war noch immer in den USA; so ging sie allein hin. Sie kannte ja einige Leute. Außerdem hoffte sie, Georg zu treffen. Sie hatte eine neue Überraschung für ihn.

Anne kam als eine der Letzten auf das Fest. Mit einem Blick hatte sie Georg erspäht, der inmitten einer Gruppe von Frauen und Männern heftig gestikulierte und charmant einige Geschichten zum Besten gab. Die Leute suchten seine Nähe. Es wurde viel getrunken. Sie wollten mehr über das Unglück hören, wie er damit fertig wurde und wie sie ihm helfen konnten. Er sonnte sich in dieser Aufmerksamkeit. Als er Anne erblickte, fror sein Gesicht ein. Er wurde einsilbiger. Anne beobachte, wie er den Apfelwein ohne Kontrolle in sich hineinschüttete. Anne unterhielt sich mal hier und mal dort. Georg ließ sie jedoch nicht aus den Augen. Aus dem charmanten Plauderer wurde ein leicht betrunkener Jammerlappen. Anne wartete darauf, dass er auf sie zukam. Und so kam es auch.

„Was willst du hier?" Seine Artikulation stimmte schon nicht mehr.

„Warum sollte ich nicht hier sein? Auch ich bin in dieser Straße zu Hause und somit eingeladen“, entgegnete sie frostig. „Ich habe übrigens etwas Neues für dich.“

Georg zog sie auf die Seite. Sie waren vom Festgeschehen etwas entfernt. Georg schien einem Wutanfall nahe zu sein. Er trat an Anne heran und bedrohte sie mit seiner Nähe. Anne erkannte diese Taktik, ließ sich dadurch aber nicht einschüchtern. Es war für sie ein Zeichen, dass er immer mehr in Bedrängnis geriet.

„Was willst du jetzt noch von mir? Willst du Geld? Willst du vielleicht mit mir ins Bett?“ Er wirkte lächerlich.

Anne würgte ihn ab und sagte ihm süffisant, dass sie morgen früh mal bei ihm vorbeischauen würde. Sie ließ Georg stehen und schlenderte siegessicher wieder zu den anderen Nachbarn. Ein paar Minuten später sah sie Georg nicht mehr. Er schien nach Hause gegangen zu sein. Nach außen hin genoss Anne den weiteren Verlauf des Abends. Mit ihren Gedanken war sie jedoch weit weg. Sie hätte später nicht sagen können, mit wem und über was sie an diesem Abend geredet hatte. Eines blieb ihr allerdings in Erinnerung. Die häufigsten Gesprächsthemen waren Georg und der tragische Tod von Marga.

Am nächsten Morgen klingelte sie bei Georg. Er öffnete widerwillig die Tür und sah ziemlich fertig aus. Anne hatte kein Mitleid. Sie hatte ohnehin das Gefühl, dass ihr Leben nicht mehr ihr gehörte. Sie ging unaufgefordert ins Wohnzimmer und setzte sich in Georgs Sessel, er nahm gegenüber Platz. Sein Aussehen erschreckte sie und freute sie gleichzeitig. Es war 10 Uhr und er goss sich bereits einen Cognak ein; ob es der erste war an diesem Morgen, konnte sie nicht beurteilen. Anne lehnte sich zurück und betrachte Georg lauernd. Georg selbst wich ihrem Blick aus. Er schien ziemlich danieder zu sein. Anne goss Öl in das Feuer.

„Ich habe gestern gehört, dass du eine hohe Lebensversicherung von Marga zu erwarten hast. Also, ich mache dir einen

Vorschlag: Das Geld, das du von der Versicherung erhältst, spendest du in voller Höhe dem Frauenhaus in Bad Homburg. Ich sage dir gleich, ich lasse nicht mit mir handeln."

Sie hatte offenbar einen wunden Punkt mit einem Hammer bearbeitet. Georg fing zu jammern an.

„Lass mich doch endlich in Ruhe. Ich kann nicht mehr. Wie lange willst du mich noch fertig machen? Außerdem brauch ich das Geld. Ich will das Haus umbauen." Er wurde wütend.

„Ich könnte dich umbringen, weißt du das", keuchte er. „Ich weiß aber auch, dass du mich in der Hand hast. Aber gib mir endlich ein Ende deiner Demütigungen, deiner Strafe bekannt." Seine Wut wandelte sich in Verzweiflung um. Bei Anne wollte sich Verständnis einstellen, doch dann dachte sie wieder an ihre Mutter, und ihre Kälte bekam wieder die Überhand.

„Du kennst meine Bedingungen," erklärte sie kategorisch und ging entschlossen.

Zu Hause ließ sie ihren Gedanken freien Lauf. Stellte sie sich nicht mit Georg auf eine Stufe? Was erwartete sie von ihrer Rache? Inwieweit blieb eine nicht zu verarbeitende Belastung für den Rest ihres Lebens auf ihr sitzen? Sie fühlte, dass es ihr allmählich an natürlicher Wärme fehlte. Aber sie konnte nicht anders. Sie wollte mit diesem Mann nicht mehr täglich konfrontiert werden, auch auf die Gefahr hin, dass ihre Zukunft in ein schwarzes Loch hinabstürzte.

Einige Tage später lag eine amtliche Spendenbescheinigung über 100 000 Euro an das Bad Homburger Frauenhaus in ihrem Briefkasten. Anne lächelte höhnisch. Jetzt war der Zeitpunkt fürs Finale nahe. Im nächsten Ortsblättchen waren die Huldigungen an Georg durch nichts zu überbieten.

Wie jeden Abend telefonierte sie mit Florian in den USA. Sie war wortkarg und auf Florians Nachfragen wusste sie keine Antworten. Sie war in ihrer Rache gefangen und konnte sich niemandem mitteilen. Sie wollte auch keinen Rat. Florian kündigte an, in zwei Wochen wieder nach Hause zu kommen. Anne spielte Begeisterung vor und er war für den Moment beruhigt. Sie wusste nur, dass ihre Pläne bis zur Rückkehr von Florian erfüllt sein mussten.

Heute war der Tag. Anne hatte sich optimal vorbereitet. Sie klingelte bei Georg. Nach einer Weile öffnete er die Tür. Er schien betrunken zu sein. Sein Gesicht verzerrte sich. Sie erkannte ihn kaum wieder.

„Ach, die liebe Anne ist da", lallte er. „Was möchtest du denn heute von mir? Hast du noch nicht genug? Um Himmels willen. Nur weil ich deine Mutter ab und zu gebumst habe? Ich glaube, sie hat es damals ganz schön gefunden. Gut, sie wollte gewisse Spielchen nicht, die ich ganz gerne hatte. Aber zum Schluss hat sie mitgemacht. Also, was willst du jetzt noch?"

Anne wurde es übel. Jetzt war sie sicher, dass sie auf dem richtigen Weg war.

„Du wirst bald Ruhe vor mir haben", beruhigte Anne ihn mit einem hinterhältigen Lächeln. „Jetzt hör mir mal genau zu, sofern du dies in deinem Zustand noch kannst. Ansonsten werd ich es Dir auch gerne morgen früh nochmals erklären. Also, ich will, dass du dein Haus verkaufst oder vermietest, ist mir egal. Ich will nur, dass du aus dieser Straße, aus diesem Ort und aus meinem Leben verschwindest."

Georg starrte sie fassungslos an. Dann begann er zu lachen.

„Du bist wohl übergeschnappt", japste er. „Ich denke ja nicht daran." Er schien auf einmal nüchtern und wurde bissig. „Du hast mein Leben völlig ruiniert. Ich kann nicht mehr richtig schlafen, ich trinke zuviel und mir wird schlecht, wenn ich dich nur sehe. Das mit Marga wollte ich nicht, das wird mir jeder Richter glauben."

Anne unterbrach ihn. „Ich möchte mal sehen, was ein Richter dazu sagt, dass du erst eine Stunde später den Notarzt gerufen hast. Ich habe hier ein Papier mitgebracht. Du kannst es dir durchlesen. Wenn du mir nicht innerhalb von zwei Wochen nachweisen kannst, dass du ernsthaft gewillt bist, aus Ober-Erlenbach wegzugehen, werde ich dieses Papier an die Presse geben. Man kann dir vielleicht den Mord an Marga nicht nachweisen. Aber es bleibt immer etwas an dir hängen. Und die Vergewaltigung an meiner Mutter, die ist ja amtsbekannt. Und wenn das in Ober-Erlenbach bekannt wird, bist du auf jeden Fall erledigt. Überlege es dir gut, und ich garantiere dir, ich werde es tun."

Georg wollte sich auf sie stürzen, überlegte es sich aber im letzten Moment.

„Mach, dass du hier rauskommst", seine Stimme versagte fast.

Anne legte ihren Entwurf für die Presse auf den Tisch und ging.

„Denke daran, zwei Wochen und keinen Tag mehr", waren ihre Abschiedsworte.

Am nächsten Morgen klingelte es Sturm bei Anne. Die pensionierte Lehrerin. Sie war dem Weinen nahe.

„Haben Sie schon gehört, was Herrn Schöller zugestoßen ist?"

Nun wurde Anne aber doch hellhörig und fragte nach.

„Er ist heute Nacht tödlich verunglückt. Er ist mit überhöhter Geschwindigkeit gegen einen Baum gefahren. Offenbar war er betrunken, und stellen sie sich vor, Frau Bär von gegenüber hat erzählt, die Polizei geht von Selbstmord aus. Welch ein Unheil liegt doch über dieser Straße", jammerte die pensionierte Lehrerin.

Als die Lehrerin gegangen war, machte Anne ein Flasche Sekt auf. Ruhe war eingekehrt.

HOMBURGER DREIECKSGESCHICHTE ODER DER TOD HAT VIER SEITEN

Von Ysabel Yardley

Grit hatte eine Einladung ihrer ehemaligen Schulfreundinnen aus Bad Homburg erhalten. Mein Gott, dachte sie im Stillen, es lag jetzt genau 30 Jahre zurück, als sie hier die Internatsschule verlassen hatte, um in Bern die restlichen Jahre bis zum Abitur durchzuziehen! Und nie hatte sie die Zeit gefunden, die Heimatstadt aufzusuchen. Gemächlich schlenderte Grit zum Kurpark, lief an der Spielbank vorbei, schaute ein paar Golfern zu und lächelte: Ja, es war schön, wieder daheim zu sein! Obwohl sie die letzten Jahrzehnte in Bern verbracht hatte, existierte da immer noch die leise Sehnsucht nach dem Vertrauten, dem Heimatlichen. Als sie eine Mutter ihr Kind ausschimpfen hörte: „Ei, jetzt her doch ema uff demit! Des geht mir uff de Wegger!", musste sie laut auflachen! Genau das war es auch, was sie lange nicht mehr gehört und auch vermisst hatte!

Gerade als sie in die Augusta-Allee abbiegen wollte, hörte sie ein leises Flirren links von sich. Grit schaute sich erschreckt um und schrie entsetzt auf, als sie eine Frau blutüberströmt zusammensacken sah. In ihrem Hals steckte ein Betäubungspfeil, der gewöhnlich für Tiere bestimmt war. Die starren, weit aufgerissenen Augen zeigten keine Reaktion. Diese Frau war offensichtlich tot! Mit zitternden Händen drückte Grit die Tasten des Mobiltelefons und rief die Polizei an. Mittlerweile hatte sich ein dutzend Leute eingefunden, die hemmungslos gafften. Grit stand auf und drängte sich durch die Menge: „Ich hole einen Arzt!", murmelte sie verzweifelt und rannte davon, als ob der Teufel hinter ihr her wäre!

Die Kaiser-Friedrich-Promenade, in der sich ihr Hotel befand, war direkt in der Nähe. Atemlos lief Grit durch die

Halle hinauf in ihr Zimmer. Mit dem Rücken zur Tür gelehnt, blieb sie eine Weile keuchend stehen. Die entsetzten Augen des Kindes, als es leise piepste: „Mama? Mama?" ließen Grit nicht mehr los. Sie kramte aus ihrer Tasche Beruhigungs- und Schlaftabletten heraus und nahm jeweils eine, bevor sie das „Bitte-nicht-stören"-Schild draußen an den Türgriff hängte und sich hinlegte.

Sie schlief fünf Stunden und schaltete nach dem Wachwerden sofort den Fernseher ein. Gerade wurden die Regionalnachrichten gebracht, in denen man sich auch über den seltsamen Vorfall, der sich im Kurpark ereignet hatte, äußerte. Eine Frau sei mit einem vergifteten Pfeil ermordet worden und das in Anwesenheit der dreijährigen Tochter. Eine andere weibliche Person mittleren Alters habe die Polizei gerufen, sei aber dann spurlos verschwunden. Sie wurde gebeten, sich umgehend als Zeugin zu melden.

Grit hatte wahnsinnige Kopfschmerzen und schluckte erneut eine Tablette. Still lag sie da und dachte verzweifelt nach, was sie tun sollte. In dieser Sekunde spürte sie ihren Herzschlag wie lautes Hämmern, denn der Türknauf bewegte sich lautlos auf und ab. Jemand versuchte, bei ihr einzudringen! Mit zittriger Hand wählte Grit auf dem Haustelefon die Rezeption, doch die Leitung war tot. Schnell kramte sie das Funktelefon heraus und rief die Hotelzentrale an. „Bei mir versucht jemand einzubrechen! Schnell, schicken Sie jemanden in die erste Etage, Zimmer 107!", schrie sie hysterisch. Keine zwei Minuten danach wurde die Tür geöffnet und ein Mann im grauen Anzug fragte sie: „Alles in Ordnung, Frau de Greiff?" Grit nickte langsam: „Ja. Haben Sie jemanden entdecken können?" Der Mann im grauen Flanell schüttelte den Kopf und verließ achselzuckend das Zimmer. Grit entschloss sich, schnell zu duschen.

Ein Taxi brachte sie zur Spielbank, obwohl sie zu Fuß ebenso schnell dort gewesen wäre. Dafür drückte sie dem Fahrer ein gutes Trinkgeld in die Hand und erklärte ihm, sie hätte sich sonst die Pfennigabsätze ruiniert. Im Spielbank-Restaurant gab es ein vorzügliches Dinner, und dieses Ambiente war mal etwas anderes für die meisten Damen bei diesem Klassentreffen, denn zwei Drittel der Klasse waren woanders hingezogen und fanden es toll, hier nach Herzenslaune an die Spieltische oder Automaten zu gehen. In ihrem feuerroten Outfit mit den hochgesteckten blonden Haaren sah Grit wirklich superschick und sexy aus. Die meisten der Mittvierzigerinnen wirkten dagegen etwas trutschig und betont seriös. Lisa Berg hatte ihre Digitalkamera mitgebracht und knipste ohne Unterbrechung. Eine frühere Zimmerkameradin, Elsa Martin, kam auf Grit zu: „Hey, du siehst ja toll aus! Mann, macht das die neue Freiheit oder was ist los?“ Grit war es unangenehm, über die Scheidung von Urs zu sprechen, auch darüber, dass ihre erwachsenen Kinder seit Monaten nichts mehr von sich hören ließen. Sie blockte ab: „Na ja, ich arbeite als Drehbuchautorin und verdiene ganz anständig damit. Vor allem kann ich überall arbeiten und das macht den Job richtig interessant und aufregend.“ „Das hört sich tatsächlich klasse an! Ich bin Opernsängerin, Mezzosopran und ständig auf Tournee“. Doch die übrigen Damen interessierten sich weniger für die Oper, sondern wollten natürlich wissen, welche Drehbücher Grit geschrieben und welche Stars sie persönlich kennengelernt hatte. Unangenehm berührt, nun selbst als Mittelpunkt zu gelten und im Zentrum des Interesses zu stehen, gab Grit dennoch bereitwillig Auskunft über ihre Tätigkeit.

Sie sah nicht, wie ein Mann in schwarzem Leder die Gruppe der 14 Damen neugierig musterte und dann wieder verschwand. Schließlich war dies eine geschlossene Gesellschaft.

Rund zwei Drittel der Ex-Internatsschülerinnen hatten früh geheiratet, viele schienen auch heute noch verheiratet zu sein. Lediglich vier von ihnen hatten überhaupt einen Beruf erlernt. Diese vier allerdings waren mittlerweile auch alle geschieden. Die schwarzhaarige Elsa versuchte immer wieder, den Kontakt zu Grit herzustellen. Doch gelang ihr das nicht, weil diese sich einfach an eine der anderen Frauen wandte, um angebliches Interesse zu signalisieren. Der Abend wurde dann doch noch sehr lustig, aber nur, weil der hohe Alkoholspiegel seine typischen Auswirkungen zeigte. Auch Grit war leicht benebelt und suchte die Damentoilette auf. Plötzlich wurden ihre Sinne hellwach. Grit war durch und durch Nichtraucherin und hatte sich stets über den Gestank der Zigaretten und Zigarren ihres Ex-Mannes Urs geärgert. Und hier, direkt neben ihr, roch es unverkennbar nach Zigarrenrauch! Diese Geruchskulisse kannte Grit nur zur Genüge. Sie unterließ es, die Wasserspülung im Klo in Gang zu setzen, stattdessen schlich sie auf Zehenspitzen zur Tür. Ein letzter Blick nach hinten zeigte ihr die Spitze eines schwarzen Herrenschuhs. Eiligst rannte sie zur Garderobe und ohne sich zu verabschieden, schlüpfte sie in ihren Mantel und verließ die Spielbank. Sie spürte ein eiskaltes Frösteln, ganz so, als ob sie ein Eisstück im Rücken hätte. Beunruhigt schaute sie sich um, ob hinter den Bäumen jemand lauerte. Irgendwie hatte sie das Gefühl, beobachtet zu werden.

Auf einmal spürte sie eine Hand auf ihrer Schulter: „Hey, mein altes Mädchen, was soll das denn, ohne Abschied zu verschwinden?" Elsa Martin zog spöttisch die knallroten Mundwinkel nach unten und musterte abfällig ihr Gegenüber. „Ich habe schlimme Kopfschmerzen und muss mich hinlegen", kam es verlegen zurück. „Also, dann bis zum nächsten Mal", fügte Grit an. „Oh ja, ganz bestimmt sogar", erwiderte Elsa mit einem seltsamen Unterton. Grit lief im Laufschritt zum Hotel zurück. Sie knickte ein paar Mal mit den hohen Hacken um, doch der Schmerz war längst nicht so schlimm wie die Angst, die in ihr hoch kroch wie ein unaufhaltsames Gewächs und ihr den Hals zuschnürte.

Sie schlief sehr schlecht in dieser Nacht und beschloss, noch etwas länger zu bleiben. Grit war auf einmal fest entschlossen, herauszufinden, wer hinter ihr her war. Wer war dieser Mann auf dem Damenklo gewesen? Es musste doch etwas mit diesem Klassentreffen zu tun haben.

Am kommenden Morgen orderte Grit das Frühstück aufs Zimmer und hörte sich nebenbei die neusten Nachrichten an.

Es gab nichts gravierend Neues, außer, dass es sich bei der getöteten Frau um eine arbeitslose, alleinstehende Fensterputzerin gehandelt hatte, die von Sozialhilfe lebte, und bisher weder ein krimineller Hintergrund noch persönliche Rachemotive als Motiv in Frage kämen. Grit schaltete das Gerät ab und starrte aus dem Fenster. Vielleicht wurde es Zeit, ihre Mutter aufzusuchen. Ihre Mutter hatte vor 30 Jahren den Vater verlassen und einen Anderen geheiratet. Wieso das geschehen war, hatte Grit nie herausgefunden, denn ihr Vater war vor einem Jahr an einem Herzinfarkt gestorben, und er hatte sich zeit seines Lebens geweigert, darüber Auskunft zu geben. Ihre Mutter Sophie war jetzt 90 Jahre alt. Es war schon seltsam, dass ihre Mutter mit 45 Jahren ein einziges Kind bekommen und um dessen Sorgerecht nie gekämpft hatte.

„Auch das werde ich schnellstens herausfinden", murmelte Grit entschlossen und kämmte sich wild die Haare von links nach rechts. Das Mädchen an der Rezeption gab ihr bereitwillig Auskunft, welche Detektei für Nachforschungen in Frage käme: „Hier, da ist es! Die ‚Johann-Freyer-Ermittlungen'!" Grit schrieb sich die Nummer auf, setzte sich in eine stille Ecke und telefonierte. Johann Freyer kam eine Viertelstunde später vorbei und sie schilderte ihm ihr Problem. „Also, meine Mutter war eine geborene Sophie Wilhelmina Braun, geboren 2. 3. 1914 in Bad Homburg, verheiratet mit Gustav de Greiff seit dem 19. 7. 1945, geschieden am 9. 1. 1974, hier in Bad Homburg. Das ist alles, was ich weiß!" Der grauhaarige Ermittler drückte ihr seine Visitenkarte in die Hand und meinte: „Wenn noch was ist, erreichen Sie mich Tag und Nacht unter diesen Nummern." Grit dankte ihm und beschloss, noch einen Tee trinken zu gehen.

Freyer war ein gewiefter, alter Fuchs. Ihm war nicht entgangen, dass seine neue Klientin noch weitere Probleme hatte. Aber er wollte sich jetzt erst einmal um die eine Sache kümmern.

Seit geraumer Zeit geschahen beunruhigende Dinge im Leben der alten Dame: Jemand gab Sophie einen heftigen Schubs, als die U-Bahn am Bahnhof einfuhr. Um ein Haar hätte man sie reichlich zermanscht vom Boden abkratzen können, wäre da nicht der beherzte Griff eines Passanten gewesen, der ihren Mantel erwischt hatte und festhielt. Wenn dieser Mantel jedoch offen und nicht zugeknöpft gewesen wäre, dann hätte Sophie ihren letzten Atemzug getan! Mit nunmehr 90 Jahren abgemurkst zu werden, hörte sich nicht sehr witzig an! Sophie erfreute sich zudem bester Gesundheit. Sie hatte stets darauf geachtet, gesundheitliche Beeinträchtigungen unter Kontrolle zu bringen. Sie dachte nicht im Traum daran, vor dem 100. Geburtstag ins Gras zu beißen, wie sie sich gewöhnlich darüber äußerte! Stattdessen kleidete sich Sophie weiterhin sehr jugendlich und sehr farbenfreudig, hatte nach wie vor mittelblonde Haare mit feuerroten Strähnen und ging regelmäßig zur Kosmetikerin und in die Taunus-Therme. Man schätzte sie höchstens auf 70, denn ihre sehr schlanke Figur unterstrich ihre Jugendlichkeit noch um einiges mehr. Von Joachim, dem Großneffen ihres verstorbenen zweiten Mannes, hatte sie sich überreden lassen, in dieses exklusive Seniorenheim einzuziehen und die einstige Villa, die praktisch um die Ecke lag, zum Kauf anzubieten. Für dieses Prachthaus aus den 20-er Jahren, das von einem Grundstück mit über 3000 Quadratmetern umgeben war, gab es sicher bald einen Käufer. Bis auf wenige Teile würde auch das kostbare Mobiliar, das sie im Laufe ihres Lebens gesammelt hatte, mitveräußert werden. Der verstorbene Horst von Terpen hatte Anfang der Fünfziger Jahre die besten Grundstücke für einen Pappenstiel im Bad Homburger Raum aufgekauft und sie Jahre später mit hohen Gewinnen veräußert. Anfang des Jahres 1975 heiratete er die gleichaltrige Sophie. Da war das Paar 61 Jahre alt! Als Horst 1985 plötzlich verstarb, hinterließ er seiner Frau ein richtig schönes Vermögen, denn Horst hatte seine Frau abgöttisch geliebt und gut für sie vorgesorgt. Als die beiden damals heirateten, hatte Sophie nichts weiter einzubringen gehabt, als ihr Aussehen und ihre Lebenserfahrung. Schnell begriff sie jedoch, dass man rundum informiert sein musste, wenn man in der Gesellschaft etwas gelten wollte. Deshalb eignete sie sich ein breites Spektrum an. Später als Witwe veranstaltete Sophie viele Wohltätigkeitsfeste, lernte Golf spielen und war bis zum heutigen Tage Mitglied im feinen Bad Homburger Golfclub. Trotz ihres hohen Alters hielt man sie nicht für einen Eindringling auf Partys, die meist mit wesentlich jüngeren Leuten bestückt waren, nein, sie galt als charmante, witzige Person, die stets über alle Neuigkeiten informiert war. Ganz gleich, ob es die Börsenkurse waren, ob schulpolitische Änderungen in Hessen auf den Weg gebracht werden sollten, oder an welchen Ecken die Evangelische Kirche aufgrund der schlechten Wirtschaftslage ihre Einsparungsmaßnahmen vorzunehmen gedachte, es gab eigentlich kein Thema, bei dem Sophie nicht mithalten konnte.

Horst von Terpen hatte in seinem Testament 1985 seinem Großneffen und dessen Tochter Sandra ein kleines Vermögen hinterlassen. Doch Joachim brachte nicht nur sein Geld, sondern auch die Hälfte des Kapitals von Sandras angelegtem Fonds auf der Frankfurter Rennbahn durch. Im Laufe der letzten 19 Jahre hatte Sophie den beiden Verwandten jedoch nur so viel Geld, wie sie für richtig hielt, zur Verfügung gestellt. Denn Sophie stammte aus einer Zeit, in der man sich das Geld erarbeiten musste und nicht darauf wartete, dass man etwas abstaubte. Sie bezuschusste Joachim mit einer Summe von 45.000 Euro für seinen Kiosk am Waisenhausplatz, und es war ihr egal, ob er damit zurechtkam. Er, der Siebenundfünfzigjährige, musste wissen, ob er die Selbständigkeit verkraften konnte oder nicht. Es war in Sophies Augen eh eine Schande, dass der ehemalige Chemiker, der als Abteilungsleiter bei der „Hoechst AG“ gearbeitet hatte, so heruntergekommen war!

Auch hatte Sophie die 33-jährige Sandra nicht im Stich gelassen. Als diese von einer Arbeitslosigkeit in die andere rutschte, stattete Sophie ihr ein Geschäft mit Freizeitmoden aus, das auch Sportgeräte verkaufte. Sophies Warnungen, dass sich in schlechten Zeiten derlei Artikel nicht verkaufen würden, ignorierte Sandra. Und jetzt, zwei Jahre nach Eröffnung des Ladens, musste Sandra ihn schließen, obwohl er sich in einer Toplage der Homburger Innenstadt befand. Die gelernte Masseurin saß auf einem Berg Schulden und bekniete die alte Dame, doch jetzt das Erbe herauszurücken, denn allzu lange konnte es ohnehin nicht mehr dauern, bis Sophie sterben würde.

Selbst mit 90 Jahren will man solche Sprüche nicht hören, schon gar nicht von der eigenen Verwandtschaft! Deshalb brach die alte Dame den Kontakt zum Großneffen und zu Sandra ab.

Die bildhübsche Sandra war stinksauer. Es gab nur noch einen Ausweg, denn den Steuerberater, der auch Steueranwalt war, würde sie auch nicht mehr bezahlen können. Sandra stellte sich plötzlich vor den Spiegel, zog die Jeans aus und schlüpfte in das schwarze Spitzenkleid. Sie hatte Schwierigkeiten, den Reißverschluss zu schließen, doch dann war sie mit dem Ergebnis zufrieden: Die leichte Transparenz ließ erkennen, dass sie keine Unterwäsche trug. Schnell sprühte die attraktive Frau eine Ladung Parfüm unter den Rock, ehe sie die Lippen kräftig mit blutroter Farbe nachzog: „Diesem Mistkerl werde ich einheizen, dann kriege ich vielleicht noch was raus!“, murmelte sie ihrem sexy Spiegelbild zu, ehe sie die Wohnung verließ.

Sophie ging in der gepflegten Gartenanlage spazieren und dachte angestrengt nach: Ihre kleine Hakennase kräuselte sich ein und hüpfte dabei ein wenig auf und nieder. Vor rund zehn Tagen hatte man ihren Hund vergiftet im Straßengraben gefunden. Dabei hatte der kleine Mischling niemanden genervt oder angegriffen! Vor zwei Monaten hatte man bereits ihren Garten so schrecklich verwüstet, dass er völlig neu angelegt werden musste. Aber das Schlimmste war am letzten Tag in ihrem schönen Haus geschehen, als sie Tee vorbereitete und Gebäck in die Porzellanschalen füllte, um ihre Überraschungsparty für all ihre Golffreunde zu richten. Die Flügeltüren, die zur Terrasse führten, standen weit offen und eine

Amsel verirrte sich. Weil noch kein Gast anwesend war und Sophie in die Küche zum pfeifenden Teekessel eilte, bemerkte sie nicht, dass der kleine Vogel zum Gebäck flog und mit seinem Schnabel eifrig hineinhackte. Als Sophie mit dem Teegeschirr herein kam, fiel ihr das Tablett aus der Hand, denn die Amsel lag zuckend auf dem Gebäckteller und aus ihrem Schnabel lief Blut!

Sophie von Terpen brachte den Vogel in eine Tierklinik und ließ ihn untersuchen, genau wie den Hund zuvor. Es stellte sich bald heraus, dass der Hund mit Zyankali, der Vogel jedoch mit Strychnin vergiftet worden war! Doch wem hatten die Kekse gegolten? Ihr natürlich, oder etwa den Golffreunden? Und jetzt wollte Sophie nicht mehr allein sein in diesem riesigen Haus. Aus diesem Grund war sie mit der Idee einverstanden gewesen, in dieses exklusive Seniorenheim zu ziehen.

Plötzlich bremste ein Rollstuhl neben ihr und eine fette Frau schrie: „Hey! Beinahe hätten Sie mich umgerannt!" Sophie entschuldigte sich und nahm Platz auf der Holzbank, um die letzten Sonnenstrahlen des Tages zu genießen. Dabei schloss sie die Augen. „Sagen Sie mal, sind Sie nicht Frau von Terpen?", fragte die Frau im Rollstuhl. Etwas verwirrt nickte die 90-Jährige. „Wissen Sie", sagte die Fette, „ich habe etwas überreagiert, tut mir Leid, aber wenn ich mit dem Rollstuhl umfalle, brechen mir doch gleich alle Knochen". Sophie schaute immer noch etwas konsterniert und abwesend drein und so redete die Person weiter: „Also, ich bin Marina Kant. Erinnern Sie sich noch an einen früheren Angestellten Ihres Mannes? Den Hermann Kant?" Und plötzlich kamen die beiden Damen ins Gespräch. Es stellte sich heraus, dass Hermann Kant kurz vor dem Tod seines Bosses die Immobilienfirma verlassen hatte, um sich in Frankfurt selbständig zu machen, was ihm auch sehr gut gelang. Die Erinnerungen an glücklichere Zeiten ließen für ein paar Stunden die grässlichen Ereignisse vergessen. Die beiden Frauen hatten sehr viel gemeinsam und freundeten sich an. Das war genau das, was Sophie im Moment brauchte: eine Freundin, mit der sie reden konnte.

Sandra parkte den MG ein und glättete den kurzen Rock. Sie atmete noch einmal tief durch, dann lief sie die drei Treppen nach oben. Es war kurz nach 18 Uhr und die Mitarbeiterin war längst gegangen. Wenger selbst öffnete die Tür und schaute sie erstaunt an. „Michael ist impotent! Und jetzt brauche ich einen Kerl wie dich!“, rief Sandra knallhart aus und drängte sich an dem dicken Bauch des 50-Jährigen vorbei. Lasziv setzte sie sich auf den Bürostuhl und öffnete ganz langsam die Beine, so dass er erkennen konnte, dass sie trotz der winterlichen fünf Grad plus da draußen nichts drunter trug! Karl leckte sich die schmalen Lippen. Ihm wurde heiß. Die Umrisse ihres Busens, der sich durch heftiges Ein- und Ausatmen bewegte, Sandras Hände, die die Brüste streichelten, brachten ihn sofort dazu, sich die Krawatte runterzureißen, die oberen zwei Hemdknöpfe zu öffnen und sich provozierend vor die Frau zu stellen. Sandra schnellte hoch, drückte ihn auf den Stuhl und setzte sich rittlings auf ihn, bevor sie ihn leidenschaftlich küsste. Sie warf den Kopf nach hinten und ächzte und stöhnte, was den Steueranwalt zur Höchstleistung auflaufen lief. Als die Sache gelaufen war, sagte er: „Du kannst deine Schulden bei mir abarbeiten, Sandra! Du bist mehr als gut!“ Zwar ärgerte sich die attraktive Frau, dass der Mann sie so schnell durchschaut hatte, doch war sie andererseits froh, dass sie ihn wenigstens soweit beeinflusst hatte. Vielleicht würde er ihr helfen, ihr geheimes Problem zu lösen... Und Michael, ihr Ehemann? Der hatte nur fremde Frauen im Sinn, die er in der Tennis-Bar aufriss. Dabei verdiente er als Autoverkäufer gerade mal 1500 Euro im Monat! Es wurde Zeit, diesen Beau loszuwerden! Vielleicht konnte sie ja diesen geilen Fettwanst überreden, dass sie bei ihm einzog.

Joachim saß beim Zahnarzt und ließ sich vier Backenzähne ziehen. „Ja, wenn Sie so spät kommen und alles schon vereitert ist, habe ich keine Wahl“, brummte der Mann mit dem Mundschutz und fuhr fort: „Sie können sich ja später Implantate einsetzen lassen! Die Marion macht Ihnen gerne einen Kostenvoranschlag!“ Joachim hätte am liebsten laut aufgelacht! Er konnte ja noch nicht einmal den Zahnarzt bezahlen! Der gute Mann im weißen Kittel ahnte nicht, dass sein Privatpatient nicht im Traum daran dachte, später seine Rechnung zu begleichen. Den Rest des Tages legte sich der Großneffe von Sophie auf sein schmutziges Sofa, das er im Kiosk-Hinterzimmer aufgestellt hatte. Niemand wusste, dass er seit einem Jahr hier hauste, weil er seine Wohnung nicht mehr bezahlen konnte. Als er zur Decke schaute, dachte er im Stillen darüber nach, wieso sein Leben so verkorkst war! Seine Frau Elisabeth hatte er damals bei der „Hoechst AG“ kennen gelernt. Sie hatte als Sekretärin des Finanzvorstandes gearbeitet und musste oft bei Abendsitzungen Protokoll führen. Während dieser Sitzungen waren sich die zwei nähergekommen und heirateten zwölf Monate später. Joachim war ein guter Chemiker, aber ein lausiger Abteilungsleiter, was den kaufmännischen Bereich und die Führungsqualitäten anbelangte. Solange er nur im Labor werkelte, lief alles gut. Doch die Pannen, die sich speziell in den 80er-Jahren ereigneten, der „gelbe Regen“ über dem Stadtteil Griesheim und ähnliche Vorkommnisse, wie Explosionen im Werk selbst, führten dazu, dass seine Vorgesetzten ihn nicht mehr schützen konnten, weil sie selbst den Hut nahmen und andere, knallharte Manager im sogenannten Krisenstab sich diejenigen aussuchten, die man am leichtesten beschuldigen und damit loswerden konnte. Darunter fiel auch Joachim. Elisabeth verlor ihren Job in der Zeit, als man die „Hoechst AG“ in kleine Stückchen schnitt und zu diversen Firmeneinheiten verkleinerte. Sie bekam eine ordentliche Abfindung von 50.000 DM. Joachim überredete sie, das Geld in eine Eigentumswohnung zu investieren. Zuerst fand Elisabeth die Idee sehr gut und war guten Mutes. Doch als sie feststellte, dass man als 41-Jährige auf dem Arbeitsmarkt schon als alt galt, sprang sie nach 60 Bewerbungen an einer roten Fußgängerampel vor einen Lkw und war sofort tot. Diesen Schlag hatte Joachim nie verwunden. Seine Tochter Sandra stellte nur Forderungen und litt unter permanenter Gefühllosigkeit.

Michael war mächtig stolz auf sich. Er zog die schwarze Lederjacke aus, wischte mit einem Tempo-Taschentuch über die schwarzen Lackschuhe und knetete dann die moderne Frisur zurecht. Er war ein verdammt gutaussehender Junge, fand der 34-Jährige. „Gott, es wird Zeit für das Solarium!", rief er gekünstelt aus und erntete das laute Grölen seiner Kollegen. Schnell lief er auf die junge Dame zu, die gerade hereinkam. Die anderen Männer zogen Grimassen und machten dreckige Witze, weil Michael seinen Charme versprühte. Doch dieser zeigte Wirkung, denn 30 Minuten später wedelte er mit einem Wisch vor den anderen herum: „Ihr tauben Nüsse! Ich habe einen 35.000-Euro-Karren verscheuert!" Der Chef lobte ihn, denn Autos zu verkaufen war die hohe Kunst des Zulaberns und das hatte man nur drauf, wenn man gutaussehend, wohlriechend und braungebrannt war! Lediglich aus diesen Gründen behielt Michael seinen Job!

Die fette Frau im Rollstuhl sortierte die karierte Decke um ihren Unterkörper und schaute heimlich in einen Spiegel: „Entschuldigung, Frau von Terpen, aber ich bin trotz meiner 75 Jahre immer noch eitel". „Das bin ich mit meinen 90 auch noch, keine Sorge", lachte Sophie und stand von der Bank auf, weil es kühl geworden war.

Sophie schob den Rollstuhl ins Haus zurück und wollte sich ein wenig hinlegen. Sie ließ sich Badewasser ein, schminkte sich ab, kämmte sich das Haar eine Weile und drehte dann den Hahn zu. Weil die Sonne zu grell auf das Bett hereinschien, wollte sie die Vorhänge zuziehen und schaute unwillkürlich zum Fenster hinaus. Sie sah eine schwarzhaarige, schlanke Frau die Stufen herunterrennen, in einen schwarzen Beetle einsteigen und davon brausen. Sophie registrierte das und fragte beim Abendessen eine Tischnachbarin: „Wer war denn vorhin die schlanke Frau im schwarzen Hosenanzug? Ist das eine Betreuerin oder eine Besucherin? Irgendwie kam mir die Dame bekannt vor." Die Grauhaarige erwiderte schnell: „Ich habe niemand gesehen. Sie etwa?" Die Frau zur Linken schüttelte auch den Kopf: „Vielleicht war es die neue Freundin unseres Hausverwalters! Das ist eine sehr attraktive Person. So ein südländischer Typ, sieht aus wie eine Spanierin, wissen Sie?“ Nachdenklich aß Sophie ihr Abendessen.

Zu dieser Stunde saß Grit im Hotel-Restaurant und begrüßte Johann Freyer. Sofort legte er los: „Also, die Sache war einfach! Ihre Mutter hatte einen wohlhabenden Immobilienmakler geheiratet; Kinder gab es keine. Die Ehe war sehr glücklich. Er verstarb 1985 an einem Herzinfarkt mit 71 Jahren. Sophie ist nach wie vor eine sehr beliebte Frau, man schätzt und achtet sie. Sie lebt seit kurzer Zeit in einem vornehmen Seniorenstift am Hardtwald. Warum, weiß ich noch nicht! Das werde ich aber bald herausfinden.“ „Lassen Sie nur“, wehrte Grit ab, „ich werde sie morgen besuchen. Ich muss sowieso einige Dinge persönlich klären. Einstweilen herzlichen Dank. Ich habe Ihnen schon einen Scheck ausgeschrieben“. Freyer schaute sie überrascht an. Seine Klientin wirkte auf einmal stark und selbstbewusst. Er bedankte sich und verschwand. Grit seufzte tief auf, ehe sie die Rechnung abzeichnete und ein Trinkgeld auf den Tisch legte. Ihre Mutter lebte also noch. In ihrem Zimmer klemmte sie einen Stuhl unter den Türknauf und fühlte sich wesentlich sicherer, als sie zu Bett ging.

Schon um neun Uhr tauchte sie bei Sophie auf. Das Taxi hatte gewendet und fuhr davon, als vom hinteren Teil ein schwarzer Beetle angerast kam und direkt auf sie zuhielt! Geistesgegenwärtig rollte sich Grit auf die Motorhaube eines parkenden Jaguars, der neben ihr stand und rutschte auf der sicheren, anderen Seite zu Boden. Sie würde höllisch blaue Flecken überall haben, fluchte sie insgeheim, aber besser blau als tot! Eine Schwester in Tracht baute sich vor ihr auf und rief: „Meine Güte! Leben Sie noch?“ Na, das war ja eine nette Begrüßung! „Ja, danke! Sagen Sie mir bitte, wo ich Frau von Terpen finde!“ Die Schwester half ihr beim Aufstehen und geleitete sie die Stufen empor in das wunderschöne Haus. In der Halle hatte sich ein Teil der Senioren versammelt. Man starrte Grit erstaunt an, bis sie sagte: „Wer ist denn bitte Frau von Terpen?“

Eine Stimme aus dem Hintergrund war zu hören: „Das bin ich!" Mutter und Tochter gingen langsam und misstrauisch aufeinander zu. Grit biss sich auf die Lippen. Ja, das war sie! Das war ihre Mutter! Die Tränen liefen ihr über das Gesicht und Sophie riss die Augen weit auf: „Oh, mein Gott! Du bist es wirklich, Grit." Dann lagen sich die beiden Frauen erstmal weinend in den Armen. Schwester Anna schob die beiden in einen kleinen Salon. „Ach Mama! Ich habe dir so viel zu erzählen, aber zuerst muss ich etwas wissen..." Sophie nickte und seufzte: „Ich weiß! Du willst wissen, warum ich euch damals verlassen habe! Also gut. Ich hatte ein kurzes Verhältnis mit einem anderen Mann. Dein Vater war viel auf Reisen und Gottfried war unser Nachbar, wie das eben manchmal so ist. Ich war so alt wie du jetzt und dachte, schau einer an, ich bin noch begehrenswert. Doch eines Tages dann kam dein Vater mit delikaten Fotos und zwang mich zur Scheidung. Auch musste ich auf dich verzichten, denn wenn er diese Beweise vorgelegt hätte, wärst du ihm sowieso zugesprochen worden. Die Bedingung lautete, dass ich mich von dir fern halten sollte und das, solange ich lebe. Anderenfalls..." Die Mutter schwieg und streichelte das Gesicht ihrer Tochter. Grit runzelte die Stirn: „Seltsam, er starb vor etwa einem Jahr und hat sich stets geweigert, darüber zu reden. Merkwürdig ist auch, dass er nie mehr eine Beziehung einging!" Sophie lächelte: „Er hat mich wohl immer noch geliebt! Aber er war ein schweigsamer, introvertierter Mann, der nie aus sich herausgehen konnte." Die beiden Frauen tauschten in zwei Stunden ihr komplettes Leben aus und hielten sich an den Händen. „Ach, Mama, wenn ich dich doch nur eher gesucht hätte! Ich hasse mich dafür." Sophie lächelte: „Wir haben uns nun gefunden, wenngleich jeder Tag der letzte sein kann, nein, nicht aus normalen Gründen, sondern weil mir jemand nach dem Leben trachtet." Sophie erzählte von den diversen Anschlägen und Grit konnte es nicht fassen: „Mein Gott, Mama! Das ist ja unglaublich! Jetzt hör dir an, was mir alles passiert ist! Ich glaube, hier stimmt eine ganze Menge nicht!" Sophie griff sich ans Herz, nachdem Grit geendet hatte: „Weißt du, ich sehe da auch einen Zusammenhang. Das ist kein Zufall mehr. Sag, wer wusste davon, dass du hierher reisen würdest?“ Grit überlegte: „Das waren zwei meiner ehemaligen Schulkameradinnen, Lisa und Elsa. Du erinnerst dich sicher an die beiden.“ Sophie bejahte kurz und fragte weiter: „Hast du Fotos von dem Abend?“ Grit fingerte in ihrer großen Tasche herum: „Ja, die kamen gestern direkt auf mein Notebook. Lisa hat sie mir geschickt“. Grit schaltete das Gerät ein und drehte den Bildschirm zur Mutter. Plötzlich schrie Sophie laut auf: „Stopp mal! Das ist Michael! Der Mann von Sandra! Doch, glaube mir! Ich kenne den gelackten Kerl doch genau! Als das Bild von Elsa Martin auftauchte, riss Sophie die Augen auf: „Das ist die Frau, die gestern dieses Haus verlassen hat!“ „Na bitte“, erwiderte Grit verbissen, „da haben wir schon zwei Leutchen, denen wir auf die Pelle rücken werden! Das war auch der schwarze Beetle, der mich vorhin überfahren wollte.“ Ohne zu zögern rief sie per Funktelefon Johann Freyer an und beorderte ihn ins Seniorenheim. Der Mann tauchte keine 20 Minuten später auf und ließ sich von den Damen berichten. „Sehr interessant. Dann vermute ich mal, dass Sie Frau de Greiff, also die Person sind, die die Polizei als Zeugin sucht?“ Grit verzog das Gesicht zu einer Grimasse. „Na schön, wir suchen die Polizei auf und reden mit denen über alles.“ Freyer sagte eindringlich zu Sophie, sie solle vorläufig in ihrem Zimmer bleiben und niemandem die Tür öffnen. Als Grit ihre Aussage gemacht hatte, fühlte sie sich wesentlich besser. Die Polizisten wollten ihrem Verdacht nachgehen. Plötzlich schneite Sophie zur Tür herein und erklärte rundheraus, sie habe eine Idee, wie man schnell herausfände, ob die drei Verwandten dahintersteckten. Skeptisch musterten die beiden Beamten die alte Dame. Ihnen war klar, wenn sie sich nicht darauf einließen, könnte es leicht geschehen, dass die beiden Frauen in Gefahr gerieten und dabei ums Leben kamen. Das gäbe sicher eine schlechte Presse. Schließlich wurde der Plan detailliert besprochen. Grit hatte immer noch eine Menge Bedenken dagegen, doch Sophie sagte energisch: „Unsere Beschützer werden uns nicht aus den Augen lassen. Es wird schon nichts geschehen, mein Kind!"

Die Polizisten brachten die Damen in die Villa und trafen sämtliche Vorbereitungen. Durch die Hintertür gab ein Bote ein Päckchen ab, das Grit in Empfang nahm. Es folgte eine mühsame Prozedur mit künstlichem Blut, dann legten sich Sophie und Grit „in Position" und Polizist Müller tätigte seinen Anruf bei der Presse. 30 Minuten später erschien die Meute und fotografierte die schauerliche Szene. In den Nachmittagsnachrichten kam der Aufhänger des Tages: „Mutter und Tochter im Homburger Villenviertel kamen bei brutalem Schusswechsel ums Leben! Gibt es ein Testament und wer sind die Erben?" Sandra hörte die Mitteilung, als sie ihren Steueranwalt verlassen hatte und gerade vor der Haustür einparkte. Michael grinste seinen Boss unverschämt an und brabbelte was von „suche einen interessierten Kunden auf", während Joachim seinen Kiosk schloss und den gleichen Weg zur Villa nahm, wie die beiden anderen Familienmitglieder. Fast zeitgleich trafen sich die drei vor dem Eingang. Jeder starrte auf den Schlüssel des anderen. „Am besten ist es wohl, keiner sagt jetzt was", lachte Sandra grell und öffnete die Tür. Das Blut und die Kreidemarkierungen der „toten" Frauen waren noch deutlich in der Halle vor der Treppe zu erkennen. Michael klatschte begeistert in die Hände: „Ha! Wer von euch hatte den prächtigen Einfall, die zwei Tanten endlich abzuknallen?" Sandra schaute irritiert von einem zum anderen: „Wie? Ich war's nicht!" Joachim schüttelte heftig den Kopf: „Nein! Ich auch nicht! Das kannst nur du gewesen sein, Michael!" „Oh, nein! Ich schoss nur den vergifteten Pfeil auf Grit und wollte sie auf dem Damenklo erledigen, was ja daneben ging!" „Und ich", warf Joachim ein, „habe den Hund und die Kekse vergiftet, sonst nichts!" „Und was mich betrifft, so habe ich der Alten nur den Schubs vor die U-Bahn verpassen wollen und ihren Garten verwüstet", rief Sandra aus und setzte hinterher: „Ja, wer hatte außer uns noch ein Interesse, die zwei Weiber zum Teufel zu jagen?" Plötzlich ging die Terrassentür auf und eine schwarzhaarige Frau kam herein: „Ich natürlich! Ihre beste Freundin aus dem Internat!“ Elsa Martin schwebte buchstäblich herein und verströmte eine Menge Parfüm. Zu den verdutzten drei Personen gewandt meinte sie grinsend: „Wir haben damals aus Jux unsere Testamente gemacht und ich besitze eines aus dem Jahr 1989, also das älteste! Damit vermachte mir Grit alles, was sie besaß! Wenn sie nun gleichzeitig mit der Mutter stirbt, bleibt ein großes Stück auch für mich übrig“. Joachim stotterte: „Dann haben also Sie die beiden...“ „Klar doch! Einer musste es schließlich tun!“, erwiderte die rassige Elsa mit harter Stimme. Ich manipulierte auch den Unterbrecher am Telefon im Hotel, so dass sie nicht raustelefonieren konnte. Die ganze Zeit über habe ich die zwei beobachtet.

Plötzlich tauchten aus den Nebenräumen Polizisten und die tot geglaubten Damen auf. Sophie sagte erschüttert: „Mein Gott! Auf die Idee muss man erst mal kommen, dass nicht nur drei, sondern vier Personen im Spiel waren. Ja, jetzt sehe ich die Ähnlichkeit mit dieser fetten Frau im Rollstuhl, der angeblichen Marina Kant,“ Grit atmete tief aus: „Elsa besaß schon immer eine Schwäche für Maskeraden. Doch diesmal hat sie ihre letzte tragende Rolle gespielt!“

„Kommen Sie mit, Frau Martin, Sie dürfen noch eine Weile bei uns singen. Und Sie, mein lieber Erzengel Michael, bleiben auch ein bisschen bei uns – Ihr vergifteter Pfeil traf ein menschliches Ziel, auch wenn's für Sie das falsche war“, spottete der Mann von der Polizei und nahm die beiden Missetäter fest.

BIOGRAPHISCHES ZU DEN AUTORINNEN UND AUTOREN

Cornelia Christina Anken
(Jahrgang 1967) wurde in Frankfurt am Main geboren. Dem Abitur schloss sich ein Studium an der Frankfurter Johann-Wolfgang Goethe-Universität mit dem Abschluss „Magister Artium" an. 1991 war sie Preisträgerin des „Jungen Literaturforums Hessen/Thüringen"; es folgten Lyrik-Publikationen. Seit 1999 ist sie freie Texterin und Übersetzerin. 2002 war sie Preisträgerin des „MordsChancen-Wettbewerbs" der Zeitschrift „Journal Frankfurt". Zur Buchmesse 2002 folgte der Kriminalroman „Narrenspiele". Im November 2003 stellte sie den Episodenroman „Before Better Roads" fertig. Anken lebt in Frankfurt.

Dieter Bromund
(Jahrgang 1938) wurde in Bromberg (Polen) geboren. Er liebt See und Westwind, altmodisches Segeln und seit seiner Schulzeit in Niedersachsen das Schreiben. Aktuelle Bilanz: Über 20 eigene Bücher (Krimis und Marketing), 18 aus dem Englischen übersetzte sowie zahlreiche Funk-Features und Hörspiele. Zweimal wurde er für den Glauser nominiert. Bromund lebt in Dreieich-Buchschlag (Kreis Offenbach).

Klaus-Joachim Frahm
(Jahrgang 1954) wurde in Kiel geboren, wuchs in Gießen auf und studierte an der Gießener Justus-Liebig-Universität Philosophie. Bereits während des Studiums begann er freiberuflich journalistisch zu arbeiten und veröffentlicht seitdem Kriminalerzählungen in Anthologien und Zeitungen. Derzeit arbeitet er an seinem ersten Kriminalroman. Frahm lebt in Siegbach-Eisemroth (Lahn-Dill-Kreis).

Jürgen Groß
(Jahrgang 1953) wurde in Wetzlar geboren. Er absolvierte von 1969 an eine Ausbildung zum Polizeibeamten und arbeitete anschließend in verschiedenen Polizeidienststellen und Ermittlungsgruppen, bevor er 1990 aus dem Dienst schied. Anschließend war er journalistisch aktiv und schrieb bereits mehrere Kriminalromane und Theaterstücke. Mittlerweile hat er sich auch der Malerei verschrieben. Groß lebt in Solms (Lahn-Dill-Kreis).

Vera Kaltwasser
(Jahrgang 1952) wurde in Freiburg geboren. Sie studierte Germanistik, Anglistik und Pädagogische Psychologie; danach arbeitete sie als Gymnasiallehrerin. Es schlossen sich zusätzliche Ausbildungen in Theaterpädagogik, Psychodrama und Qi Gong an. Neben der praktischen Lehrtätigkeit engagiert sie sich seit vielen Jahren auch journalistisch und schriftstellerisch. Kaltwasser lebt in Frankfurt.

Norbert Leppert
(Jahrgang 1945) wurde in Lübeck geboren. Nach Stationen bei verschiedenen Regionalzeitungen war er bis zu seiner Pensionierung Gerichtsreporter bei der 'Frankfurter Rundschau'. Seine journalistischen Erfahrungen kommen seinen Justiz-Kriminalgeschichten zugute. Seit 1996 arbeitet er auch als Drehbuchautor. Leppert lebt in Frankfurt.

Richard Lifka
(Jahrgang 1955) wurde in der hessischen Landeshauptstadt geboren. Er studierte in Mainz und Frankfurt Germanistik und Soziologie. Von 1983 bis 1989 war er Lektor an der Cuza-Universität im rumänischen Iasi. Seit 1990 arbeitet er als Autor und Journalist. Lifka lebt in Wiesbaden.

Sabine Pachali
(Jahrgang 1964) wurde in Fritzlar geboren. Sie studierte Europäische Ethnologie/Volkskunde in Marburg an der Lahn. Nach einem Forschungsaufenthalt im Mittleren Westen der USA kehrte sie nach Mittelhessen zurück, wo sie auch heute lebt und arbeitet. Zusammen mit Karin Ebeling schrieb sie den Nordhessen-Krimi „Alles, alles geht vorbei". Pachali lebt in Marburg (Landkreis Marburg-Biedenkopf).

Marianne Reuther
(Jahrgang 1929) wurde in Ortenberg geboren. Sie wuchs in Frankfurt am Main und Wohnbach (Wetterau) auf; es folgten berufliche Stationen an der Lehrerbildungsanstalt in Königstein und der Werkkunstschule in Offenbach. Seit 1990 schreibt Reuther Kriminalerzählungen, Romane und Gedichte. Das Sommerhalbjahr verbringt sie auf einem Segelboot in südlichen Gefilden, den Rest des Jahres lebt Reuther in Dreieich (Landkreis Offenbach).

Christian Schäl
(Jahrgang 1962) wurde in Saarbrücken geboren, verbrachte seine Schulzeit in Butzbach und studierte Philosophie und Literaturwissenschaft in Gießen, wo er als Buchhändler arbeitet. Er hat bereits mehrere kurze belletristische Texte veröffentlicht und sich erfolgreich mit Kriminalerzählungen an Wettbewerben beteiligt. Schäl lebt in Gießen (Landkreis Gießen).

Karl-Michael Stöppler
(Jahrgang 1955) wurde in Alsfeld (Oberhessen) geboren. Einer journalistischen Tätigkeit schlossen sich ein Jura-Studium und Arbeiten als Assessor in Mittelhessen und Frankfurt an. Derzeit arbeitet er hauptberuflich im Bereich Öffentlichkeitsarbeit. Stöppler engagiert sich primär als Herausgeber, Moderator, Referent und Rezensent zu Themen der Kriminalliteratur. Stöppler lebt in Gießen (Landkreis Gießen).

Karin Tränkner
(Jahrgang 1953) wurde in Hechingen geboren. Sie war zunächst Zahnarzthelferin, besuchte dann das Abendgymnasium, arbeitete im Öffentlichen Dienst, im Verlagswesen und seit 1991 beim Hessischen Rundfunk. Bisher hat sie mehrere Kriminalerzählungen geschrieben und arbeitet derzeit an einem Drehbuch. Tränkner lebt in Bad Homburg vor der Höhe (Hochtaunuskreis).

Ysabel Yardley
(geboren irgendwann im letzten Jahrhundert in Deutschland), ist gelernte Management-Assistentin, mit Studien in Literatur und Deutsch. Seit vielen Jahren ist sie in den Bereichen Bildungs- und Gesellschaftspolitik tätig. Krimi-Veröffentlichungen von ihr gibt es seit 1995. Zu ihren Hobbys zählen: Meditation, am liebsten in der Provence, Aikido, Tae Bo, Katzen, Jazz/Blues sowie die gesamte Musikpalette aus den Dreißiger und Vierziger Jahren. Yardley lebt in Frankfurt.